Kommissar Engel & die Politik der Schafe

Dietmar Wasserberg wurde in Gaal in der Steiermark geboren. Er spielte längere Zeit für ein literarisches Kabarett Klavier, komponierte und schrieb zahlreiche Texte, unter anderem für den Rundfunk. Später übte er kurze Zeit den Lehrberuf aus und studierte danach Medizin, wonach er als Psychiater in Graz mit Drogenpatienten aus Österreich und aus Ländern wie der ehemaligen Sowjetunion und den Balkanstaaten arbeitete. Er ist mit einer Französin verheiratet, hat drei Kinder und lebt in Graz und in Südfrankreich.

DIETMAR WASSERBERG

Kommissar Engel & die Politik der Schafe

KRIMINALROMAN

emons:

Bibliografische Information der Deutschen Nationalbibliothek
Die Deutsche Nationalbibliothek verzeichnet diese Publikation in der Deutschen Nationalbibliografie; detaillierte bibliografische Daten sind im Internet über http://dnb.d-nb.de abrufbar.

MIX
Papier aus verantwortungsvollen Quellen
FSC® C083411
FSC
www.fsc.org

Umschlagmotiv: hannibie/photocase.de
Umschlaggestaltung: Tobias Doetsch
Gestaltung Innenteil: César Satz & Grafik GmbH, Köln
Lektorat: Susanne Bartel
Druck und Bindung: CPI – Clausen & Bosse, Leck
Printed in Germany 2017
ISBN 978-3-7408-0086-4
Originalausgabe

Pour Odile

1

Gestern war es.

Das Licht war milchig. Maximilian Engel beugte sich ein Stück hinunter.

Der junge Mann hatte ein schönes Gesicht. Es war weich und erinnerte an Lindenholz.

Kommissar Engel versuchte, hinter seine Augen zu sehen, wo er den Ort der Erinnerungen vermutete. Er glaubte zu wissen, was er sah.

Angst vor dem Leben.

Als das Tuch zurückgeschlagen wurde, hörte es sich an wie ein Windknall eines Segels. Engel schloss für einen Moment die Augen. Plötzlich roch es nach Kindheit, und er glaubte, jemanden lachen zu hören.

Der Gerichtsmediziner Dr. Kern wandte sich Maximilian Engel zu: »Was willst du über den jungen Mann wissen?«

»Blutergüsse? Andere Zeichen von Gewaltanwendung?«

»Nichts. Die übliche Geschichte. Überdosis Drogen.«

Kommissar Engel fühlte sich erschöpft. Die Gleichgültigkeit der Gesellschaft machte ihn müde. Auch die Gleichgültigkeit von Dr. Kern.

Das Licht war immer noch milchig.

»Wollen wir hinausgehen?«, fragte Dr. Kern.

Engel reichte ihm wortlos die Hand und verließ den Raum.

Seine Gedanken waren nicht an diesem Ort.

Draußen war das Licht klar. Entschlossen zog er einen kleinen Kalender aus seiner Ledertasche. Er suchte nach etwas Bestimmtem, blätterte zurück und fand schließlich in dem Feld vom zwölften Jänner eine Eintragung. »Andreas Strasser« hatte er notiert.

Er erinnerte sich.

Letzten Winter.

Den ganzen Tag hatte es geschneit. Nach einem langen

Arbeitstag ging er durch den Schnee und hinterließ seine Fußabdrücke. Von Zeit zu Zeit sah er hinter sich, als wollte er sich davon überzeugen, dass seine Spuren noch da waren. Er fror und rieb sich die Hände.

Er hatte noch auf dem Polizeirevier zu tun und wollte mit seiner Assistentin Sandra Koschir den kommenden Tag besprechen. Nur deshalb war er nochmals zurückgekommen. Als er die Tür zu seinem Büro öffnen wollte, hörte er Schritte, die aus dem Tritt zu geraten schienen, und die Stimmen zweier betrunkener Männer. Er nahm die Hand von der Türklinke, blickte sich um und sah zwei Polizisten, die mit drei jungen Männern die Treppe heraufkamen.

Als Engel den jungen Mann sah, spürte er sofort, dass er nicht zu den anderen gehörte. Er hatte ein feines Gesicht. Ein schönes Gesicht, als wäre es aus weichem Lindenholz geschnitzt. Blut sickerte aus seiner Nase und zog eine Spur bis zur Oberlippe. Engel konnte nicht anders, als ein Taschentuch zu nehmen und langsam auf den jungen Mann zuzugehen. Er reichte ihm sein Taschentuch und musste ihm ins Gesicht sehen. Unverwandt ins Gesicht sehen.

Engel wartete ab, beobachtete den jungen Mann dabei, wie er sich das Blut abwischte, und nickte dann zufrieden. Jetzt erst konnte er seinen Blick von ihm lösen.

»Mein Vater wäre nie auf die Idee gekommen, mir ein Taschentuch zu reichen«, sagte der junge Mann mit leiser Stimme. »Er hätte mein Blut gar nicht gesehen.«

Maximilian Engel wandte sich ab, um in sein Büro zu gehen, drehte sich aber noch einmal um und hob eine Hand, als wollte er noch etwas sagen. Doch er blieb stumm, spürte, wie der junge Mann ihm verwundert nachschaute, und betrat sein Büro.

Er griff zum Telefon. »Bist du es, Georg?« Er erkundigte sich bei seinem Kollegen nach dem jungen Mann und ergänzte: »Der, der nicht betrunken ist.«

Georg bat ihn zu warten und meldete sich nach einer Weile zurück.

»Wer?« Engel war erstaunt. »Der Student Andreas Strasser?

Sein Vater ist der Politiker Franz Strasser aus Gaal? Ich weiß, dass er für Brüssel vorgesehen ist. Danke, Georg. Das genügt mir.«

Engel stand noch immer vor der Pathologie. Plötzlich ging ein Ruck durch ihn. Etwas, von dem er nicht wusste, was es war, drängte ihn, sein Büro aufzusuchen.

Dort angekommen, sah er unschlüssig um sich. Er hob einige Papiere auf, tippte auf ein Fahndungsfoto, drehte es um und warf es wieder zurück auf den Schreibtisch. Er setzte sich, dachte nach und griff schließlich zum Telefon: »Das gibt es doch nicht, Georg, dass ich keine Neuigkeiten mehr von dir höre«, sagte er zu seinem Polizeikollegen.

»Es gibt ja nichts Neues. Höchstens über diesen –«

»Was? Sag bloß nicht Andreas Strasser!«

»Natürlich über den. Interessiert er dich?«

Engel war nicht überrascht, kurz darauf Schritte zu hören, die sich der Tür näherten. »Komm herein, Georg.«

»Ich fürchte, ich habe etwas vergessen.«

Engel sah nicht auf, rückte auf dem Stuhl hin und her und trank einen Schluck kalten Kaffee.

»Da war noch dieser ...« Georg hielt ein Blatt Papier in der Hand und führte es ganz nahe vor seine Augen. »Sein Name war Albert Rossmann.« Er wartete ab, bis Engel nickte. »Rossmann war der beste Freund von Andreas Strasser. Auch aus Gaal. Auch Student. Er war es, der uns vor drei Tagen in unserem Büro angerufen hat. Er und Andreas Strasser hätten sich fix verabredet. Zum vereinbarten Zeitpunkt sei er, Rossmann, vor Strassers Wohnungstür gestanden und habe lange geklopft. Immer wieder an die Tür geklopft. Aber sein Freund habe nicht geantwortet. Da habe er es mit der Angst zu tun bekommen und sich bei uns im Polizeibüro gemeldet. Eine Stunde später waren wir schon in Strassers Wohnung und konnten keinen einzigen Hinweis auf Gewaltanwendung finden. Daraufhin wollten wir uns mit Rossmann unterhalten, aber das war fast unmöglich. Er stand unter Schock.«

»Und dann bist du in dein Büro zurück, und das Telefon hat wieder geläutet.«

Georg zögerte und legte dann das Blatt Papier mit der Namensnotiz auf Engels Tisch. In seinem Gesicht stand trotzige Ratlosigkeit. »Dann weißt du also schon den Rest?«

»Den weißt nur du, Georg. Aber vielleicht machst du mich ausnahmsweise zum stillen Teilhaber deiner Geheimnisse.« Engels Gesicht öffnete sich plötzlich wie ein Fenster.

Georg nahm es erleichtert wahr und fuhr fort: »Es war schon sonderbar, wie er es ausgedrückt hat. Ich kann mich nicht mehr an den genauen Wortlaut erinnern. Er begann mit Strassers Vater und kam dann überraschend auf diese Gruppe zu sprechen ...«

»Was für eine Gruppe, und wer leitet sie? Und was hat Rossmann über den Vater seines Freundes gesagt?«, fragte Engel. Er sah in seine leere Kaffeetasse und schob sie beiseite.

»Ich habe nicht viel aus ihm herausbekommen. Nur dass Strassers Vater eine radikale Art gehabt haben soll, seinen Sohn zu erziehen. Und dass die Gruppe, die er anführt, auf dem Hochplateau beim Stierhorn in der Gaal trainiert haben soll.«

Engel stand auf, und es schien, als koste ihn diese Bewegung die letzte Energie, die noch in ihm gespeichert gewesen war. »Alles?«

»Alles.«

Engel ging ans Fenster und sah hinaus. Er bildete sich ein, dass die Dächer draußen keine Schornsteine mehr hätten und die Mauern keine Türen, durch die man hineingehen könnte. Zudem war die Sonne blass und schien vorzeitig unterzugehen.

Engel fragte sich, wann wohl das Begräbnis von Andreas Strasser stattfinden würde. Und wo? In Gaal? Würde es regnen?

Er griff zum Telefon und wählte eine Nummer. »Sandra? Erkundige dich bitte, wo und wann Andreas Strasser begraben wird. Und sieh zu, was du über die Gaal herausbekommst. Warum? – Weißt du, was dich hinter einer Tür erwartet, wenn du sie nicht aufmachst? Ich nicht!«

2

Gleich darauf fuhr Engel mit der Straßenbahn vom Grazer Jakominiplatz in Richtung Mariatrost und stieg am Hilmteich aus. Er wollte den restlichen Weg nach Hause zu Fuß gehen.

Der Lärm der Straße war wieder da. Die Stimmen der Menschen öffneten die Türen zum Leben. Alles war wieder offen.

Engel warf einen begehrlichen Blick Richtung Kaffeehaus. Er zögerte nur kurz. Dann ging er hinein und fand auf der Terrasse einen freien Tisch. Er überlegte, die Kellnerin einfach zu rufen, unterließ es dann aber. Er würde so lange warten, bis sie ihn entdeckte. Im Laufe seines Lebens war er gelassener geworden. Geduldiger. Älter auch.

Erst vorgestern war er wieder daran erinnert worden. Um die Mittagszeit hatte ihm sogar Ulrike Wieser gratuliert. Seine Wieserin, die Besitzerin des Würstelstands am Grazer Hauptplatz. Zum Fünfundvierzigsten. Und hatte sofort ein Krainer aufgeschnitten. Ihm war das Wasser im Mund zusammengelaufen. Mit Senf und Kren gemischt. Und ein Bier dazu. Später am Abend hatte er sein ganzes Team zu sich nach Hause eingeladen. Koschir, Allmer und Fabian.

Als die junge Kellnerin einige Zeit später an seinen Tisch trat, fragte Engel, was sie studiere.

»Geografie«, antwortete sie.

Vorsichtig erkundigte er sich, ob das nicht langweilig sei.

Erst als sie wenig später mit Kaffee und Apfelstrudel zurückkam, sagte sie mit einem Lächeln: »Ein bisschen schon.«

»Als Geografin wissen Sie sicher, wo Gaal liegt.«

»Ehrlich gestanden habe ich mich auf den asiatischen Kontinent spezialisiert, aber Gaal muss irgendwo in Österreich sein.«

Maximilian Engel konnte seine Bemerkung nicht zurückhalten: »Gaal liegt nicht in Österreich, sondern in der Steiermark. Da bin ich mir fast sicher.« Er zahlte, trank seinen Kaffee, aß den Apfelstrudel und machte sich dann auf den Heimweg.

Er fühlte sich seltsam schwach, als er die Straße in Richtung Mariagrün entlangging, dann die Kreuzung, auf der die Heinrichstraße zur Mariatroster Straße wurde, überquerte und kurz darauf nach halb links abbog. Unwillkürlich richtete er seinen Oberkörper auf, um seine Verfassung vor neugierigen Blicken zu verbergen.

Der Weg war beidseits von Gebüsch gesäumt. Es war ruhig hier.

Eine Frau kam ihm entgegen. Engel glaubte, sie zu kennen, aber mangels Gewissheit verzichtete er darauf, sie zu grüßen.

Der Weg nach Mariagrün führte bergan. Der Kastanienbaum auf dem Hügel steckte seine ersten Kerzen an.

Die Gaal ging Engel nicht aus dem Kopf. War er denn nicht schon einmal als Kind dort gewesen? Nur dunkel konnte er sich an ein Schloss erinnern. Engels Neugierde wurde größer. Es reizte ihn herauszufinden, wo dieses Schloss seiner Erinnerung stand. Warum nicht auf Urlaub in die Gaal fahren? Nicht nur, um Kindheitserinnerungen aufzufrischen.

In fünfzehn Minuten würde er sein Haus erreichen. Es glich einer Villa, aber Engel verwendete dieses Wort ebenso wenig wie »wohlhabend«, wenn er von sich sprach. Mit Begriffen wie diesen musste man in Anwesenheit anderer sparsam umgehen.

Er hatte einige Besitztümer. Ein Apartment in London, derzeit vermietet an eine Makleragentur. Ein weiteres Haus stand in Wien-Döbling, ein anderes in St. Rémy de Provence.

Maximilian Engel vertrat die Meinung, nur reichlich arm sein zu müssen, um zu erben. Jedoch war er nicht unbekümmert genug gewesen, um in seinem ursprünglichen Namen kein Problem zu sehen. Seine Eltern mussten von Gott verlassen gewesen sein, ihm den Vornamen Gabriel zu geben. Seine Schulfreunde riefen ihn »Engel Gabriel«, was ihn irritierte. Später nahm er den Namen Maximilian an und ließ Gabriel verschwinden. Seitdem fühlte er sich von Flügeln befreit und dennoch als Engel.

Das letzte Wegstück lag ganz im Schatten. Engel kam das sehr gelegen, denn er bevorzugte es, im Schatten nachzudenken.

In seinem Garten wartete ein hässlicher Gartenzwerg auf ihn. Er hatte eine Laterne in der Hand und blickte ihm missmutig entgegen. Der Zwerg war das boshafte Geschenk eines befreundeten Journalisten.

Als Engel die Tür aufsperrte, sah er erneut das schöne Gesicht des jungen Mannes in der Gerichtsmedizin vor Augen. Und wieder glaubte er, jemanden lachen zu hören, war sich jedoch nicht sicher, ob er sich das nur einbildete.

Engel schloss die Tür hinter sich, sperrte aber nicht ab. Abzusperren würde nicht seiner Gewohnheit entsprechen.

In der Küche schenkte er sich ein Glas Wasser ein, öffnete die Tür zur Terrasse und trat ins Freie. Er stellte das Glas auf den Tisch und setzte sich in einen Korbsessel. Sofort spürte er, wie etwas in ihm zusammensank.

Wie so häufig wurde ihm bewusst, dass er allein in seinem Haus war.

Dennoch.

Seinem gegenüber stand ein zweiter Korbsessel. Engel hob seine Schultern etwas, sah zu ihm, lächelte und sagte: »Das war wieder ein anstrengender Tag, Anne-Marie.«

Er erwartete keine Antwort. Trotzdem nahm er sich die Zeit, auf eine zu warten. Erst nach einigen Minuten stand er auf.

Aus einem unbestimmten Grund war er froh darüber, dass die Sonne ihn nicht im Stich ließ.

Die Vögel sangen, und eine Wolke schlich sich an die Sonne heran, als wollte sie ihr einen Schreck einjagen. Kommissar Engel sah in den Himmel, bis die Wolke die Sonne verschluckt und die Vögel aufgehört hatten zu singen.

Im Haus schaltete er den Fernseher ein. Es liefen Nachrichten. Er schaltete ihn sofort wieder aus.

Das Telefon läutete.

»Ich habe mich für dich erkundigt.« Es war Sandra Koschir. »Die Leute in Gaal sprechen eine eigene Sprache. Sie sagen nicht ›in Gaal‹ oder ›nach Gaal‹ und ›aus Gaal‹. Sie sagen: ›in der Gaal‹ oder zum Beispiel ›aus der Gaal‹. Die Gaal ist eine große Gemeinde, die aus mehreren Ortschaften besteht, aus Graden, Bischoffeld und dem Ort Gaal selbst. Dann gibt es noch die vordere und hintere Gaal und die vordere und hintere Ingering mit dem Ingeringsee. Und natürlich das Schloss Wasserberg.

Die Höhenunterschiede in der Gemeinde sind beachtlich. Gib acht, dass oben auf den Bergen die Luft für dich nicht zu dünn wird. Aber das gleicht sich unten im Tal wieder aus. Vielleicht ist dort unten die Luft ja dicker. Das magst du doch, wenn wo dicke Luft ist.«

»Und? Was soll ich jetzt mit diesen Informationen anfangen?«, fragte Engel.

»Das überlasse ich ganz deiner Stimmung.« Seine Assistentin legte auf und ließ ihn mit seiner Stimmung allein.

Maximilian Engel überlegte. Zumindest schien es so, als würde er überlegen. Er setzte sich zu Tisch, um seinen warmen Krautsalat zu essen, in dem der geröstete Speck vom Kernöl eine dunkelgrüne Farbe angenommen hatte. Engel fragte sich, welche Farbe am besten dazu passen würde. Dunkelgrün musste sich gut mit Rot vertragen. Warum nicht ein Glas Rotwein? Aus dem Hahn über dem Waschbecken ließ er frisches Wasser in eine Wiener Karaffe aus der Biedermeierzeit laufen. Zum Verdünnen. Vielleicht auch nicht. Dazu passte noch gute Musik. Nur einmal hatte er versucht, zum Krautsalat Rap zu hören. Aber der vertrug sich nicht gut mit Kernöl, Krautsalat und Rotwein.

Nach dem Abendessen rief sein Freund Robert Innerhofer an. Er war Kriminalkommissar in Salzburg und angesehener Spezialist für die Balkanmafia. Engel fragte ihn oft nach seiner Meinung, da er ein brillanter Denker war und hervorragend kombinieren konnte. Eigentlich seltsam, dass er eine Schwäche für schöne Kirchen hatte.

»Was sagst du? Du willst Urlaub in der Gaal machen? Soll schön dort sein. – Die Kirche? Kenne ich nur von außen. Sie soll einmal abgebrannt und dann wiederaufgebaut worden sein. Schau dir lieber die gotische Kirche in St. Marein und unbedingt das romanische Benediktinerstift in Seckau an.«

Engel gab seiner Stimme einen anderen Klang. »Erinnerst du dich, was ich dir über meine Begegnung mit Andreas Strasser im Jänner erzählt habe? Jetzt ist er tot. Die Geschichte hat sich inzwischen etwas ausgedehnt. Sein bester Freund hat meinem Kollegen gegenüber eine Gruppe erwähnt, die auf einem Hochplateau in der Gaal trainieren soll. Und den Vater von

Andreas, den Politiker Franz Strasser, und seine radikale Art von Erziehung. Ich habe so ein flaues Gefühl. Möchte wissen, um welche Art von Gruppe es sich dabei handelt und wie Strassers Erziehungsmethoden zu interpretieren sind.«

»Gut, du hast Andreas Strasser einmal gesehen, und er hat etwas in dir ausgelöst. Na und? Nur deshalb würde ich nicht in den Urlaub in die Gaal fahren.«

Engel versuchte es noch einmal: »Da ist noch etwas, Robert. Diese Heimatgruppe, die von Andreas Strassers Vater, dem Politiker, angeführt wird. Man munkelt, dass es da ziemlich deutschnational zugehen soll. Du weißt schon, was ich meine. Eine Spur zu extrem.«

»Und selbst wenn, wäre das noch lange kein Grund für einen Urlaub dort. Es sei denn, du selbst willst dich der Gruppe anschließen. Wir haben übrigens noch nie über deine politische Tendenz gesprochen, Max.« Innerhofer lachte. »Wenn du ab und zu den Rat eines alten Freundes oder eine blitzartige Eingebung brauchst, musst du nur mit dem Finger schnalzen. Kleine Hilfeleistung von Genie zu Genie. Ruf mich also einfach an, wenn du reden willst! Und keine falsche Bescheidenheit.« Dann legte er auf.

Engel musste an seine erste Begegnung mit Robert Innerhofer denken, die ein Lächeln bei ihm hervorrief. Es war vor genau vierzehn Jahren passiert. Wenn man es genau betrachtete, waren es Schuhe, die sie zusammengeführt hatten.

Das Schuhgeschäft in Graz war nicht übermäßig groß gewesen, hatte aber ein Sortiment feinster Schuhe aus erlesenem Leder. Handgemacht. Ein auffallend großer, schlanker Mann stand in der Mitte des Raums, zwei junge Verkäuferinnen sahen auf seine großen Füße hinab, maßen sie und zeigten ihm verschiedene Ledersorten.

Auf einem Hocker stand ein Vogelkäfig mit einem Papagei, der sich in einem kleinen Spiegel betrachtete. »Schöner Papagei«, kommentierte er sein Spiegelbild. »Ich liebe Mozart. Ich bin aus Salzburg.«

Die kleinere Verkäuferin bückte sich zu dem Vogel hinunter. »Stimmt das?«

»Fragen Sie ihn das bitte nicht, es kränkt ihn, wenn jemand den Wahrheitsgehalt seiner Aussagen in Frage stellt«, sagte der Mann ausgesprochen distinguiert und nahm seinen schwarzen Hut vom Kopf. Dann blickte er auf seine Füße hinunter und erinnerte sich anscheinend daran, dass er keine Schuhe trug. »Ich würde gern meine Schuhe wieder anziehen.« Er blickte auf die Verkäuferin, die nickte.

Hinter ihm hatte schon etwas länger ein anderer Mann gestanden und sich im Schuhgeschäft umgesehen. Überraschenderweise hatte er danach das Geschäft nicht verlassen, sondern war stehen geblieben und wartete geduldig. Er wartete so lange, bis der groß gewachsene, elegante Mann seine Schuhe angezogen hatte, dann ging er auf ihn zu. »Endlich jemand, der meine Leidenschaft für hochwertige Schuhe teilt.«

Der Mann, dessen Papagei wieder kreischend Werbung für Mozart und Salzburg betrieb, sah überrascht auf. »Dann sollten wir uns vielleicht näher über gute Schuhe unterhalten«, sagte er interessiert. Er stellte sich als Robert Innerhofer vor, sah Engel auffordernd an und schien auf etwas zu warten.

Engel bemerkte, dass er vergessen hatte, sich vorzustellen, und holte dies schnell nach: »Entschuldigung, mein Name ist Maximilian Engel, manchmal vergesse ich ihn.«

Einige Zeit später saßen sich Innerhofer und Engel im Kaffeehaus gegenüber und unterhielten sich über Schuhe, mit denen man nicht nur gehen konnte, sondern in denen man auch die Schwingungen der Erde unter den Füßen fühlte. Robert Innerhofer sprach auch von seiner Frau und seinen zwei Töchtern und verriet, dass er außer den Schuhen eine zweite Leidenschaft habe: romanische, gotische und moderne Kirchen. Die barocken mochte er weniger. Es gab fast keine Kirche in Österreich, die er nicht kannte.

Als sie auf ihre Berufe zu sprechen kamen, stellte sich eine fast schicksalhafte Gemeinsamkeit heraus. Innerhofer entpuppte sich als Kriminalkommissar, der in der Stadt Salzburg arbeitete.

»Der Beruf kommt mir irgendwie bekannt vor«, sagte Engel mit einem Lächeln. »Ich bin Kriminalkommissar in Graz.«

Seit dieser Begegnung standen sie in regelmäßigem Kontakt, kamen sich Schritt für Schritt näher und waren Freunde geworden. Was nicht verwunderlich war. Denn beide trugen hochwertige Schuhe. Handgemacht.

Engel gähnte.

Wieder irrte das schöne Gesicht des jungen Mannes in seiner Erinnerung herum. Wie vom Meeresgrund stieg es nach oben bis an die Wasseroberfläche, wo es deutlich sichtbar wurde. Für einen Augenblick schien sich das Licht im Wohnzimmer ins Neonlicht der Gerichtsmedizin zu verwandeln.

Das Festnetztelefon läutete.

Seine Haushälterin wollte wissen, ob das Essen geschmeckt habe, und sagte ihm, dass die Hemden bereits gebügelt waren.

Maximilian Engel sah ihr Gesicht vor sich, während sie redete, ein Gesicht, das wie ein Herz geformt war.

Warum war er immer allein?

Warum nicht die eine oder andere Nacht verkürzen? Wenigstens diese.

Dann musste er an Anne-Marie denken.

Sie war eine so vorsichtige Autofahrerin gewesen.

3

Zuerst werden sie mich fragen. »Name? Geburtsdatum? Student?« Dann werden sie sagen: »Natürlich Student. Wie heißen Sie?«

»Andreas Strasser.«

»Ist der Politiker Franz Strasser Ihr Vater?«

Ich werde nicken und wegschauen.

»Also ja?«

»Ja.«

Ich blute aus der Nase, aber die rote Flüssigkeit beginnt schon langsam zu versickern. Ich wische das Blut nicht weg, es ist belanglos, und ich habe kein Taschentuch dabei.

Ich bin froh, dass ich den beiden meine Meinung gesagt habe. Ich kann es nicht ertragen, wenn angeblich intelligente Menschen, die Studenten doch eigentlich sein sollen, mit deutschnationalen Parolen um sich werfen. Damit tu ich mich schwer.

Der junge Türke ging ahnungslos durch Graz, wollte sich nur ein wenig umschauen. Sein Blick war in die Auslage des Schuhgeschäfts gerichtet. Er interessierte sich offenbar für ein Paar in unterschiedlichen Farben. Ganz sicher zu teuer für ihn.

Zuerst haben die zwei ihn angerempelt, sich scheinhalber dafür entschuldigt und sind weitergegangen. Doch gleich darauf kehrten sie wieder um und schlugen auf ihn ein. Wie verrückt und völlig außer Kontrolle.

Ich habe alles beobachtet und geschrien, sie sollen aufhören. Da haben sie den Türken losgelassen und sind auf mich losgegangen. Zum Glück hat irgendwer die Polizei verständigt.

Jetzt fordern uns die zwei Polizisten auf, einer nach dem andern aus dem Auto zu steigen. Mit ihren Händen helfen sie nach.

Die zwei Studenten stolpern vor mir die Treppe hinauf, die zur Polizeiwachstube führt. Sie müssen sich konzentrieren, um nicht eine Stufe zu übersehen, sind total besoffen.

Im Flur biegen wir um die Ecke, machen vor der Tür zum Wachzimmer halt und warten auf unseren Eintritt. Am rechten Ende des Gangs entdecke ich einen Mann. Sicher ist er Polizist, denke ich, obwohl er keine Uniform trägt. Mir fällt auf, dass er zuerst die betrunkenen Studenten mustert und dann mich. In seinem Gesicht ist ein Ausdruck, den ich nicht deuten kann.

Er kommt auf mich zu, deutet auf meine blutende Nase, sucht etwas in seiner Jacke und reicht mir ein Taschentuch, ohne seinen Blick von mir abzuwenden. Immer mit diesem traurigen Lächeln, aber ohne ein Wort.

Aber ich, ich will etwas sagen. Doch erst einmal nehme ich sein Taschentuch und wische mir damit das Blut zwischen Nase und Oberlippe so sorgfältig ab, wie ich nur kann. Ich möchte mich bei dem Polizisten bedanken, aber etwas hindert mich daran, das zu sagen, was ich sagen will. Schließlich legen sich die Worte wie von selbst auf meine Zunge: »Mein Vater wäre nie auf die Idee gekommen, mir ein Taschentuch zu reichen. Er hätte mein Blut gar nicht gesehen.«

Der Polizist dreht sich um und hebt noch im Weggehen eine Hand. Wie um etwas zu erwidern.

Ich glaube, das ist seine Art, mit mir zu sprechen.

4

Fünf Tage nach Engels Besuch in der Gerichtsmedizin, Mitte Mai, war die Gaal kalt und schiefergrau. Engels Augen bahnten sich ihren Weg durch die Windschutzscheibe seines Autos. Der Straßenbelag schien sich in Wasser aufzulösen, ebenso wie die Grenzen zwischen Straße, Wiesen und Wälder. Himmel und Erde flossen aufeinander zu, bis sie die Orientierung verloren.

Engel befand sich schon auf der Anhöhe des Braunwirtbühels, aber ohne zu wissen, dass er so genannt wurde, denn die Erinnerung an die Gaal hatte sich nach fünfunddreißig Jahren ebenso aufgelöst wie das Land heute im Regen.

Er wollte schon früher als zehn Uhr am Friedhof eintreffen. Auf dem Armaturenbrett las er die Zeit ab. Um neun Uhr fünfzehn sah Engel durch das linke Seitenfenster und nahm in nordwestlicher Richtung einen mächtigen grauen Schatten hinter dem Regenschleier wahr. Die Erinnerung an ein mächtiges Gebäude tauchte aus dem Wasser auf. Das musste das Schloss sein. Schloss Wasserberg. Dort wollte er kurz anhalten und spüren, ob es noch immer so roch. Hinter dem Glockenturm war ein dunkler Winkel mit einem Erdkeller. Dahinter war ein schwarzes Loch. Für ihn als Zehnjährigen war es damals ein schwarzes Loch mit dunklen Geschichten gewesen, die ein aufgeschossener Bub ihm erzählte.

Um neun Uhr fünfundzwanzig parkte Engel sein Auto vor dem Schloss. Er schaltete den Motor ab und hörte dem Prasseln des Regengusses zu. Hinter seinem Sitz hatte sich sein Regenschirm verklemmt, sodass er ihn erst loslösen musste. Er stieg aus dem Auto und knallte die Tür zu. Es war kalt, und der Regen roch jetzt ganz anders als sonst. So wie er gerochen hatte, als er zehn Jahre alt war. Rostig und nach Regenwürmern.

Er fühlte seine Füße schwer werden, als er an die Westwand des Glockenturms im Innenhof dachte und an das schwarze Loch. An die dunklen Geschichten des Buben. Engels Füße hielten ihn vor dem Schlosstor zurück.

Sein Blick fiel auf die Bäume vor dem Schloss. Die Bäume, die ihn in seiner mächtigen Höhe als Kind so klein gemacht hatten, wo waren sie jetzt?

Er hätte schwören können, dass zwei von ihnen gefällt worden waren. Er musste sich über ihr Ende erkundigen. Auch das Ende braucht seine Ordnung.

Engel sah wieder auf seine Uhr: neun Uhr fünfundvierzig.

Er stieg in sein Auto und fühlte sich nass und kalt. Und klein. Trotz seiner Größe von einem Meter fünfundachtzig.

Der Friedhof von Gaal hatte zwei Eingänge. Der Kommissar wählte den Nebeneingang, der an der westlichen Mauer des alten Schulhauses lag. Die Stufen waren glitschig, und Engel zwängte sich mit seinem Regenschirm durch das Eingangstor.

Der Regen trommelte auf den Schirm, und das Schiefergrau des Regens trug einen dunklen Trauermantel.

An der Südseite der Kirche sah er einen Erdhaufen. Dahinter musste die Grube liegen. Neben dem Erdhaufen stand der Sarg von Andreas Strasser. Der ganze Friedhof roch nach nassen Kränzen.

Engel stieg ein Würgen in der Kehle hoch, und sein Atem ging schwer.

Zuerst hatte es seinen Sohn getroffen, als er gerade zwanzig Jahre geworden war. Michael. Vor fünf Jahren. Wie ein hochmütiger Engel war er vom Himmel geflogen, hatte zuvor eine weiße Kokainstraße durch den Himmel gezogen, pumpte dann sein Herz bis zur Explosion mit Energie auf, flog und flog bis zur Erschöpfung, bis er schließlich vom Himmel stürzte. Engels Sohn Michael. Auch dessen Begräbnis hatte im Regen stattgefunden. Wie das von Andreas Strasser.

Eine Woche darauf war das mit Anne-Marie passiert. Als ob es noch nicht genug gewesen wäre. Ihr Lächeln, dieses feine Lächeln, war für immer verloschen. Eine Woche lang sprach sie kein Wort. Stummheit in Engels Armen. Drei Tage später hätte er es ahnen können, hätte die Garage absperren und den Autoschlüssel verstecken sollen. Hätte, hätte können …

Er hatte seine Frau Anne-Marie gleich nach dem Tod Michaels verloren, sie war von der Trauer in ein fremdes Land gezogen, das Engel weder kannte noch betreten konnte.

Das Auto war völlig ausgebrannt an einem Baumstamm gefunden worden. Alles war verbrannt gewesen. Nur die Trauer um Anne-Marie wollte nicht verbrennen. Wenn man Trauer löschen könnte …

Engel hörte ein dumpfes Geräusch, das sich wiederholte, und sah zum Grab hinüber. Der hinuntergelassene Sarg wurde mit Erde überhäuft. Engel musste die Trauerzeremonie verpasst haben. Nachträglich kam es ihm vor, als hätte eine Musikkapelle gespielt und jemand eine kurze Ansprache gehalten.

Er sah einen stattlichen Mann im Steireranzug vor dem Grab stehen und daneben eine schlanke Frau in Trauerkleidung. Das mussten Strassers Eltern sein, auf die jetzt zaghaft die Menschen zukamen, ihre Hände schüttelten, um ihnen zu kondolieren. Die Gesichter unter den Regenschirmen waren nicht zu erkennen. Engel blickte sich um. Etwa zweihundert Menschen mussten gekommen sein, um von Andreas Strasser Abschied zu nehmen.

Plötzlich erinnerte sich Engel wieder, warum er gekommen war. Seine Augen suchten nach etwas. Da entdeckten sie eine Gruppe von jungen Menschen, die etwas abseits zusammenstanden und miteinander redeten.

Engel ging auf sie zu. »Könnten Sie mir vielleicht helfen?«

Die jungen Männer sahen sich an, ein wortloses Fragespiel.

»Ich möchte mit Albert Rossmann sprechen.«

Ein junger Mann mit schon schütterem Haar, gebeugtem Rücken und schmalen Schultern sah fragend von einem zum anderen. Dann ging er einen Schritt auf den Kommissar zu und blieb unschlüssig vor ihm stehen. »Wer sind Sie?«, fragte er.

Ohne auf die Frage einzugehen, sagte Engel: »Können wir irgendwo ungestört reden?« Er zog ihn zur Seite.

Beide verließen den Friedhof, überquerten die Landstraße, gingen zum Parkplatz und blieben in der Nähe des Aufbahrungshauses stehen.

»Ich bin Kommissar Engel. Ich weiß von meinem Kollegen,

dass Sie der beste Freund von Andreas Strasser waren. Tut mir leid für Sie.«

Rossmann verlagerte sein Gewicht von einem Fuß auf den anderen, als ob er Halt suchte.

»Sie haben meinem Kollegen etwas von einer Gruppe erzählt. Ich möchte mehr darüber wissen.«

»Aber ich will von dieser Gruppe nichts mehr wissen und nichts mehr hören. Ich gehe seit einer Woche nicht mehr hin.«

»Stimmt es, dass diese Gruppe von Franz Strasser, dem Vater Ihres verstorbenen Freundes, geleitet wird?«

Engel registrierte ein schwaches Nicken. »Wo trifft sich diese Gruppe?«

»Oben auf dem Hochplateau beim Stierhorn. Das ist ein Felsen. Mehr sage ich nicht. Außerdem bin ich zum Schweigen verpflichtet.« Seine Stimme klang gereizt.

»Aber Sie sind ja aus der Gruppe ausgetreten. Sie sind also nicht mehr an die Schweigepflicht gebunden, ist es nicht so?«

»Es gibt einen Ehrenkodex, an den man sich zu halten hat«, versuchte Rossmann, sich zu rechtfertigen.

»Franz Strasser … Sie mochten seine Methoden in dieser Gruppe offenbar nicht sonderlich gern –«

Rossmann fiel Engel ins Wort: »Wenn Sie etwas über seine Methoden wissen wollen, dann fragen Sie doch jemand anderen, aber nicht mich!«

»Wen denn zum Beispiel?«

Rossmann sah unter seinem Regenschirm hervor.

Engel betrachtete sein Gesicht. Es konnte nicht der Regen sein, der die Wangen von dem jungen Mann nass gemacht hatte. Engel versuchte, seine nächste Frage in einem sanften Tonfall zu stellen: »War Franz Strasser wirklich so streng zu Andreas?«

Rossmann drehte sich um, den Schirm in der Hand, und rannte, ohne ein Wort zu sagen, davon.

Engel schaute ihm nach und schüttelte den Kopf. Erst dann machte er den Regenschirm zu. Er hatte nicht bemerkt, dass der Regen aufgehört hatte.

Nur die schiefergraue Wolkenwand blieb zurück.

5

Nach dem Begräbnis von Andreas Strasser blieb Engel noch eine gute Woche Zeit bis zu seinem Urlaub. Er hatte nicht lange überlegen müssen, wie sinnvoll es war, seinen vierwöchigen Urlaub in der Gaal zu verbringen. Das Verhalten von Albert Rossmann, dem besten Freund von Andreas Strasser, ließ ihn davon ausgehen, dass hinter der Geschichte des Politikersohns noch weitaus dunklere Hintergründe versteckt lagen. Oben auf dem Hochplateau beim Stierhorn. Und mit ziemlicher Sicherheit im Dorf Gaal selbst.

Immer wieder dieses schöne Gesicht Strassers, das vor dem Einschlafen vor ihm auftauchte. Ihn fragend ansah. Manchmal geschah es, dass es sich in seinen Konturen langsam auflöste, als ob es zersetzt würde. Das war der Moment, den Engel so fürchtete, sodass er das Alleinsein fast nicht mehr ertrug. Denn das Gesicht, das sich auflöste, verwandelte sich unaufhaltsam in ein anderes. In das seines Sohnes. Die Vermischung und Verschmelzung beider Gesichter trieb Engel in die Enge seiner selbst, und er musste sich von ihr befreien. Er fühlte, dass es seine gottverdammte Pflicht war, dem Leben Andreas Strassers nachzugehen. Er musste Spuren dieses Lebens von hinten wieder aufrollen. Um sich, Maximilian Engel, mit gutem Gewissen ins Gesicht schauen zu können.

»Mein Vater wäre nie auf die Idee gekommen, mir ein Taschentuch zu reichen. Er hätte mein Blut gar nicht gesehen.«

Auch diese Worte aus dem Mund Strassers drangen immer wieder an Engels Ohr. Sie hörten sich an wie in einen großen leeren Saal hineingesprochen, sie hallten in durchdringender Weise nach.

Und noch ein anderes Bild verfolgte Engel im Laufe der Woche vor seinem Gaal-Urlaub: Andreas Strasser in der Gerichtsmedizin liegend.

Engel konnte jetzt noch spüren, wie seine rechte Hand unbewusst in die Jackentasche gefahren war und nach einem

Taschentuch gegriffen hatte. Ganz nahe war er davor gewesen, es wieder zu tun. »Wie ein Vater, der seinen eigenen Sohn verloren hat«, schoss es ihm durch den Kopf. Für Engel galt vielmehr: wie ein Vater, der zwei Söhne zu beklagen hat.

Am Tag vor seiner Abreise erhob sich Engel von einem Küchenstuhl, ging in sein Schlafzimmer und schob ein Bücherregal zur Seite, hinter dem sich ein Tresor befand. Engel öffnete ihn und entnahm ihm eine Namensliste. Er las sie mehrmals durch. Jeden einzelnen Namen auf der Liste wiederholte er leise: »Augustine Krammer, pensionierte Lehrerin. Dr. Martin Scheer, Arzt. Agnes Scheer, seine Frau. Franz Strasser, Politiker der gemäßigten Rechten. Kajetan Schreiber, Politiker der Grünen. Tobias Weiler, Schäfer, Balthasar Noel, Uhrmacher.«

Engel deponierte die Liste wieder im Tresor und schloss ihn sorgfältig ab.

Das Handy läutete.

»Ja? Natürlich bleibt es bei morgen, Frau Anger. Wie ist das Wetter? Die Aussicht? Kühe? Kühe stören mich nicht, und ich werde sie auch nicht stören. Ich nehme von Graz bis Knittelfeld den Zug und steige anschließend in den Bus um. Wie komme ich dann am besten zu Ihnen?«

Er ließ sich den Weg erklären und verabschiedete sich freundlich.

Engel überlegte, was für die morgige Reise noch zu tun war. Als er sich daranmachte, seine Koffer zu packen, schlich sich ein Lächeln in sein Gesicht. Es glich dem kurzen Flackern einer Kerzenflamme beim Öffnen einer Tür und war schnell wieder vorbei. Engel begann mit dem kleineren Koffer, um darin seine Wanduhr zu verstauen. Er wollte unbedingt mit dem Uhrmacher in der Gaal reden. Um mit ihm in Kontakt zu kommen, würde Engel seine Wanduhr, die nicht mehr schön genug schlage, als Vorwand nutzen.

Der Kommissar interessierte sich nicht nur für Noel, weil er selbst eine Schwäche für Uhren hatte, sondern auch noch aus einem anderen Grund. Sandra Koschir hatte sich umgehört und in Erfahrung bringen können, dass Balthasar Noel auffallend wohlhabend war. In der Gaal war bekannt, dass er es sich leisten konnte, seine finanziellen Angelegenheiten über andere Kanäle als die Bank abzuwickeln. Nicht er, sondern die Bank hatte sich um Noel zu bemühen.

Engel betrat ein Nebenzimmer. Die Bibliothek mit riesigen Büchervitrinen aus Glas eingerichtet. In den Ecken standen Sitzgelegenheiten, es gab ausreichend Licht zum Lesen.

Engels Sammlung enthielt Bücher aller Sachbereiche. Meistens blätterte Maximilian Engel in ihnen, um etwas zu finden, wonach er nicht gesucht hatte.

Es gab einen guten Grund, so viele Bücher zu horten. »Einmal könnte der Tag kommen, an dem ich alles vergessen habe«, sagte er manchmal. »Und ich muss wahrhaftig vieles vergessen, was ich weiß.«

Außerdem ließ er keine Gelegenheit aus, zu behaupten, dass Menschen aus der Geschichte nichts lernen könnten, weil sie alles vergaßen, und wollte dem entgegenwirken.

Engel öffnete eine Glastür und schloss die Augen. Wahllos zog er einen Band hervor. Mit dem schweren Buch in Händen setzte er sich nieder und schloss erneut die Augen, um blind eine Seite aufzuschlagen und dann mit dem Zeigefinger auf ein Wort zu tippen. Zufallsprinzip.

Vor Spannung verzog er das Gesicht. Diesmal war er dem Begriff »Mönchspfeffer« in die Falle gegangen.

Der Mönchspfeffer wurde auch als die Keuschheitspflanze bezeichnet, las er. Die langlebigste dieser Spezies stand jahrelang im legendären Heilkräutergarten in Padua. In hohen Dosen verabreicht, konnte sie die Libido senken, in niedrigeren die Lust steigern, so die Volksmeinung. Den Mönchen diente sie angeblich dazu, die Lust aus ihren Betten fernzuhalten.

»Gut«, sagte Maximilian Engel zu sich selbst. Er hatte seine Pflicht getan. Bevor er wegfuhr und sein Haus verließ, warf er immer einen letzten Blick in seine Lexika. Es war seine Art, sich zu verabschieden.

In den zweiten, größeren Koffer packte er seine Kleidung und einige Toilettenartikel sowie ein paar unwichtige Dinge. Obenauf schichtete er wie gewohnt eine scheußliche Krawatte mit rosaroten Blumen. Eine reine Vorsichtsmaßnahme, um niemals in Versuchung zu kommen, eine Krawatte zu tragen.

Als er an diesem Abend im Bett lag, tauchte das Gesicht des jungen Mannes kurz wieder auf.

Engel hoffte, in dieser Nacht nicht zu träumen, aber die Hoffnung war vergeblich.

Im tiefen Schlaf fand er sich in einer großen Halle wieder. Ein Mann trat auf ihn zu und fragte, ob er in diesem eiskalten Raum jemanden lachen höre. Unentwegt lachen. Engel sagte, er könne das Lachen auch hören.

Später träumte Engel noch, dass er ein Engel war, der mit seinem Schwert einen jungen Mann verteidigte. Der junge Mann war Andreas Strasser.

6

Er saß schon im Zug, allein in einem Abteil der ersten Klasse, und hoffte, er würde es auch bleiben.

Noch fuhr die Bahn nicht, vielleicht würde sie überhaupt nicht losfahren, denn der Regen ließ seine ganze Wut auf die Erde niederprasseln.

Engel hatte gleich nach dem Einsteigen seine beiden Koffer verstaut, blätterte jetzt in einer Tageszeitung und stellte sich darauf ein, sich wohlzufühlen.

Die letzten Tage waren anstrengend gewesen, er war erschöpft. Selbst seinem Team war aufgefallen, dass er bei der letzten Besprechung statt Kaffee Kamillentee getrunken hatte. Und sogar den nur in kleinen Schlucken.

Irgendwie mochten sie die Vorstellung nicht, dass er sie vier Wochen lang verlassen würde, dass er nicht da sein würde, um sie zu bevormunden.

Aber wenn er wieder von seinem Urlaub zurückkäme, würde er sie wie immer in sein Haus einladen. Sein Ritual. Dann kochte er selbst. Meist erwartete er sein Team in einer froschgrünen Küchenschürze und mit einem Kochlöffel in der Hand.

Zugfahren war eine Leidenschaft von Maximilian Engel. Vor allem mochte er die Schaffner. Sie waren die Einzigen, deren Uniformen ihn nicht irritierten. Sie schienen ihm liebenswert und nostalgisch zugleich und waren fast ausnahmslos höflich.

Und irgendwann würde auch der Regen aufhören. Vielleicht würde schon morgen wieder die Sonne scheinen. Wenn er in der Früh das Fenster öffnen würde, könnte er Berge sehen. Den Hochreichart, das Geierhaupt, den Herrschaftskranz. Die Sonne würde hinter ihnen aufgehen.

Er plante, sich unter die Leute zu mischen, Informationen aufzuschnappen und Dr. Scheer und seine Frau zu besuchen. Franz Strasser stand natürlich ganz oben auf seiner Liste. Neben dem Uhrmacher Balthasar Noel. Privat gab es etwas Wichtiges, das nicht auf der Liste stand: ein gutes Gasthaus mit einheimischer Küche und ein Urlaub ohne Langeweile.

Am Morgen hatte er sein Haus unversperrt verlassen und freute sich schon jetzt wie ein Kind auf die Vorwürfe seiner Haushälterin. Sie müsste ziemlich genau in diesem Augenblick eintreffen, also würde sie ihn bald anrufen.

Er wartete. Zählte die Sekunden. Er kam bis dreiundfünfzig, dann läutete das Telefon. Es war seine Haushälterin.

»Natürlich, aber Sie haben ja recht, was alles passieren könnte. Freilich müsste gerade ich es wissen. Bei meinem Beruf …«

Dann legten beide auf. Beunruhigt und beruhigt zugleich.

An der Tür des Abteils wurde erst gerüttelt, gleich darauf wurde sie geöffnet. Ein junger Mann von etwa fünfundzwanzig Jahren trat ein. Die Stiefel und eine abgewetzte Lederjacke vertrugen sich nicht mit seinem gekämmten Haar, das er streng gescheitelt trug. Auch dass er hüstelte, passte nicht zu ihm. Genauso wenig wie, dass er sein Handgepäck nicht hinter sich schleuderte. Schon besser passte zu ihm, dass er nicht laut grüßte, sondern nur hölzern nickte.

Wie ein Offizier der Militärakademie, dachte Engel, als der junge Mann ihm gegenüber Platz nahm.

Kurz darauf rüttelte erneut jemand an der Tür des Abteils.

Diesmal trat eine junge Frau herein. Sie hatte rotbraunes Haar, das sie aufgesteckt trug, machte einen klaren, kühlen Eindruck und setzte sich neben Engel. Sie erinnerte ihn an einen Bergkristall.

Die Wut des Regens schien mittlerweile verraucht zu sein. Die letzten Regentropfen fielen der Sonne zum Opfer.

Engel hörte einen Pfiff vom Bahnsteig, dann fuhr der Zug an. Er verspürte Lust, seine Beobachtungen fortzusetzen, war gespannt, ob die beiden, die sich schräg gegenübersaßen, irgendwann ins Gespräch kommen würden.

Aber sie sprachen nicht. Entweder kannten sie sich nicht, oder sie kannten sich, waren aber böse aufeinander. Oder sie gaben nur vor, aufeinander böse zu sein.

Engel beobachtete sie mit zunehmendem Interesse. Sie taten alles, um sich ja nicht anzusehen. Aber warum?

Während die junge Frau die Beine übereinanderschlug, verschränkte der Mann seine Arme, bevor er mit einer Hand seine Wange rieb, woraufhin sie ihre Lippen befeuchtete.

Engel schloss die Augen bis auf einen schmalen Schlitz und tat so, als ob er schliefe.

Etwas später packte der Mann seinen Laptop aus, schaltete ihn ein und sah sich offenbar die Aufzeichnung eines Fußball-Länderspiels an.

Engel hörte Beifall und Pfiffe des Publikums, aber die Lautstärke war nicht störend. Dann wurden die Namen der Spieler von Ungarn und Österreich aufgerufen. Die der Österreicher wurden stürmisch gefeiert. Da das Länderspiel am Vortag in Wien ausgetragen worden war, spielte man die ungarische Nationalhymne der gegnerischen Mannschaft zuerst ab. Dann wurde es still. Der Moment vor der österreichischen Bundeshymne.

Mit dem ersten Ton sprang der Mann wie auf Kommando auf, legte seine rechte Hand aufs Herz und blieb regungslos in dieser Haltung stehen.

Engel sah zur jungen Frau, die weniger überrascht zu sein schien als er.

Als nach Beendigung der Hymne Beifall aufbrandete, setzte sich der junge Mann wieder hin und schaltete den Laptop aus. Das eigentliche Fußballspiel schien ihn nicht wirklich zu interessieren.

»Ich möchte mich bei Ihnen höflich entschuldigen, dass ich nicht aufgestanden bin«, wandte sich Engel an seinen Mitfahrer und erhielt auf der Stelle eine korrekte Antwort.

»Entschuldigung angenommen.«

Österreicher mit deutscher Neigung, stellte Engel für sich fest. Der Vorfall einschließlich der österreichischen Bundeshymne hatte ihn müde gemacht. Engel fühlte sich bereit für ein Nickerchen. Seine Augenlider senkten sich erst zaghaft und zitterten kaum merklich. Dann schlossen sie sich und öffneten eine Tür, die den Weg zu einem Traum freigab.

Er war sich ganz sicher, dass es sich um Hildegard von Bingen handelte, die ihn prüfend musterte. Er traf sie in einem Klostergarten, wo sie ihn rüde zum Gebet aufforderte.

Engel musste sich vor eine Madonna knien. Sie hatte ein hartes, faltiges Gesicht und sah ihn mahnend an, weil ihm kein Gebet einfiel. Er fühlte sich sehr elend.

Doch Hildegard von Bingen erlöste ihn, indem sie ihm eine zweite Chance gab.

Er sah sich auf einer Schulbank in der ersten Reihe sitzen, seinen ängstlichen Blick auf Hildegard gerichtet. Mit einem Zeigestock in der Hand überprüfte sie sein Wissen über Heilpflanzen.

»Ringelblume, Rittersporn, Eisenhut, Sanddorn, Salbei«, zählte er auf, bis er von ihr unterbrochen wurde.

»Was weißt du über den Mönchspfeffer?«, fragte sie ihn erschreckend streng. Ihr Blick war lauernd und besserwisserisch.

In seiner Not fiel Maximilian Engel immerhin der lateinische Name ein. *Vitex agnus-castus.* Er wollte noch auf das Keuschheitsgelübde der Mönche zu sprechen kommen, aber Hildegard verunsicherte ihn, indem sie ihn unverwandt lauernd ansah. Er verstrickte sich in Widersprüche und fühlte, wie er errötete.

Er wollte vom Thema ablenken und zum Wermut übergehen, doch Hildegard sagte schneidend: »Wir reden noch immer vom Mönchspfeffer. Mönchspfeffer.«

Das Wort hallte so laut in seinen Ohren wider, dass es schmerzte. Er hätte schreien können.

»Mönchspfeffer, sage ich!« Das Gesicht von Hildegard von Bingen wuchs zu einer Fratze von riesenhafter Dimension an. Sie spannte sich wie eine Tapete über alle vier Wände des Klassenzimmers.

Plötzlich nahm er die Tafel wahr, auf der mit weißer Kreide geschrieben stand: »Maximilian Gabriel Engel hat die Prüfung nicht bestanden.«

Gleich darauf hörte er sich selbst aufschreien und sah sich zur Tür rennen. Doch die Tapete mit dem vorwurfsvollen Gesicht Hildegards verklebte ihm den Ausgang.

Noch einmal schrie er auf, um zu beteuern, alles gewusst zu haben: »Mönchspfeffer!«

Er öffnete die Augen und blickte in ein Gesicht.

Es war grell geschminkt, die Lippen zinnoberrot, faltenlos. Der leuchtende Mund bewegte sich, sagte etwas.

»Sie haben immer wieder ›Mönchspfeffer‹ gemurmelt. Sind Sie einer von diesen biologischen Neoromantikern? Nebenbei bemerkt sind Sie dabei immer näher an mich herangerückt.« Und mit warmem Timbre ergänzte die Frau: »Aber das macht nichts.«

Engel versuchte, sich zu orientieren. »Wo sind die beiden?«, fragte er die Frau.

»Wen meinen Sie?«

Statt eine Antwort zu geben, stellte er sich vor. Als sie es ihm gleichtat, kam ihm ihr Name bekannt vor.

»Sind Sie Sängerin?«, fragte er.

Sie nickte und sah aus wie eine Katze, die einen Vogel gefangen hat. »Ich wohne in der Gaal«, sagte sie. »Mein Haus steht auf einer sonnseitigen Anhöhe. Wenn ich Zeit habe, verbringe ich dort meine Wochenenden und Urlaube. Ich komme gerade aus London zurück.«

Engel gelang es zu verbergen, dass er beeindruckt war. Sie war anziehend. Aber vielleicht ein bisschen zu stark geschminkt.

Wieder wurde die Abteiltür zur Seite geschoben. Die junge Frau, der Bergkristall, trat ein, setzte sich und lächelte.

»Sie haben ein schönes Lächeln. Damit gehören Sie auf die Bühne«, bemerkte die Sängerin.

Der Gesichtsausdruck der jungen Frau veränderte sich unmerklich.

Gleich darauf wurde die Tür erneut geöffnet, und der junge Mann trat ein.

Er nahm auf dem Sitz gegenüber den anderen drei Reisenden Platz.

Engel wunderte sich, dass sie auch diesmal nicht zu zweit hereingekommen waren, war es doch augenscheinlich, dass sie zusammengehörten.

Draußen hatte sich der Regen verzogen. Die Sonne lud das Abteil mit ihrer Wärme auf. Der Schaffner kam herein, grüßte ausnehmend höflich, fragte nach den Tickets und kontrollierte sie. »Vergessen Sie nicht auszusteigen, wenn es so weit ist«, sagte er väterlich. Bevor er endgültig das Abteil verließ, drehte er seinen Kopf nochmals um und sagte fast entschuldigend: »Sie können sich gar nicht vorstellen, wie viele Menschen vergessen, rechtzeitig auszusteigen. Gute Reise noch.«

Engel fühlte allmählich, wie seine Spannung, die in den letzten Wochen immer stärker geworden war, von ihm abfiel. Er ließ sich von der wohligen Wärme umfangen und genoss die Müdigkeit.

Schon beim Einsteigen in den Zug war ihm der Gedanke gekommen, der ihn jetzt wieder beschäftigte. Er hatte sich gefragt, wie die vielen Gerüchte und Legenden in der Gaal zu erklären waren.

Engel vertrat in diesem Punkt eine naive Vorstellung. Er stellte sich die topografische Lage eines Ortes vor und sah in der Form der Täler gravierende Unterschiede. Ihre Form beeinflusste seiner Meinung nach den Fluss der Gerüchte. Durch manche Täler konnten Gerüchte hindurchziehen und am anderen Ende ungehindert wieder verschwinden. Dies war gewiss in der hinteren Gaal der Fall, da sich das Tal auf einer Anhöhe leicht verbreiterte. Engels geografischen Erkundigungen nach musste das ebenfalls in der Gaal gelegene enge Ingeringtal jedoch aus einem anderen Holz geschnitzt sein. Sein Ende wurde von Bergen blockiert. Sie versperrten den Weg und machten es zu einem Sacktal, sodass sich die Gerüchte in ihm stauten und im Kreis drehten. In so einem Tal war es möglich, dass Gerüchte hängen blieben, miteinander in gefährlichen Nahkontakt kamen und sich ebenso gefährlich aufbauschten.

Engel musste an Binder denken, mit dem er sich vor drei Tagen über dieses Thema unterhalten hatte. Durch reinen Zufall waren sie auf dessen Urlaube in der Gaal zu sprechen gekommen.

Hannes Binder war Besitzer eines Restaurants, in dem Engel manchmal zu Abend aß. Es kam vor, dass Binder sich dann zu ihm an den Tisch setzte und ihn auf einen Verdauungsschluck einlud. Engel musste noch jetzt bei der Erinnerung über sich lächeln, wie er Binder mit der Bitte überrumpelt hatte, ihm alles über die Gerüchte zu erzählen, die ihm in den letzten Jahren bei seinen Urlauben in der Gaal zu Ohren gekommen waren.

»Gerüchte?«, hatte er gefragt. »Normale Leute laufen vor den Gerüchten davon, und du läufst ihnen nach? Warum?«

Doch das Gespräch war nicht umsonst gewesen, denn Binder hatte ihm einiges erzählen können.

Die Gruppe um den Abgeordneten Franz Strasser nannte sich »Heimatgruppe«. Strasser, so die gängige Meinung, war die Politik offenbar wichtiger als seine eigene Familie. Seiner Gruppe wurde nachgesagt, sich am Rande der Legalität zu bewegen. In den letzten drei Jahren, noch mitten im Leben stehend, hätte sich auch der junge Strasser dieser Gruppe mit Begeisterung angeschlossen und sich an deren Übungen beteiligt. Über Franz Strasser erzählte man sich, er habe einigen Männern in der Gaal Hörner aufgesetzt, also mit ihren Frauen Affären gehabt.

Außerdem gab es eine sehr alte Lehrerin, die alleinstehend war und wie ein Schlot rauchte. Die Bewohner der Gaal fürchteten sie, weil sie angeblich alles über jeden wusste. Dass sie sich darüber beharrlich ausschwieg, machte sie nur umso verdächtiger. Die Leute erzählten sich, dass sie alles niederschrieb, was sie beobachtete. Es hieß, sie habe eine Liste ihrer ehemaligen Schüler angelegt und verglich deren schulische Leistungen mit dem, was sie später aus ihrem Leben gemacht hatten.

Auch über Agnes und Martin Scheer wurde getuschelt. Dr. Martin Scheer war Gemeindearzt. Ein guter Arzt und sehr beliebt. Was man sich über seine Frau erzählte, war jedoch widersprüchlich. Aus den Gerüchten waren fast schon Legenden entstanden. Manche Leute sahen in ihr ein Opfer ihres schön gewachsenen Körpers und ihres anziehenden Gesichts. Beides machte sie zwangsläufig zur Verführerin. Mehr noch. Ihre überragenden Kräuterkenntnisse und ihre Verbindung zu der Heimatgruppe von Strasser ließen einige Leute im Dorf an das Mittelalter und an das legendäre Reich der Hexen denken.

Seltsam zurückhaltend, fast vorsichtig, sprach man über den Uhrmacher Balthasar Noel. Er lebte seit der enttäuschenden Beziehung mit einer Frau, die seinen Heiratsantrag abgelehnt haben sollte, zurückgezogen in seinem großen Haus, das ebenso viele Spekulationen für Gerüchte lieferte wie seine Person selbst. Es lag abgelegen jenseits des Bachs und war vor ungefähr zwanzig Jahren umgebaut worden. Noel galt als ungeheuer wohlhabend, und da er immer wieder öffentliche Spenden machte, wollte man sich nicht zu sehr den Mund beim Tratsch über ihn verbrennen. Das Geschäft des Uhrmachers ging sehr gut, da er sich auf alte wertvolle Uhren und Automaten spezialisiert hatte. Die Kunden kamen hauptsächlich aus dem Ausland, denn Noel galt auch international als anerkannter Experte.

Bemerkenswert war überdies der Umstand, dass aus der Gaal zwei angesehene Politiker stammten. Der eine war Franz Strasser, Nationalratsabgeordneter der moderaten Rechten und aussichtsreicher Kandidat für Brüssel. Er besaß ein großes Anwesen und ein Jagdhaus auf seiner Hochalm. Der andere war der Grüne Kajetan Schreiber, der in der Parteizentrale in Wien tätig war und in der Gemeinde Gaal mittlerweile nur noch ein Wochenendhaus besaß, in das er sich aber immer häufiger zurückzog. Die Leute in der Gaal hatten ihn nicht gerade ins Herz geschlossen. Mit seiner Frau führte er ein eher bescheidenes und unauffälliges Leben. Manche interpretierten sein Verhalten auch als Zeichen seiner Unnahbarkeit. Sein erlernter Beruf war Uhrmacher. Angeblich stand er seinem genialen Lehrmeister Noel, was das Talent betraf, in nichts nach. Es ging das Gerücht um, dass Noel ihn gern als seinen Nachfolger gesehen hätte.

Manchmal sprach man auch über den Schäfer Tobias Weiler. Er hatte ein Haus in St. Marein, das er aber nur sporadisch bewohnte. In der übrigen Zeit wanderte er mit seinen Schafen über die Berghänge der Niederen Tauern und hielt sich wochenlang auf dem Hochplateau auf, zu Füßen des Herrschaftskranzes, wo seine Schafe zwischen dem Gras saftige Kräuter fanden. Ganz in der Nähe von Strassers Jagdhaus, in dem dessen Heimatgruppe untergebracht war. Die Leute fanden Weiler interessant, und manche bewunderten seine Unternehmungslust, mit den Schafen umherzuziehen, aber gleichzeitig gingen einige ihm aus dem Weg. Das mochte sowohl an dem Gerede über seine ungewisse Vergangenheit liegen als auch daran, dass er Verbindungen in den Kosovo und nach Serbien gehabt haben sollte.

»Mit mehr kann ich dir leider nicht dienen«, hatte Binder schließlich gesagt. »Den Rest musst du selbst rausfinden. Aber ich bin optimistisch: In der Gaal tauchen Gerüchte auf wie Forellen im Bach oder Eierschwammerl im Wald.«

Engel blickte durch das Zugfenster und sah Häuser und Masten vorbeifliegen. Die beiden jungen Leute hatten in der Zwischenzeit das Abteil wieder verlassen.

Er wandte sich der Sängerin zu und wartete etwas ab, bevor er fragte: »Welche Leute kennen Sie in der Gaal?«

»Sie wollen mich doch etwas ganz Bestimmtes fragen, hab ich recht?« Sie spielte mit ihm.

»Na gut: Kennen Sie Franz Strasser?«

»Eine ziemlich private Frage, finden Sie nicht?«

»Wäre meine Frage weniger privat gewesen, wenn ich sie anders formuliert hätte? Wenn ich Sie nach dem Politiker und Nationalratsabgeordneten Strasser gefragt hätte? Ehrlich gesagt interessiere ich mich sowieso mehr für seinen Sohn. Er ist tot.«

»Ich habe den Sohn nie gesehen. Und seinen Vater habe ich nur drei Nächte lang gekannt. Ich bin nicht die Einzige, der das so gegangen ist. Er nimmt sich, was er will«, sagte sie. Und nach einer kurzen Pause: »Ich mir übrigens auch.«

»Ziemlich privat, finden Sie nicht?« Engel sah ihr ins Gesicht und fand erneut, dass Anja Helmström zu stark geschminkt war.

Der Schaffner zwängte seinen Kopf durch die Schiebetür. »Alles in Ordnung?«, erkundigte er sich.

»Eine gute Frage«, antwortete die Sängerin.

Die junge Frau und der junge Mann kamen in das Abteil zurück und setzten sich erneut einander gegenüber.

»Ich werde in Knittelfeld mit dem Taxi abgeholt. Wollen Sie mich nicht begleiten?«, fragte die Sängerin den Kommissar.

Engel tat, als ob er die Frage nicht verstanden hätte, reagierte nicht.

»Also gut«, sagte die Sängerin, »aber vielleicht besuchen Sie mich ja einmal auf einen Kaffee. Dann können Sie mir erzählen, wie Ihnen das Dorf gefällt.«

»Vielleicht.«

»Und noch ein Rat: Fragen Sie, wo Sie den Gaalkönig finden können. An seiner Haustür hängt ein ausgestopfter Bärenschädel. Als einsame Frau erträgt man den Anblick nur schwer, so furchterregend ist er.«

Engel war sich sicher, dass die beiden jungen Leute keines ihrer Worte überhört hatten. Er verspürte Hunger und hoffte, in Gaal oder in Seckau ein gutes Gasthaus mit bodenständiger Küche zu finden. Mit einer nicht zu großen Speisekarte. Dafür mit einem deftigen Gulasch und einer Semmel, nein, besser mit zweien. Er stellte sich eine nicht zu schlanke Gastwirtin vor, die geradewegs aus der Küche kam und persönlich die Suppe in einem Suppentopf aus Porzellan servierte. Und anschließend etwas, das direkt aus dem Rohr kam. Schweinsbraten mit Strudel wenn möglich.

Das Wasser lief ihm im Mund zusammen. Er wollte gerade schlucken, als der junge Mann belegte Brötchen auspackte und zu essen begann.

Der Kommissar kannte all die Brötchen beim Namen, als wären sie gute Freunde von ihm. Der junge Mann hatte zweifellos beim Feinkostwarenhändler Frankowitsch in der Grazer Stempfergasse eingekauft. Aber auch das war noch lange kein Grund, bei der österreichischen Bundeshymne aufzustehen.

Für Maximilian Engel standen Frankowitsch-Brötchen und Patriotismus nicht in direktem Zusammenhang, doch bei ihrem Anblick musste er nun gleich mehrmals hintereinander schlucken.

Für diesen Abend hoffte er auf die Barmherzigkeit eines guten Gasthauses. Oder seiner Zimmerwirtin. Vielleicht würde sie eine Kleinigkeit für ihn herrichten. Sie hieß Magdalena Anger. Warum sollte jemand mit diesem Namen nicht kochen können?

Endlich fuhr der Zug in Knittelfeld ein.

Die Sängerin verabschiedete sich von ihm. »Versprechen Sie mir, mich zu besuchen, Sie unruhiger Träumer«, sagte sie und verließ das Abteil mit einem Lachen.

Die junge Frau folgte ihr mit einem Nicken und verschwand in der Bahnhofshalle.

Der junge Mann packte seine Sachen und sagte korrekt: »Hat mich sehr gefreut.«

Engel ging als Letzter mit seinen zwei Koffern aus dem Abteil. Als Letzter, dachte er, während er aus dem Zug stieg. Wie ein Kapitän, der das sinkende Schiff verlässt.

7

Engel hatte bisher noch nie einen Bus gesehen, in dem nur zwei Fahrgäste saßen. Aber auch als er genauer hinsah, entdeckte er hinter dem Buslenker nur den jungen Mann aus seinem Abteil. Vorsichtig blickte Engel sich noch einmal um, ob sich im hinteren Teil des Busses noch jemand versteckt hatte. Niemand.

Zu dritt fuhren sie los. Der Busfahrer schien in einer schlimmen Verfassung zu sein. Immerhin trug seine Fahrweise dazu bei, dass die ansonsten langweilige Busfahrt für Engel zu einem gefährlichen Abenteuer geriet.

Unterwegs passierten sie mehrere Stationen, an denen der Busfahrer umsonst hielt, denn es stieg weder jemand ein noch aus. Bis auf eine Ausnahme.

An der Haltestelle, an der eine kleine Abzweigung rechts nach Seckau führte, verließ der junge Mann den Bus. Am Straßenrand wartete zu Engels Überraschung schon ein grauer Mercedes auf ihn. Auf dem Autodach war kein Taxischild angebracht.

Schließlich näherte sich der Bus Gaal. Engel konnte das Schloss Wasserberg auf einem Hügel sehen, als der Fahrer anhielt. Seine Zimmerwirtin Magdalena Anger hatte ihm die Station genau beschrieben. Engel stieg aus dem Bus aus, und sein Abschiedsgruß wurde vom Fahrer mit einem Gähnen erwidert. Der Kommissar deutete es als die erste und letzte menschliche Geste des Mannes in ihrer kurzen Beziehung.

Engel wusste, dass das Dorf selbst etwas weiter westlich der Haltestelle lag. Als er auf die Landstraße trat, beschlich ihn eine fremdartige Empfindung, die ihn lange Zeit nicht losließ. Es war, als würden Nebelschwaden seine Sicht behindern, so als wollte jemand, dass Engel etwas übersah. Etwas, das bedeutungsvoll im Dorf sein musste. Er war sich sicher, dass es sich um eine Person handelte, der er nicht begegnete, obwohl er ihr begegnen sollte.

Er blieb stehen und betrachtete die Plakate am Straßenrand,

die deutliche Zeichen der bevorstehenden Nationalratswahl waren. Zwischen dem »Bachwirt« und einer kleinen Kapelle hing ein Plakat, das den Abgeordneten Franz Strasser als Lokalgröße neben dem Kanzlerkandidaten der moderaten Rechten zeigte. Daneben eines der Sozialisten und eines der Grünen. Engel fühlte, wie bei dem Slogan »Und jetzt erst recht« die alte Politikverdrossenheit in ihm hochstieg. Er kam sich vor wie jemand, der weit gereist war, sich aber in seinem Reiseziel geirrt hatte.

Bis zur Privatpension von Frau Magdalena Anger dürfte es nicht mehr weit sein. Binder hatte ihm erzählt, dass das Gebäude zu den ältesten Bauernhäusern des Gemeindeteils zählte. Aus Holz und Stein errichtet.

Der erste Blick, bevor Engel ein Haus betrat, galt stets der Fassade. Befriedigt stellte er fest, dass die der Pension nicht allzu glatt war. Er mochte glatte Fassaden nicht. Genauso wenig wie düstere Hinterhöfe.

Die Tür mit Sonnensymbol ließ sich nur schwer öffnen. Leise, wie es seiner Art entsprach, durchschritt Engel den Hausflur und gelangte in den Hinterhof.

Sofort schloss er den rustikalen Garten ins Herz. Zwischen alten Obstbäumen blühten wilde Blumen. Hellblau stach hervor. Unter den Bäumen standen drei Bänke.

In einer der Hofmauern befand sich ein Tor, durch das man gehen konnte. Hinausgehen und auf einen pittoresken Berg sehen. Hinter ihm würde für Engel in den nächsten Tagen die Sonne aufgehen. Oder unter-.

Wenn es denn nicht gewitterte oder zu wolkig war.

Die Zimmerwirtin hatte ihn trotz seiner Vorsicht bemerkt. Sie begrüßte ihn mit neugieriger Herzlichkeit, zeigte ihm das Haus und sein Apartment sowie den Frühstücksraum. Sie war zierlich gebaut und postierte sich vor Engel, eine Wange in ihrer kleinen Hand: »Engel? Was für ein himmlischer Name! Sicher üben Sie einen sehr schönen Beruf aus, Herr Engel.«

Er hatte verstanden. »Ich bin Kommissar und brauche dringend Urlaub, um meine Morde zu verarbeiten«, erwiderte er.

Magdalena Anger schien noch etwas sagen zu wollen, unterließ es aber.

Engel war nicht entgangen, dass sie seine zwei Koffer interessiert betrachtete. »Im großen sind meine üblichen Sachen«, sagte er.

Sie nickte, und ihre Augen richteten sich erwartungsvoll auf den zweiten Koffer.

Er öffnete ihn und zeigte der Wirtin die Wanduhr. Er wolle sie zur Reparatur bringen, da er gehört habe, im Ort gebe es einen guten Uhrmacher. Seit Kurzem mache sie seltsame Geräusche. Nicht die ganze Wahrheit, denn er hatte die Klangfeder mit Absicht verbogen.

»Versprechen Sie mir, niemandem von meinem Beruf zu erzählen?«, fragte er schließlich Frau Anger.

»Muss ich das wirklich?« Die Gegenfrage klang zaghaft.

Engel war müde und sagte, dass er sich zurückziehen wolle. Er reichte der Wirtin seine Hand und spürte, wie klein ihre war.

Im Apartment stellte er die Koffer ab, öffnete das Fenster und betrachtete den Berg im Hintergrund. Er hatte das Gefühl, dass er atmete und die Geschichte der Gaal hütete. Der Berg musste mehr wissen als alle Bewohner der Gemeinde zusammen.

Maximilian Engel legte sich aufs Bett, stand aber bald wieder auf, weil ihn sein hungriger Magen an etwas erinnerte, was mit Essen zu tun hatte. Also ging er zum nahe gelegenen »Bachwirt«. Magdalena Anger hatte ihm das Gasthaus empfohlen.

Engel bereute es nicht. Er aß ein großes Gulasch mit einem Spiegelei und dazu zwei Semmeln. Und trank ein Krügel Bier dazu, dessen Schaumkrone keine Blasen hatte und sich nicht auflöste, bevor er seine Lippen in sie eintauchte. Er spürte, dass die Wirtin es bedauerte, keine Zeit für ihn zu haben, denn sie hatte am Abend eine Kegelrunde zu bedienen.

Als er nach eineinhalb Stunden wieder zu seiner Pension kam, waren die Lichter gelöscht, und im ganzen Haus war es still. Seine Zimmerwirtin musste wohl schon schlafen. Aber vielleicht befand sich ihr Schlafzimmerfenster auf der Rückseite des Hauses, dann hätte er das brennende Licht nicht bemerken können. Dann könnte es genauso gut sein, dass sie noch las. Was wohl für ein Buch?

Engel entkleidete sich müde, nahm noch eine Dusche und legte sich schließlich in sein Bett.

Er dachte an die Sterne, die an ihrem eigenen Glanz erloschen.

Bald schlief er wie ein Engel. Aber Engel träumte nicht.

8

Der Schäfer rastete unter der Sonne. Tobias Weiler wusste seine Schafe in der Obhut der Hunde. Er vertraute seinen Hunden mehr als den Menschen. Das Gras, in dem er lag, roch nach Thymian und nur spärlich nach Glück.

Weiler hatte es sich zur Angewohnheit gemacht, in regelmäßigen Abständen zu überprüfen, ob jemand in seiner Nähe war. Er blickte sich um. Hinter ihm lag eine lange Geschichte, die er aus Angst vor jedem versteckte, der ihm zu nahekam. Sein Leben war für ihn zum Versteckspiel geworden. Nach all dem, was er wusste, was er vor allem zu viel wusste, nachdem er den Kosovo verlassen hatte. Die Vergangenheit hatte ihn dazu bewogen, vorsichtig zu sein.

Niemand durfte erfahren, was er im Balkankrieg gesehen hatte. Am besten war es, alles hinter sich zu lassen – wenn möglich sogar die Erinnerung. Selbst Ibrahim Rugova, der wie ein Freund für ihn war, hatte ihm geraten, alles zu vergessen, was er wusste. Und Rugova musste wissen, was er sagte.

Und dann war da noch Matjaz. Matjaz Mladaj aus dem Kosovo, Weilers Kollege und Freund, der für eine kosovarische Zeitung schrieb. Am Fuß der albanischen Berge hatte er ihn zur Seite genommen: »Tobias, denk nicht mehr daran, was nach der Waffenniederlegung der UÇK passiert ist. Wenn du nach Österreich zurückgehst, musst du alles vergessen. Versprich es mir. Gib mir dein Ehrenwort. Es ist zu deiner eigenen Sicherheit.«

Mladaj hatte einen schweren Arm um seine Schultern gelegt. Weiler konnte ihn noch heute fühlen, er ruhte auf seinen Schultern wie eine Last von dem Gewicht eines Baums.

Das Brennglas fiel ihm wieder ein. Er fand es in seiner Umhängetasche und nahm es heraus. Seit seiner Kindheit trug er es bei sich, es hatte ihn überallhin begleitet, sogar bis nach Serbien und in den Kosovo.

Weiler zupfte einige Gräser aus und häufte sie wahllos übereinander, bevor er die konvexe Seite des Brennglases gegen die Sonne hielt und wartete.

Es dauerte nicht lange, bis sich die Gräser in der gebündelten Hitze krümmten, bevor sie aufrauchten und Feuer fingen.

Der Schäfer lächelte, roch den Rauch, der vom Gras aufstieg, und löschte das Feuer dann mit Bedacht.

Wieder blickte er sich um, um sicher zu sein, dass niemand in seiner Nähe war, legte sich nieder und breitete seine Arme aus. Er lauschte vor sich hin und beobachtete, wie der blaue Himmel über die Wiese hinwegzog.

In seiner Vorstellung sah Weiler sich klein werden und rannte vor sich selbst davon. Er rannte wie ein wildes Tier. Rannte und rannte. Obwohl er zwischendurch ins Stolpern kam, rannte er immer weiter. Dann fühlte er nur mehr, wie sein Mund sich öffnete. Kurz bevor er den Felsen hinunterstürzte.

Er fuhr hoch und setzte sich auf. Zuerst fiel sein Blick auf die zwei Füße auf dem Wiesenboden. Dann auf die zwei Beine, einen massigen Oberkörper in einem weißen Hemd und schließlich auf das Gesicht.

»Ich dachte schon, ich wäre der einzige Spezialist für Alpträume«, sagte Engel, stellte sich vor und fragte Weiler, was er geträumt habe.

Weiler antwortete und beendete die Schilderung mit dem Absturz vom Stierhorn.

»Stierhorn?«

»Ein Felsen. Er bildet die Grenze zu Franz Strassers Hochalm, wo auch sein Jagdhaus steht.« Ganz unerwartet fragte Weiler: »Was halten Sie von meinem Traum?« Dabei sah er mit Spannung zu Engel auf, als hinge sein Leben von dessen Antwort ab.

Engel ließ sich Zeit. »Es ist einfach«, sagte er dann, »wirklich ganz einfach. Er bedeutet, dass jemand vom Stierhorn abstürzen wird.«

»Aber es war doch nur –«

»Die Wirklichkeit ist viel eindeutiger, als man sie sich im Traum vorstellt.«

Mittlerweile hatte sich der Schäfer erhoben und ihn bis an einen mächtigen Felsen herangeführt. »Das ist das Stierhorn«, sagte Weiler. Gemeinsam blickten sie in die Tiefe daneben hinunter. »Oberhalb des Felsens dehnt sich in Richtung Westen das Hochplateau aus.«

»Das Franz Strasser gehört?«

Weiler nickte. »Sein Grund reicht bis zum Felsen.« Er schaute wieder ins Tal hinunter, als könnte er dort etwas Besonderes sehen.

Engel brach das Schweigen. »Es muss unter uns bleiben, was wir jetzt miteinander reden.«

Der Schäfer drehte sich erstaunt zu ihm hin.

Engel zögerte. »Sie haben mein Vertrauen, Weiler. Ich bin in die Gaal gekommen, um einer bestimmten Sache nachzugehen, von der ich selbst nicht weiß, ob sie existiert oder ob ich sie mir nur einbilde. Aber ich habe einen guten Grund für den Verdacht, dass sich da oben auf dem Hochplateau, wo Ihre Schafe so ahnungslos friedlich ihr Gras fressen, bald etwas ereignen könnte. Wo steht eigentlich das Jagdhaus von Strasser?«

Weiler wies mit einer Hand in die westliche Richtung. »Es ist hinter einer Kuppe verdeckt.«

»Drüben beim Jagdhaus soll eine sogenannte Heimatgruppe mit jungen Männern überharte Trainingseinheiten abhalten«, sagte Engel. »Genau da oben, wo normalerweise Sie und Ihre Schafe sich aufhalten.«

Weiler schien Engel zum ersten Mal bewusst anzusehen.

»Mich interessieren die Menschen, die auf das Hochplateau kommen, und auch diejenigen, die schon oben waren. Und alle, die momentan oben sind.« Er betrachtete den Schäfer von der Seite. Etwas an ihm wollte nicht zu dem Mann passen. Nach außen hin wirkte er ruhig, aber etwas in ihm störte seinen inneren Frieden. Er stand ruhig und unbeweglich da und schien trotzdem auf der Flucht zu sein. Vielleicht wäre es das Beste, ihn direkt zu fragen. »Ist da etwas Wahres dran, Weiler?«

»Woran?«

»An dem, was man sich von Ihnen erzählt. Dass Sie sich in Serbien und im Kosovo aufgehalten haben …«

Weiler blickte um sich, bevor er sich in sich zurückzog.

Plötzlich trat er bedenklich nahe an Engel heran, ging zu ihm auf Tuchfühlung. Als müsste er die Worte erst suchen, verharrte er eine Zeit lang in dieser Position. Dann griff er mit einer Faust Engels Hemdkragen und drehte ihn mit einem Ruck etwas enger, sodass der Kommissar nur noch schwerlich Luft bekam. Weiler sagte nur ein Wort: »Bitte.«

Vieles, fast alles, schwang in diesem Wort mit: Drohung, Angst, Verzweiflung. Und nicht zuletzt tatsächlich eine Bitte.

»Das war das letzte Mal, dass Sie mich so etwas fragen«, sagte Weiler. »Meine Geschichte gehört mir allein. Sie geht niemand anderen etwas an. Bitte!« Damit ließ er den Hemdkragen von Engel wieder los.

»Gut«, sagte der Kommissar.

Danach sprachen sie längere Zeit kein Wort miteinander.

Weiler dachte daran, was ihm am Vortag auf dem Hochplateau passiert war. Kaum hatte er sich ins Gras gelegt, als ihn das Gefühl überkam, beobachtet zu werden. Er sprang auf und sah sich nach einem bestimmten Bewegungsmuster um, das er im Kosovo anzuwenden gelernt hatte, sobald Gefahr drohte. Er hatte gerade noch sehen können, wie vier junge Männer davongelaufen waren und sich ins Jagdhaus Strassers zurückgezogen hatten. Sie mussten ihn beobachtet haben. Vielleicht hätte er nicht vor einer Woche mit seinem Fernglas so lange zu ihnen hinüberschauen sollen. Zwei der Männer, die sich gerade auf dem Hochplateau miteinander unterhalten hatten, mussten ihn entdeckt haben, denn sie begannen plötzlich, aufgeregt zu gestikulieren, bevor sie hinter der Kuppe verschwanden, um vermutlich ihren Kollegen von der Gruppe davon zu berichten. Aber auch das würde sein Geheimnis bleiben. Er würde Kommissar Engel kein Wort davon sagen. Es gab keine bessere Sicherheit im Leben als das Schweigen.

Sowohl Weiler als auch Engel trugen einen Rucksack mit etwas zu essen und zu trinken bei sich, und sie beschlossen, sich zu stärken.

Während sie aßen und tranken, schwiegen sie über die Vergangenheit. Stattdessen plauderten sie angeregt über Gott und die Welt, entdeckten viele Gemeinsamkeiten und ertappten sich dabei, wie sie sich schon nach kurzer Zeit mit dem Vornamen ansprachen.

Später überkam Weiler das Bedürfnis, über seine Schafe zu sprechen. »Kannst du dir vorstellen, dass eines meiner Tiere anders sein könnte als friedlich? *Agnus castus.*«

»Das keusche Lamm. Ich kenne die Bedeutung. Am Tag meiner Abreise in die Gaal habe ich die seltsame Bezeichnung per Zufall in einem Lexikon gelesen. Auch der Mönchspfeffer heißt so, glaube ich.«

»Für mich als Schäfer ist die freie Übersetzung aus dem Lateinischen bedeutender: das reine Lamm.«

»Oder das Opferlamm«, sagte Engel.

Aber dieser Einwand schien für die Ohren des Schäfers so fremd zu sein, dass er einer Antwort nicht würdig war. Sein Blick bekam jetzt etwas Streitbares.

Engel sah in seiner Vorstellung, wie Weiler seine Schafe gegen reißende Wölfe verteidigte.

»Ich schlachte nie ein Schaf«, sagte Weiler trotzig. »Das wäre, als würde ich den letzten Frieden auf dieser Welt töten.«

Engel, der die Welt liebte, ohne sie zu verstehen, konnte dem Gedankengang nicht folgen.

»Weder die Theologie noch die Biologie versteht den Frieden der Schafe«, sagte der Schäfer. Er zupfte ein Kraut aus der Wiese, zerrieb es zwischen Daumen und Zeigefinger und roch andächtig daran. »Vielleicht verstehst du, was ich dir jetzt sagen werde, ohne dass du mich für verrückt hältst. Wahrscheinlich hat es mit meinem Gefühl für Schafe zu tun. Ich kann sie spüren. In meinen Schafen ist so etwas wie ein Sensor eingebaut, der die Mikropartikel menschlicher Aggression und Zerstörung aufnimmt. Der Sensor bindet diese zerstörerischen Elemente und transportiert sie unter das weiche Fell meiner Tiere. Dort liegt der Ort der Besänftigung, an dem die Aggressionen in Nanoteilchen zerfallen. Sie werden metabolisiert und danach in optische Wellen transformiert. Schließlich werden sie zu sanftem Licht, das sich in den Augen meiner Schafe wiederfindet.«

Einer von Weilers Schäferhunden bellte.

»Ist noch nie eines deiner Schafe über den Felsen in die Tiefe gestürzt?«, fragte Engel und deutete auf das Stierhorn.

»Soviel ich weiß, ist vom Stierhorn noch nie jemand abgestürzt«, erwiderte Weiler. »Außerdem würden meine Hunde die Schafe davon abhalten.« Er gab vor, nach einem seiner Tiere sehen zu müssen. In Wirklichkeit wollte er nur für einige Augenblicke allein sein. Die Situation kam ihm seltsam vor: Kommissar Engel bat ihn, den Schäfer Weiler, um Mithilfe.

Er musste unwillkürlich an seine eigene Lächerlichkeit denken. Gar nichts passte in Wirklichkeit mehr zusammen. Er beschützte hundertfünfzig Schafe und spielte den starken Hirten.

Manchmal passierte es, dass eines seiner Schafe davonlief. Genau wie er. Auch er lief davon. Indem er schwieg, glaubte er, vergessen zu können. Aber die Wirklichkeit war, dass seine Taktik nicht funktionierte. Konnte man Bilder vergessen? Er hatte erlebt, dass Serben und Albaner, die sich gestern noch gemeinsam den Turska Kafa aus dem Ibrik in ihre kupfernen Becher gegossen und in genüsslichen Schlucken getrunken hatten, sich am nächsten Tag abschlachteten. Wie konnte man so etwas vergessen? Sie lagen einfach da. Vergessen. Tot in einem Kornfeld.

Nein. Die Bilder würden immer bei ihm bleiben, wohin er auch ging. Sie waren rot durchtränkt, verblassten nicht und redeten Tag und Nacht mit ihm. In den Nächten wurden die Stimmen leiser, aber dafür umso eindringlicher. Manchmal schien es ihm, dass die blutigen Gemälde von einem starken Rahmen gehalten wurden, der sie für immer vor ihrer Zerstörung schützte. Wohin auch immer Weiler ging, überall hingen diese Bilder. Noch hatte er kein Mittel gefunden, ihnen zu entkommen oder sie zu zerstören. Sie begleiteten ihn auf Schritt und Tritt. Überallhin.

Wieder stieg in Weiler die Erinnerung an den würzigen Duft des Turska Kafa auf. Er hatte dem Mokka gern eine Prise Kardamom beigefügt und ihn mit viel Zucker gesüßt, was dem feinen Kaffeesatz eine liebliche Note verlieh. Die Mönche im

Kloster Dečani hatten ihre eigene Variante kreiert: In ihrem Turska Kafa schmolz feiner Schokoladengeschmack.

Weiler ging wieder zurück zu Engel, der sich mit einem seiner Hunde anzufreunden schien.

»Bist du Franz Strasser da oben schon einmal begegnet?«, riss Engel Weiler aus seinen Gedanken.

»Mit Leuten aus seiner Partei habe ich ihn unten im Dorf einmal gesehen. Aber einmal …« Er zögerte. »Einmal, vor drei Jahren, war er mit einer Frau zusammen hier auf dem Hochplateau. Die Frau war nicht von dieser Welt.«

»Alle Frauen sind von dieser Welt«, widersprach Engel.

»Aber dieses Gesicht. Wenn du dieses Gesicht gesehen hättest.«

»Ja?«

»Es war ein besonderes Gesicht. Das einer Madonna.«

Engel hielt es für besser, das Thema zu wechseln. Er erzählte Weiler von St. Rémy de Provence, wo eines seiner Häuser stand. Dort wurde jedes Jahr nach einem alten Brauch ein Fest gefeiert, bei dem viertausend Schafe rund um die Stadt geführt wurden.

»Viertausend Schafe«, wiederholte Tobias Weiler, und seine Augen glänzten bei der Vorstellung.

»Wie ist eigentlich die Politik eines Schäfers zu verstehen? Wie geht er mit seinen Schafen politisch um?«

Weilers Blick weitete sich, während er seine Schafe betrachtete. Diesmal antwortete er, ohne lange nachzudenken: »Ich verspreche meinen Schafen nicht mehr Gras, als sie finden können.« Dann schwieg er wieder.

Als sie sich voneinander verabschiedeten, steckte Engel Weiler seine Visitenkarte zu und sagte: »Ruf mich unter der Mobilnummer an, wenn dir irgendetwas auf dem Hochplateau auffällt. So oder so würde ich mich freuen, etwas von dir zu hören, Tobias.«

Engel befand sich auf dem Weg bergab. Es war Mittag, als er das Dorf erreichte. Er durchquerte es, ging in östliche Richtung weiter, ließ das Schloss Wasserberg auf der rechten Seite liegen und steuerte, getrieben von seinem Hunger, den »Bachwirt« an. In dessen Gastgarten setzte er sich unter einen Kastanienbaum.

Hinter Engels Gaumen erwachte wieder die wohlvertraute Sinnlichkeit, als er die Tafel entdeckte, auf die jemand mit Kreide und in malerischer Handschrift unter der Überschrift »Montag, 19. Mai« zwei Tagesmenüs geschrieben hatte.

Er musste nicht lange warten, bis die Wirtin kam. Er bestellte das umfangreichere der zwei Menüs und ein Bier, das sich mit dem Schweinsbraten gut vertragen würde.

Etwas später tänzelte die Wirtin mit dem Schweinsbraten auf einem Tablett in ihren Händen in den Gastgarten. »Sagen Sie Ihrer Zimmerwirtin nichts davon, Herr Kommissar, aber ich weiß, wer Sie sind«, flüsterte sie ihm ins Ohr und verschwand wieder.

Er war der einzige Gast. Während des Essens überflog er auf seinem Handy einige Nachrichten, die sich an Wichtigkeit nicht gerade übertrafen, sodass er sie mit einem Kopfschütteln löschte. Von Zeit zu Zeit öffnete die Bachwirtin die Tür vom Gastzimmer, lehnte sich gegen den Rahmen und schaute versonnen auf den Kommissar wie auf jemanden, der unerreichbar für sie war. Ihr Seufzen war nicht hörbar, und dennoch existierte es.

Engel winkte sie von seinem Schattenplatz unter dem Kastanienbaum herbei und wollte zahlen. Unter den Blicken der Wirtin zog er seine lederne Geldtasche aus der hinteren Hosentasche, legte sie aber vorläufig nur auf den Tisch. Dann tat er mit Genuss den letzten Schluck aus seinem Bierkrügel und sagte fast innig: »Mein Gott, war das gut!«

Die Bachwirtin nahm jede einzelne von Engels Gesten in sich auf, als wäre sie für ihre Existenz bedeutend.

Bevor Engel zahlte, hatte er noch eine Frage. »Sagen Sie, liebe Frau Wirtin, kennen Sie den Abgeordneten Franz Strasser?«

Sie strich sich ihre Haare glatt, bevor sie bereitwillig antwortete: »Natürlich, wer kennt ihn nicht? Außerdem sind wir mitten im Wahlkampf. Franz ist ein Mann, ein richtiger Mann.«

Sie sah dem Kommissar merkwürdig lange in die Augen. »Genau wie Sie. Nicht zu leugnen.«

Gleich darauf beglich Engel die Rechnung und verließ das Gasthaus.

Die Wirtin sah ihm sinnend nach, während der Wirt sich hinter dem Fenster versteckte.

Engel wollte noch einen kleinen Verdauungsspaziergang unternehmen, um einen Blick auf ein paar Häuser zu werfen. Er hatte einen Plan von seiner Zimmerwirtin bei sich, auf dem diese Häuser mit den Namen ihrer Bewohner eingezeichnet waren.

Er würde zuerst durch den Moorwald nach Bischoffeld und von dort zurück in das Ingeringtal und zum Dorf Gaal gehen.

Engel vermied es, dem Haus der Sängerin aus dem Zug zu nahe zu kommen. Andere Häuser hingegen interessierten ihn mehr. Eines davon würde er schon am nächsten Tag aufsuchen. Es beherbergte die Ordination von Dr. Martin und Agnes Scheer. Rund um das Haus standen Apfelbäume. Blumen überall. Engel fand so viele Blumen fast störend schön. Sie konnten sich in ihrer Schönheit gegenseitig behindern und bei diesem Konkurrenzkampf umkommen.

Als er das Dorf Gaal fast schon erreicht hatte, sah er auf der Schattseite am jenseitigen Ufer des Bachs ein großes massives Haus. Es gehörte dem reichen Uhrmacher Noel, dessen Vorfahren ein Landgut bei Marburg besessen hatten. Die Leute sprachen außerdem von einer ergiebigen Erbschaft, die Noel von einem Verwandten aus dem Kosovo gemacht hatte, hielten das aber für ein Gerücht. Magdalena Anger hatte ihm das beim gemeinsamen Frühstück zugesteckt.

Der Hof des Abgeordneten Strasser war vom Dorf aus nicht zu sehen. Um dorthin zu gelangen, musste man in Richtung Seckau fahren.

Engel hielt inne, als er glaubte, Schritte hinter sich gehört zu haben. Er erinnerte sich wieder daran, dass er bei seiner Ankunft im Dorf gedacht hatte, es gäbe hier jemanden, der so unscheinbar war, dass man achtgeben musste, ihn nicht zu übersehen.

In seiner Vorstellung stand Engel vor einem Gemälde, dessen Maler er nicht kannte. Das Eigenartige daran war, dass das Gemälde zwar einen Rahmen hatte, aber seltsamerweise nur den. Denn das eigentliche Bild fehlte.

9

Der Besuch bei Frau und Herrn Dr. Scheer war für Dienstag, den dritten Urlaubstag, in Engels Kalender notiert. Dabei galt es, vorsichtig zu sein, und nur er wusste, warum.

Am Morgen saß er zunächst noch allein am Frühstückstisch. Er hatte nicht gesehen, wie die Zimmerwirtin im Morgenmantel frische Blumen auf den Tisch gestellt hatte und hinter einer Tür verschwunden war, als sie ihn kommen hörte.

Der Kuchen, den sie wohl am frühen Morgen gebacken hatte, duftete, und Engel überlegte kurz, ob heute sein Geburtstag war.

Unter dem Besteck lag eine frische Serviette mit Sonnenuntergangsmotiv. Er bestrich sein Brot mit außergewöhnlicher Vorsicht, trank seinen Kaffee in bedächtigen Schlucken, immer den kleinen Finger weggestreckt, und vermied alle hektischen Bewegungen.

Als er sich mit der Serviette den Mund abwischen wollte, stutzte er. Nein, er brachte das nicht übers Herz. Er schaffte es nicht, den frühen Morgen mit einem Sonnenuntergangsmotiv in Einklang zu bringen. Engel brauchte Harmonie. Aber es war zu spät. Die Sache mit der Sonnenuntergangsserviette führte dazu, dass er sein geliebtes Ritual vergaß: mit einem kleinen Löffel verschlungene Kreise, Parabeln und Labyrinthe aus bernsteingelbem Honig auf das Butterbrot zu zeichnen.

Plötzlich überkam ihn der Drang, in den kleinen Innenhof zu gehen. Das Tor hatte es ihm angetan, er wollte hindurchgehen, um gute Luft zu atmen. Als er spürte, dass jemand ihm gefolgt war, drehte er sich nicht um. »Dieser schöne Blick auf den Berg, der über allem steht … Wie heißt er?«

»Herrschaftskranz«, sagte Magdalena Anger und zog sich zurück.

Wieder im Frühstückszimmer, dachte Engel an seinen neuen Bekannten, den Schäfer Tobias Weiler. Die Begegnung beim

Stierhorn hatte ihn aus seinem schlussfolgernden Denken herausgerissen. Engels Interesse galt der Politik der pazifistischen Schafe, denen gerade so viel Gras versprochen wurde, wie sie tatsächlich zu fressen bekamen. Vom reinen Lamm hatte Weiler gesprochen. »Ich schlachte nie ein Schaf«, hatte er gesagt. »Das wäre, als würde ich den letzten Frieden auf dieser Welt töten.«

Er versuchte, sich zu erinnern, was Weiler noch alles gesagt hatte, bevor er in Schweigen versunken war.

Engel erhob sich, sah durch das Fenster zum Berg, der ihm halb beschützend, halb bedrohlich erschien. Er stand schon seit Generationen hinter den Menschen und erinnerte die Dorfbewohner an ihre Unbeweglichkeit, an ihre unverrückbaren Meinungen und an die tiefen Abgründe ihrer Vorurteile.

Was hatte der Schäfer noch gesagt? Es wollte ihm nicht einfallen.

Er setzte sich zurück an den Tisch, schenkte sich eine weitere Tasse Kaffee ein und wartete auf die Wirkung des Koffeins.

Er dachte an den Mönchspfeffer, an die Sängerin, an die Bachwirtin. Er ging seine letzten Träume durch.

Hildegard von Bingen tauchte in seiner Erinnerung auf, aber in dem Traum mit ihr war noch eine andere Frau vorgekommen. Ganz genau sah er die feinen Falten vor sich, die von den Nasenflügeln zu den Mundwinkeln flüchteten, um dort in ein Lächeln überzugehen, in ein Lächeln, das womöglich nicht wirklich existierte. Ein Lächeln, das an sich selbst zweifelte.

Plötzlich wusste er wieder, was der Schäfer zu ihm gesagt hatte, gestern, bevor er geschwiegen hatte. Er hatte von einer Frau mit einem besonderen Gesicht gesprochen. Dass dieses Gesicht das Gesicht einer Madonna war.

Die Tür zum Frühstücksraum wurde geöffnet. Magdalena Anger trat ein und setzte sich neben ihn an den Tisch. Sie würde gern eine Tasse Kaffee mit ihm trinken, sagte sie, und ihre Augen sahen ihn fragend an.

Engel nickte und drückte seine überschwängliche Bewunderung für die Blumen, den Kuchen und die Serviette mit dem Sonnenuntergang aus.

»Ich habe eigentlich nach einer Serviette mit einem Sonnenaufgang gesucht, aber vergeblich.« Sie errötete. »Jetzt mussten Sie mit einem Sonnenuntergang zum Frühstück vorliebnehmen.«

Die ersten Takte eines Rap ertönten. Eine Nachricht auf Engels Handy. Sie stammte von Fabian, einem Kollegen. Engel entschuldigte sich für einen Moment, überflog den kurzen Text, schüttelte den Kopf und las ihn seiner Wirtin vor. »Der Sohn von Franz Strasser hat regelmäßig den Gemeindearzt Dr. Scheer aufgesucht. Warum, ist unklar.« Er sah Magdalena Anger an und fragte sie geradeheraus, ob ihr dazu etwas einfiele.

»Es hat eine Zeit gegeben, in der der junge Strasser eine Gruppe besucht hat, die von seinem Vater geleitet wird«, antwortete sie nach einigem Zögern. »In ihr soll es, wenn die Gerüchte stimmen, sehr hart zugehen. Andreas hat damals auch an diesen ungewöhnlichen Trainings teilgenommen. Zu dieser Zeit war er sehr fit und in guter gesundheitlicher Verfassung. Ungefähr vor drei Jahren änderte sich das. Sehr bald haben die Leute begonnen, sich zu fragen …« Ihr Blick traf den Kommissar fast wie eine Entschuldigung, als hätte sie schon zu viel gesagt.

»Was?«, hakte Engel nach. »Was haben sie sich gefragt?«

Sie sah drein wie eine Schülerin, die sich nicht sicher ist, ob ihre Antwort die richtige ist. »Die Leute in der Gaal haben sich gefragt, was der kerngesunde Andreas Strasser mit dem Doktor zu besprechen hat. Sie haben andere Gründe als gesundheitliche vermutet.«

»Was für Gründe?«

»Dass er sich nicht mit Dr. Scheer, sondern mit dessen Frau getroffen hat. Ich weiß nicht, ob Sie gehört haben, dass Frau Scheer mit allerhand Kräutern und Pilzen herumexperimentiert hat, auch in dieser verrückten Gruppe vom Abgeordneten Strasser.«

Engel trug ein weißes Hemd. Unter der Sonne wurde die Dorfstraße zu Silber, und Engel sah kleine Kristalle, die durch den Asphalt blinzelten. Kleine Schelme. Ein Lastwagen mit einer Ladung Holz fuhr an ihm vorbei. Die frischen Holzstämme rochen stark nach Wald. Sie wurden jetzt in ein Sägewerk transportiert, mussten ihre Heimat verlassen, in der sie jahrelang gewachsen waren.

Bald stand Engel vor dem Eingang der Ordination von Dr. Scheer.

Er musste durch zwei Türen gehen, um in den Warteraum zu gelangen, der schon gut gefüllt war. Engel meldete sich bei der Sprechstundenhilfe an und fand noch einen Platz neben dem Heizkörper. Er sah sich vorsichtig um.

Ein kleiner Mann saß da mit seinem Husten, der ihn wiederholt reizte. Ein Mädchen hatte Mühe zu schlucken. Zwei stark verkühlte Frauen unterhielten sich über ihre Kinder. Engel sah in fiebrige Augen, blasse Gesichter. Einige unter ihnen sahen auffallend gesund aus, wahrscheinlich wollten sie nur ein Rezept oder eine Überweisung zu einem Facharzt abholen.

Die beiden Frauen sahen kurz zu Engel auf und flüsterten einander etwas zu. Der kleine Mann mit dem Husten musterte ihn neugierig. In diesem Moment hustete er nicht. Er war zu überrascht über den stattlichen Fremden, den er in der Gaal noch nie gesehen hatte.

Die Sprechstundenhilfe kam zu Engel und fragte ihn so laut, dass es alle hören konnten, nach der Art seiner Beschwerden.

»Schlaflosigkeit«, gab er genauso laut zur Antwort.

Die wartenden Patienten waren mit dieser Information anscheinend zufrieden, denn sie wandten ihre Blicke wieder von ihm ab.

Engel überflog die Wartenden. Fünf Patienten würden vor ihm an der Reihe sein. Er hatte also noch genügend Zeit, zur Toilette zu gehen. Als er die Toilettentür wieder von außen schloss, sah er im Gang gegenüber der Eingangstür zum Wartezimmer eine andere Tür, in deren oberen Teil ein Fenster angebracht war, durch welches Tageslicht fiel. Was mochte hinter dieser Tür sein? Engel öffnete sie leise und betrat zu seiner Verwunderung einen Garten, der einem Paradies gleichkam. Einem Paradies der Heilpflanzen.

Wasser plätscherte. Wie ein schimmerndes Vlies lief es über

die Brüste einer Göttin aus rötlichem Marmor, die eine Kornähre und eine Mohnkapsel in der Hand hielt.

In Maximilian Engel erwachte eine Art romantischer Neugier. Welche Kräuter wurden hier wohl gezogen? Göttin Fortuna griff ihm unter die Arme, denn neben jeder Pflanze steckte ein kleines Keramikschild, auf dem mit schöner Handschrift der Pflanzenname in lateinischer und deutscher Sprache geschrieben stand.

Engel bückte sich und las. Bis dahin hatte er nichts von der Existenz so vieler Salbeisorten gewusst. Zum ersten Mal sah er einen wild wuchernden korsischen Rosmarin und die legendäre Myrte. Der Lavendel aus der Provence blühte schon, genauso wie der Thymian. Zu Füßen von Maximilian Engel lag das Paradies, und wie es schien, war es noch lange nicht verloren.

Er roch an einigen Kräutern, zupfte Blätter ab und zerrieb sie zwischen zwei seiner Finger. Aus den Düften klang Musik und forderte seine Sinne zum Tanz auf.

Er war so fasziniert, dass er nicht bemerkte, wie sich langsam ein Fenster zum Garten öffnete und hinter ihm das Gesicht einer Frau erschien.

Ein Licht fiel ins Paradies. Es kam von diesem Gesicht am Fenster. Es musste genau dieses Gesicht sein, von dem der Schäfer gestern gesprochen hatte. Das er vor drei Jahren auf dem Hochplateau gesehen haben musste. Maximilian Engel sah in das Gesicht einer Madonna.

Die Frau lächelte ihm zu.

Engel fand keine Worte und wollte schon den Garten verlassen, als ihn ihre Stimme zum Fenster lockte.

»Ich kenne Sie nicht. Wie haben Sie sich in meinen Garten verirrt?«, fragte die Frau und stellte sich als Agnes Scheer vor.

Engel war noch immer im Netz ihres Lächelns gefangen und konnte sich nicht aus ihm befreien. Fluchtartig verließ er das Paradies der Madonna, hatte sich noch nicht einmal vorgestellt.

Im Wartezimmer saß nur noch ein Mann. Ein Landwirt, wie es schien. Er wandte sich an Engel. »Bei dieser trockenen Hitze muss man sich einen linden Regen herbeiwünschen, der würde der Erde guttun«, bemerkte er.

Er blickte den Kommissar an, wollte gerade etwas zu ihm sagen, als er von Dr. Scheer in seine Ordination gebeten wurde. Ehe er mit dem Arzt hinter der Tür verschwand, schaffte es der Landwirt im letzten Augenblick noch, Engel nach der genauen Uhrzeit zu fragen, während er verächtlich auf die Uhr im Wartezimmer wies.

Engel sah auf seine Armbanduhr und las laut die Zeit ab.

Daraufhin ließ der kleine Mann eine sonderbare Bemerkung fallen: »Die genaueste Uhr in der Gaal ist die Kirchturmuhr.« Dann lachte er und zog die Tür des Behandlungszimmers ins Schloss.

Maximilian Engel wartete weiter und horchte auf das regelmäßige Ticken seiner Uhr.

Endlich saß auch er Dr. Scheer gegenüber.

»Sie haben also Schlafstörungen«, sagte der Doktor. Es bereitete ihm offensichtlich Vergnügen, seinen Patienten lange anzusehen. Er maß seinen Puls, während er auf seine Armbanduhr sah, und schüttelte dann den Kopf. »Am liebsten würde ich mir diese Untersuchung ersparen. Sie brauchen keine Medikamente.«

Die Bemerkung brachte Engel aus seinem Konzept.

»Das beste Mittel gegen Ihre Form der Schlaflosigkeit wäre Urlaub. Und zwar kein Alibiurlaub.«

In den Ohren Engels hatten die Worte einen ironischen Beiklang. Er sah zu Boden, eine Geste, in die er sich nur selten flüchtete.

Erst als Dr. Scheer ihm den Rat gab, sich zu entspannen, statt sich mit dem drogensüchtigen Sohn vom Abgeordneten Franz Strasser zu beschäftigen, für den es ohnehin zu spät sei, erwachte Engels beruflicher Instinkt wieder.

»Woher können Sie wissen, dass mich die Geschichte des Sohnes interessiert? Es könnte genauso gut die des Vaters sein. Oder die eines anderen Menschen in der Gaal.«

Dr. Scheer war klein, hatte ein fein geschnittenes Gesicht.

Ein Mann, der mit einer Madonna verheiratet war. Statt zu antworten, stand er auf, öffnete einen Medikamentenschrank und nahm je einen Tablettenstreifen Tramal sowie Codidol heraus. Beide hielt er dem Kommissar unter die Nase und fragte ihn, ob er die Mittel, von denen man abhängig werden könne, kenne.

Engel nickte fast unmerklich. Er kannte sie alle, die Mittel, wie Scheer sich ausdrückte. Das Gefühl dunkler Trauer durchfloss seinen Körper, wenn er an seinen Sohn dachte.

Scheer zeigte ihm ein anderes Medikament, ein Beruhigungsmittel aus der Gruppe der Benzodiazepine. »Auch das kann zu schwerwiegender Abhängigkeit führen«, sagte er, als wollte er sich selbst davon überzeugen. Er sperrte den Medikamentenschrank wieder ab und ließ den Schlüssel in eine Lade fallen. Plötzlich sah er erschöpft aus.

Engel saß stumm auf dem Patientenstuhl und wartete auf eine weitere Erklärung für das Verhalten des Arztes.

Dr. Scheer sprach weiter, als hielte er das Gewicht seiner Worte in den Händen. »Vor ungefähr drei Jahren kam Andreas Strasser zum ersten Mal in meine Ordination. Stellen Sie sich einen jungen Mann von zweiundzwanzig Jahren vor. Er studierte damals schon in Graz, fuhr aber jeden zweiten Tag nach Hause und verbrachte auch manche Wochenenden im Haus seiner Eltern. Er hatte eine sehr enge Verbindung zu seinem Vater …«

Engel fühlte seine Halsschlagader wild pochen.

Die Stimme des Doktors nahm einen metallenen Klang an, als er fortfuhr. »Er sprach oft von ihm, wie sehr er seine Stärke und sein Durchsetzungsvermögen bewundere. Der junge Strasser war körperlich gesund, klagte aber dennoch über Kopfschmerzen und Schlafstörungen. Für mich war klar, dass beide Leiden in einer ausgeprägten Sensibilität begründet waren. Zudem hatte er ein schwaches Selbstbewusstsein. Meine persönliche Diagnose tendierte zu einer Form der Depression, die mit einer ängstlichen Persönlichkeit verbunden ist.« Scheer zögerte, bevor er weiterredete. »Ich habe einen unverzeihlichen Fehler begangen. Ich hätte ihn zu einem Facharzt überweisen sollen, habe es aber nicht getan. Stattdessen gab ich ihm Baldriankapseln und Johanniskrauttee.«

»Tee aus dem Paradies Ihrer Frau?«, unterbrach ihn Engel.

»Aus dem Garten meiner Frau. Aber er kam wieder. Also verschrieb ich ihm Tramal, Mexalen und ein Schlafmittel. Nach einer Woche saß er wieder vor mir und sagte, er bräuchte stärkere Mittel, weil die von mir verschriebenen Medikamente zu schwach seien. Also verschrieb ich ihm Codidol und ein heftigeres Schlafmittel.« Er sah Kommissar Engel mit tiefer Traurigkeit an. »Ich habe ihn süchtig gemacht. Vielleicht wären Sie gut beraten, mich zu verhaften.«

Aber Engel winkte ab und sagte, dazu bestünde kein Grund, zudem habe er nichts mit der Ärztekammer zu tun. Eine wichtige Frage lag ihm auf der Zunge, die ihm jedoch beim Zuhören wieder entfallen war.

Stattdessen ergriff Scheer wieder das Wort. »Manchmal ist Andreas Strasser im Kräutergarten meiner Frau verschwunden. Er hat sich immer gern mit ihr unterhalten, die beiden haben sich gut verstanden.«

Engel war mit seinen Gedanken weit weg. Er dachte an den Schäfer, der den Vater Andreas Strassers auf dem Hochplateau mit einer Frau gesehen hatte. Mit der Frau mit dem madonnenhaften Gesicht. Er fragte Dr. Scheer, ob ihm als Landarzt genug Freizeit für gemeinsame Unternehmungen mit seiner Frau bliebe, und beobachtete ihn dabei genau.

Über die Augen des Doktors legte sich ein Schleier, sie schienen sich einzutrüben. »Das Leben ist zu kurz«, sagte er nur.

Engel verließ das Haus des Gemeindearztes, wäre beinahe über einen Stein gestolpert, der im Weg lag, und fragte sich, wann er zum letzten Mal gestolpert war.

Als er durch das Dorf ging, wurde er von allen Leuten gegrüßt.

Er begegnete auch einem Mann, der kurz zu ihm aufschaute, gleich darauf aber wieder zu Boden blickte. Ein hagerer, schmächtiger Mann mittleren Alters. Unauffällig. Erst später fiel Engel auf, dass er der Einzige gewesen war, der nicht gegrüßt hatte.

Auf dem Weg zum »Bachwirt«, wo er etwas essen wollte, überkam ihn ein ähnliches Gefühl wie bei seiner Ankunft im Dorf am vorangegangenen Samstag. Er hatte sich gefragt, ob es nicht noch irgendeine Person gäbe, deren Name auf seiner Liste im Tresor stand und die er vergessen hatte. Aber gab es nicht in jedem Dorf scheue Menschen, die einem offenen Blick auswichen und lieber zu Boden schauten?

Beim »Bachwirt« wurde er von der Wirtin mit umwerfender Herzlichkeit empfangen. Um ihrer großen Fürsorge rascher zu entkommen, bestellte er, ohne lange zu überlegen, das Tagesmenü und etwas zu trinken. Er wollte darüber nachdenken, was ihn im Haus von Dr. Scheer beunruhigt hatte und ob er etwas Wichtiges beim Gespräch mit dem Arzt vergessen hatte. Man vergaß immer etwas, und nicht selten das Wichtigste.

Engel sah sich um, um sicherzugehen, dass er im Gastgarten allein war. Einer Eingebung folgend griff er zu seinem Handy und wählte eine Nummer.

Nach einiger Zeit meldete sich Innerhofer, sein guter Freund und Kollege aus Salzburg, dem er ein brillantes Gedächtnis zuschrieb.

Engel erzählte ihm von seinem Gespräch mit Dr. Scheer über den Politikersohn Andreas Strasser, von seiner Entdeckung des Kräutergartens von Agnes Scheer und von ihrem madonnenhaften Gesicht. Er vergaß auch nicht zu erwähnen, dass der Schäfer Weiler vor einigen Jahren den Politiker Franz Strasser auf dem Hochplateau mit einer Frau gesehen hatte, die das gleiche madonnenhafte Gesicht hatte wie Agnes Scheer, und dass Andreas Strasser sich gern mit der Frau von Dr. Scheer draußen in deren Kräutergarten unterhalten habe. Er sagte Innerhofer, dass er das Gefühl nicht loswürde, irgendetwas beim Gespräch mit Dr. Scheer vergessen zu haben. »Was könnte das sein, Robert?«

Innerhofer musste nicht lange überlegen: »Ich fürchte, du hast eine wichtige Frage an Dr. Scheer vergessen. Er hat dir doch selbst gesagt, er habe den Fehler begangen, Andreas Strasser wegen seiner Angststörung und Depression nicht zu einem Facharzt überwiesen zu haben. Hast du den Doktor nach einer Erklärung gefragt? Nach dem Grund dafür, dass er nicht gehandelt hat? Offensichtlich hat er ein schlechtes Gewissen, weil er Strasser mit der Gabe der Medikamente süchtig gemacht haben könnte, aber vielleicht hat sein schlechtes Gewissen auch noch einen anderen Grund.«

»Wie meinst du das?«, fragte Engel.

»Vielleicht kommt es daher, dass er ihm gar nicht wirklich helfen wollte. Weil er wusste, dass seine Frau ein Verhältnis mit dem Vater von Andreas Strasser gehabt hatte. Weil er mitansehen musste, wie seine Frau mit dem Sohn ihres Liebhabers draußen in ihrem Kräutergarten verschwand. Was hatte der dort zu suchen? Himmelschlüsselchen, Gänseblümchen, Enzian oder Almrausch? Kann das nicht einige Emotionen bei ihm ausgelöst haben? Lass dir zu guter Letzt einen Rat geben: Setz deinen Urlaub woanders fort. Warum musst du dich ausgerechnet in der Gaal aufhalten, wo nur der Teufel weiß, wann einmal wirklich etwas passiert, damit dir nicht zu langweilig wird. Die Gaaler und der Teufel sind dir bis jetzt noch alles schuldig geblieben.« Er lachte und legte auf.

Engel lachte nicht.

Er versuchte, die Gedanken Innerhofers weiterzuspinnen, aß, was ihm die Wirtin verführerisch serviert hatte, und bestellte noch ein großes Glas Bier. Das Bier ergänzte in idealer Weise die Frittatensuppe, das Wiener Schnitzel mit Erdäpfeln und grünem Salat sowie den Kaiserschmarren mit einer dicken Schicht Staubzucker. Nach dem Urlaub plante er, seine Personenwaage gegen eine neue einzutauschen, weil sie sicher drei Kilogramm mehr anzeigen würde. Es war alles nur eine Frage der Unausgewogenheit.

»Denken Sie nicht zu viel, Kommissar Engel«, sagte die Wirtin, als sie ihm das zweite Bier brachte. »Trinken Sie lieber. Sonst fällt die schöne Schaumkrone noch in sich zusammen. Ich habe mir so viel Mühe gegeben. Es ist gar nicht so leicht, sie so hinzubekommen: Der Schaum muss etwas cremig werden und darf nicht gleich wieder in sich zusammenfallen.«

Engel lächelte ihr dankend zu und nahm einen großen Schluck. Seinen Schnurrbart zierte weißer Bierschaum.

10

Hallo? Vater? Warum redest du nicht mit mir?

Richtig. Fast hätte ich vergessen, dass du Wichtigeres zu tun hast. Dein Leben dreht sich ausschließlich um die Wahlen. Kaum hast du eine Wahl hinter dir, macht dir schon die nächste Kopfzerbrechen.

Mit mir kannst du keine Wahlen gewinnen. Ich würde dich auch ganz sicher nicht wählen, spekuliere also nicht auf die Stimme deines Sohnes.

Manchmal war ich stolz auf dich. Die Art, mit der du als Politiker unter die Leute gegangen bist, hat mir als Bub immer gefallen. Auch später noch, als ich schon größer war.

Aber ich fürchte, du hast etwas falsch gemacht.

Wenn du nicht so viel Druck auf mich ausgeübt hättest, hätte ich sicher auf dich gehört.

Weißt du übrigens, wie sich meine wirkliche Krankheit nennt? Ich leide an Sensibilität.

Keine Angst, sie kommt in deiner Blutgruppe nicht vor.

Hallo?

Stimmt ja, du bist nicht mehr da. Du hast Wichtigeres zu tun.

11

Am Mittwochmorgen wurde Maximilian Engel neu geboren. Er stand unter der Dusche und hörte dem Rauschen des Wassers zu. Dampf umhüllte ihn und wob einen transparenten Vorhang um ihn.

Das läutende Telefon hörte sich an wie ein Donnerschlag im Regen.

Engel eilte aus der Duschkabine. Wassertropfen. Sie spritzten auf den Parkettboden, einige landeten sogar auf der Fensterbank. Vor der Tür hörte er die Stimme seiner Zimmerwirtin. »Sie hat mich einfach angerufen. Ich lege das Telefon vor Ihrer Tür ab.«

Engel öffnete die Tür einen Spaltbreit und suchte mit einer Hand den Boden ab. Er fand das Telefon, hielt es sich an sein Ohr und schloss die Tür hinter sich.

Als er Agnes Scheers Stimme hörte, schien ihm, als würde das Wasser auf seiner Haut verdunsten.

»Ich möchte mit Ihnen reden«, sagte sie. »Am besten beim ›Hofwirt‹ in Seckau. Das ist nicht weit von der Gaal, aber doch weit genug. Passt es Ihnen am Nachmittag?« Sie schlug drei Uhr vor.

Engel sagte sofort zu. Er würde nach dem Mittagessen zu Fuß nach Seckau gehen, die Wanderung hatte er ohnedies einmal vorgehabt.

Der Weg von seinem Apartment nach Seckau führte am Trattenbauer-Hof vorbei. Ging man ein Stück weiter, sah man auf einer Anhöhe das Haus der Familie Greisberger. Der Kommissar kannte schon einige Hausnamen in der Gaal, die ihm Magdalena Anger verraten hatte. Von den Leuten wurden sie Vulgonamen genannt. Weiter ging Engel an der Steinmühle vorbei, von wo aus eine steile Landstraße auf eine weite Ebene führte. Dahinter dominierte ein Gebäude die Landschaft. Das mächtige Benediktinerkloster. Der Dom im Gebirge.

Engel fand Agnes Scheer in der alten Stube des barocken Gasthofs »Hofwirt«. Sie hatte einen Ecktisch vor einer Holzvertäfelung gewählt und saß da, wo vor ihr schon Generationen von Menschen Platz genommen hatten. Früher hatte man in dieser Ecke nicht selten Mönche gesehen, die sitzend zuhörten oder diskutierten: Pater Laurentius, Benno, Hildebrand. Heute saß nur Agnes Scheer im Gastraum.

Sie stand zur Begrüßung auf, bedankte sich für sein Kommen und sah ihm merkwürdig lange in die Augen. Dann nahm sie wieder Platz und begann zu erzählen.

Während Agnes Scheer sprach, spielten die Sinne Engel einen Streich. Sein Gehörsinn zog sich zurück und räumte dem Sehsinn allen Platz ein. Engels Blick ruhte unverwandt auf Scheers Lippen, die sich in anziehender Sanftheit bewegten, während sie Worte formten. Engel wusste, dass er sich erst an diese ungewöhnliche Frau gewöhnen musste, um ihrer Aura der Betörung zu entkommen. Später, wenn er wieder allein wäre, würde er den Klang ihrer Worte in aller Nüchternheit abrufen können. Agnes Scheers madonnenhaftes Gesicht wäre dann vergessen, und er würde alles verstehen.

Engel wählte denselben Weg, den er gekommen war, ins Dorf Gaal zurück. Sobald er allein war, kamen Agnes Scheers Worte tatsächlich zu ihm zurück.

Drei Jahre war sie Teil der Heimatgruppe von Franz Strasser gewesen. 2012 hatte sie die Gruppe wieder verlassen. Damals, als sie sich auf die Bitte von Franz Strasser hin seiner Gruppe angeschlossen hatte, war sie von der Idee begeistert gewesen, junge Männer in die Geheimnisse der Welt der Pflanzen, Beeren und Wurzeln einzuführen. Gelegentlich ließ sie die Jungmänner Pilze kosten, um sie mit ihrer halluzinogen Wirkung vertraut zu machen. Ganz im Sinne des Politikers Strasser, der verrückt danach war, alles zu fördern, was zurück zu den Wurzeln der Natur führen konnte, wie er sich ausdrückte. Ihr selbst war es dabei um die romantische Seite der Beschäftigung mit der Natur gegangen, Strasser hingegen wollte die jungen Männer an ihre Grenzen führen. Seinem Credo entsprechend sollten sie sich in

Selbstüberwindung üben und abhärten, um in der Gesellschaft überleben zu können. »Verweichlichung« und »Weicheier« waren zwei seiner Standardworte, die er gebrauchte, um sie anzutreiben. Seine Überlebenstrainings waren gespickt mit harten Einheiten und sparten nicht an militanten Elementen. Das brachte Strasser viel Bewunderung ein, und die jungen Menschen schauten zu ihm auf.

Jeweils am letzten Abend der monatlichen dreitägigen Gruppentreffen wurde ein Riesenlagerfeuer veranstaltet. Man grillte und sang dazu Lieder. Alte deutsche Lieder. Während Agnes Scheer Teil der Gruppe gewesen war und die jungen Leute in Naturkunde unterrichtet hatte, war sie auch ein kurzes Verhältnis mit dem Politiker eingegangen. Sie hatte sogar ihrem Mann davon erzählt. Es kam zur Krise, die zur Folge hatte, dass Agnes Scheer sich von der Gruppe zurückzog. Doch ihr Mann, Dr. Martin Scheer, war nicht der einzige Grund ihres Austritts gewesen.

Engel versuchte, sich wieder an die genaue Bemerkung der Doktorgattin zu erinnern.

Sie hatte von ihrer Angst davor gesprochen, dass ein paar radikale Elemente die Heimatgruppe mit ihren deutschnationalen Idealen infiltrieren könnten.

Einmal gegen Abend, als Agnes Scheer sich hinter das Jagdhaus begeben hatte, in dem sich die Heimatgruppe traf, war sie zufällig Zeugin eines Telefongesprächs geworden, das Strasser mit jemandem geführt hatte.

Scheer hatte nicht alle Zusammenhänge verstanden, aber die Erregung und Gereiztheit in der Stimme Strassers herausgehört. Einige Sätze waren eindeutig gewesen: »Wie oft soll ich das noch wiederholen? Nein. Nein, habe ich gesagt. Mich kannst du nicht kaufen, ich brauche kein Geld, das habe ich selbst. Ich bin nicht deine rechte Hand. Vor allem nicht deine extrem rechte Hand. Mit deinen deutschnationalen Ideen will ich nichts zu tun haben.« Dann hatte Strasser wütend aufgelegt.

Engel fragte sich, wer der Gesprächspartner gewesen sein könnte.

12

»Hast du Zeit? Wenn du Zeit hast, komm her. Es tut sich was hier oben.«

Es war noch dunkel, als Maximilian Engel am nächsten Morgen die Nachricht erhielt. Um vier Uhr.

Das Display des Handys war bereits wieder erloschen, und er hatte vergessen nachzusehen, von wem die Nachricht kam. Er rief sie erneut auf. Tobias Weiler war der Absender.

Engel verfluchte den Schäfer samt seinen hundertfünfzig Schafen. Er wollte weiterschlafen, aber die verrückte Morgenbotschaft verhinderte das erfolgreich.

Noch blieb er im Bett, streckte nur ein Bein aus der Decke. Die Bewegung sollte den Anschein erwecken, als wollte er tatsächlich aufstehen.

In Wirklichkeit unternahm Engel alle Anstrengungen, wieder einzuschlafen. Er wollte es so sehr.

Doch der Wunsch wurde ihm nicht erfüllt. Er stand mit einem Ruck auf und schleppte sich zum Fenster, um zu sehen, wie das Wetter war. Aber er sah sich als Opfer seiner Unlogik, denn die Dunkelheit da draußen hatte noch kein elektrisches Licht erfunden, das man hätte einschalten können.

Warum wollte der Schäfer, dass er zu ihm aufs Hochplateau kam? Dafür brauchte man zu Fuß nahezu vier Stunden, im Dunkeln vermutlich etwas länger. Engel räumte seiner eigenen Unschlüssigkeit möglichst viel Zeit ein. Auf diese Weise würde es ihm unter Umständen gelingen, keine Entscheidung treffen zu müssen, weil der Tag inzwischen fortschritt. Andererseits hatte seine berufliche Erfahrung ihn gelehrt, dass man etwas versäumen konnte, wenn man an Ort und Stelle verharrte.

Kurz entschlossen brach Engel alle weiteren Überlegungen ab. Er packte eine Wasserflasche in seinen Rucksack, einen faltbaren Hut, seine Windjacke und seine Taschenlampe, die niemals fehlen durfte. Außerdem etwas zu essen, das er im Kühlschrank seines Apartments gefunden hatte, darunter vier gekochte Eier. Er suchte nach seinem Salzstreuer. Der Salzstreuer aus Hallstatt. Wann immer er leer war, füllte er ihn wieder auf.

Er machte sich auf den Weg. Er durfte sich jederzeit bei Bedarf von seiner Zimmerwirtin eines ihrer Fahrräder ausborgen. Mit diesem fuhr er los. Es war fünf Uhr.

Sein Fahrradlicht zitterte bei jedem kleinen Stein, über den er fuhr. Er brauchte eine Stunde bis zu der Stelle, von wo der Weg zu Fuß bergauf führte. Es war sechs Uhr, als die Sonne aufging. Noch eine Stunde, und ihre ersten Goldfäden würden sich zwischen die Bäume hindurchfädeln.

Auf dem Hochplateau wartete Tobias Weiler schon auf ihn.

Engel kam außer Atem an und ließ sich auf den Boden nieder. Sie begrüßten sich, gaben sich die Hand. Engel brannte darauf zu erfahren, was den Schäfer zu dessen Nachricht motiviert hatte.

Doch Weiler wich einer Antwort aus. »Genau an dieser Stelle habe ich vor drei Jahren den Abgeordneten mit dieser Frau gesehen«, sagte er stattdessen.

»Mit der Madonna?«, fragte Engel.

Der Schäfer nickte.

»Ich kenne schon lange eine Madonna von Siena, und gestern erst habe ich eine in Seckau getroffen.«

»Nicht in der Gaal?«, wunderte sich Weiler.

Maximilian Engel versank im Sumpf der Geheimniskrämerei. Er spielte mit dem Gedanken, nicht sofort zu antworten, überlegte es sich aber anders: »Die Madonna von Siena ist aus Siena, und die von Seckau ist in Wirklichkeit aus der Gaal. Aber die aus der Gaal habe ich nach unserer ersten Begegnung im Haus der Scheers am nächsten Tag darauf noch einmal in Seckau getroffen.«

Weiler schwieg, zog Engel dann am Ärmel und bedeutete ihm mitzukommen. Sie näherten sich dem Stierhorn, umrundeten den Felsen und erreichten den Weideplatz der Schafe.

Am Himmel standen Wolken. Sie hatten sich halb aufgelöst, ihre Körper waren rundum zerfranst, und sie schienen nicht zu wissen, wohin ihre Reise gehen sollte.

Westlich der Weide, die sanft talwärts verlief, führte der Weg am Waldrand vorbei, vor dem eine dichte Brombeerhecke wie eine Festungsmauer stand.

Unterwegs hatte Engel jemanden in unmittelbarer Nähe wahrgenommen. Sein Blick richtete sich in das Geflecht der Bäume. Der Wald schien viele Augen zu haben, die ihn und den Schäfer mit kalter Geduld beobachteten.

Engel überließ sich Weilers Tempo und versuchte, unwesentliches Denken zu vermeiden, um seine Wahrnehmung zu steigern. Bald drehte er sich um und wagte wieder, in den Wald zu blicken.

Er war überrascht, wie schnell sich Vorstellungen wandeln konnten. Hatte er noch kurz vorher schwören können, dass der Wald viele Augen hatte, die ihn und den Schäfer beobachteten, war er sich plötzlich nicht mehr sicher. Für den Bruchteil eines Augenblicks kam es Engel so vor, als hätte der Wald seine vielen Augen verloren. Und trotzdem wurde er den Eindruck nicht los, dass jemand durch die Bäumen schlich und sie beobachtete.

Tobias Weiler war nicht entgangen, dass Engel abgelenkt war. Er warf ihm einen raschen Blick zu, bevor er stehen blieb und den Zeigefinger auf seine Lippen legte.

Von Weitem konnten Engel und Weiler unklare Kommandorufe hören. »Und weiter. Und weiter. Rechts ab. Und weiter.«

Sie hörten sich an wie Geschrei auf dem Exerzierplatz eines Militärstützpunkts.

Der Schäfer reichte dem Kommissar wortlos sein Fernglas.

Engel stellte es ein, hob es an die Augen und glaubte, nicht richtig zu sehen. Auf dem gegenüberliegenden Hügel stand ein kräftiger Mann wie ein Feldherr und trieb ungefähr zwanzig Männer über aufgebaute Hindernisse, die zu überklettern oder zu überspringen waren.

»Das ist Franz Strasser«, hörte Engel seinen Bekannten sagen.

Die Kommandos nahmen an Schärfe zu, nachdem ein Mann gestolpert war. Sofort rissen ihn die anderen hoch und trieben ihn wieder an, als müssten sie vor dem Feind flüchten. Tatsächlich wurden die Männer auf dem Hochplateau von drei anderen verfolgt, die ihnen wie verrückt nachrannten und dabei wilde Schreie ausstießen.

Das ganze Szenario war so bizarr und unwirklich, dass Engel und Weiler der Mund offen stehen blieb.

Engel sah auf die Uhr. Es war elf Uhr dreißig. »Was machen wir jetzt? Stehen wir weiterhin herum? Wie du mir verraten hast, sind sie eher nachtaktiv. Wie hast du sie überhaupt sehen können?«

»Sie haben wahrscheinlich Notstromaggregate in der Jagdhütte, um genug Strom für ihr Flutlicht aufzubringen. Ich schlage vor, du machst eine ausgiebige Rast, und wir warten ab, was passiert.«

Engel erinnerte sich an Agnes Scheers Worte in Seckau. Sie hatte monatliche dreitägige Gruppentreffen erwähnt. Möglicherweise veranstalteten sie heute ein solches außerordentliches Treffen.

Nicht weit von ihnen entfernt kannte Tobias Weiler einen geräumigen Hochsitz mit zwei Bänken, auf denen sie bequem und ungesehen warten konnten. Es ging ein linder Wind, der die Zweige der Bäume mit seinem Atem streifte, sodass sie spielerisch zu tänzeln begannen.

Hoch oben zwischen den Bäumen erhielt Engel von seiner Assistentin Sandra Koschir eine Nachricht. Er betrachtete das Handy, sah sich um, wo er sich gerade befand, und schüttelte den Kopf, bevor er zu lesen begann.

»Anna Strasser, Tochter des Abgeordneten. Dreißig Jahre. Seit acht Jahren in England. Erasmus-Programm. Studium ›Internationales Recht‹ in Cambridge. Schreibt für den ›Guardian‹. Spezialisiert auf Politik. Betreibt zusätzlich ein Rechtsberatungsbüro in London. Hochintelligent. Sehr erfolgreich.«

Als sich in den nächsten Stunden nichts Nennenswertes tat, beschlossen Weiler und Engel, einen Waldweg hochzusteigen, um einen Grat zu erreichen, von dem aus man die Seckauer Tauern überblicken konnte. Durch den blauen Himmel zogen sich spinnwebenartige Wolkenfäden.

Es wurde schon dämmrig. Engel erinnerte sich an den Ausdruck, den man in Frankreich für diese Zeit verwendete. »Die Zeit zwischen Hund und Wolf.«

Sie waren wieder zurück auf dem Hochsitz und konnten beobachten, was auf der Lichtung des Plateaus vor sich ging. Hinter ihnen standen dicht an dicht Fichten und Lärchen, vom Unterholz bedrängt. Noch hieß es warten.

Im Wald stand reglos ein Mann hinter einem Baum, als wartete er darauf, dass seine Stunde kommen würde. Vor den Blicken der beiden Männer verborgen.

Er wartete wie ein Wächter der Vergeltung.

Die Dämmerung.

Zeit zwischen den Zuständen. Zeit der Verbitterung. Zeit der Einsamkeit.

In der Brust des Mannes brannte ein Feuer, das ihn aufzufressen drohte. Und trotzdem war das Feuer mit der Zeit sein Freund geworden, den er »den Dämon« nannte. Manchmal sprach er mit ihm, um ihn zu besänftigen. Wie dumm musste die Welt sein, dass sie seine Ideen nicht verstand und seine Ideale verkannte.

Der Mann sah auf.

Sein Blick verlor sich jenseits des Stierhorns. Mit Wohlgefallen betrachtete er die jungen Männer, die sich seit den Morgenstunden über Hindernisse hetzen ließen, getrieben von den Kommandos eines Älteren, der neben ihnen auf einem Hügel stand.

Der Mann hinter dem Baum wandte den Kopf, er schien nach etwas anderem Ausschau zu halten.

Dann hörte er zwei Stimmen. Sie kamen aus den Baumwipfeln. Er erblickte den Hochsitz und bewegte sich lautlos auf ihn zu. Er sah hoch und entdeckte den Schäfer. Der andere musste dieser verrückte Kommissar sein, der seit einigen Tagen in der Gaal Fragen stellte.

Aus dem Gesicht des Mannes wich die maskenhafte Spannung und ließ um seine Lippen den Ansatz eines Lächelns zu.

Er nickte zufrieden, bevor er wieder hinter den Bäumen verschwand. Seine Schritte waren lang und eckig.

Weiler las die Nachricht auf Engels Handy und sah diesen von der Seite an, als bräuchte er einen Verbündeten für seine eigenen Zweifel an der Wirklichkeit. Er dachte an den Vater Franz Strasser, der hier auf einem Hochplateau in der Gaal einer Gruppe junger Männer Kommandos zuschrie, an Strassers Tochter, die vielleicht jetzt gerade am Abend in ihrer Anwaltskanzlei in London saß. Er sah sich mit seinem neuen Bekannten auf dem Hochsitz zwischen den Bäumen sitzen und das seltsame Treiben unter sich wie ein Voyeur beobachten. Es war fast zu absurd, um wahr zu sein.

Anders als den Schäfer beschäftigte Engel ein Bild in seiner Erinnerung. Wieder war es das schöne Gesicht des jungen Mannes, das wie aus Lindenholz geschnitzt schien. Es roch nach Kindheit, und Engel glaubte, jemanden lachen zu hören.

Inzwischen war die Dunkelheit über sie hereingebrochen, und die Sterne begannen ihr Spiel mit dem Licht. Jeder von ihnen wollte am hellsten strahlen, den Himmel dominieren.

Engel sah auf die Uhr, während der Schäfer die Sterne betrachtete.

Der Mann war wieder da. Diesmal stand er hinter dem Felsen. Hinter ihm Einsamkeit und Verbitterung. Noch immer blieb er den Blicken der beiden Männer verborgen.

Wieder eine Stunde des Wartens für den Wächter.

Er hob den Kopf, hörte sie singen. Die Gruppe Franz Strassers sang das Lied »Kein schöner Land in dieser Zeit«. Der Mann hinter dem Megalith mochte das deutsche Lied und sprach den Text leise mit:

»Da haben wir so manche Stund
gesessen da in froher Rund
und taten singen;
die Lieder klingen
im Eichengrund.«

Der Mann schien aus der Quelle der deutschen Romantik zu trinken wie aus einem schweren Pokal in den Händen seiner vergötterten Helden. Erneut spürte er den Dämon in seiner Brust pochen. Sein Vaterherz schlug in wildem Hass auf seine verlorenen Söhne. Er wollte sie in seinem Geist erziehen, ihnen die rechte Richtung zeigen. Das ewig Deutsche. Die Treue zum Vaterland.

Plötzlich tauchten zwei Männer auf. Der eine war von schmächtiger Gestalt, der andere eher kleinwüchsig, aber kräftig gebaut, mit Haaren schwarz wie Ebenholz.

Sie sprachen miteinander.

Der Mann mit dem Dämon in seiner Brust beobachtete sie und rieb ungeduldig den Zeigefinger seiner rechten Hand gegen seinen Daumen, wie um Geld zu zählen.

Er schien genau zu wissen, was passierte, denn kurze Zeit später drückte der schmächtige Mann dem anderen ein Bündel Geldscheine in die Hand.

Hinter dem Megalith klatschte der Mann in beide Hände, und seine Augen wurden im Triumph um Grade kälter. Er nickte zufrieden, streichelte den Dämon in seiner Brust und verschwand hinter den Bäumen.

Seine Schritte waren lang und eckig.

Er schien vom Mond gesteuert.

Tobias Weiler und Maximilian Engel hatten nicht umsonst gewartet.

Auf dem Grund des Abgeordneten entflammten zusätzlich zu den Scheinwerfern zahlreiche Lichter. Ein Fackelzug setzte sich langsam in Bewegung, zur Hälfte den Stierhornfelsen bis kurz vor dem Abgrund umrundend, und bildete einen Kreis. Die Männer begannen, etwas im Chor zu sprechen.

Engel und der Schäfer legten sich die Hände hinter ihre Ohren, um besser verstehen zu können, konnten aber keinen Sinn ausmachen. Lediglich einige Wörter waren zu verstehen: »Heimaterde« und »Treue zum Vaterland«.

Kurze Zeit später setzten sich die Männer auf den Wiesenboden und löschten ihre Fackeln. Es war schon dunkel, und der Boden musste feucht und kalt sein.

»Ein Härtetest?«, flüsterte Engel dem Schäfer zu.

»Sehr wahrscheinlich«, antwortete Weiler. »Die Nächte können hier oben selbst im Sommer sehr kühl werden.«

Sie warteten ab.

Bald stellte sich heraus, dass dem deutschen Heldentum eine noch härtere Prüfung als das bloße Verbringen einer Nacht im Freien bevorstand. Gott Thor schleuderte einen ersten Blitz vom Himmel. Gleich darauf krachte ein gewaltiger Donner über dem Hochplateau.

Stille.

Die ersten schweren Tropfen fielen auf die Erde, kleine Geschosse, die sich gegen das Hochplateau auflehnten. Bald rauschte das Wasser.

Weiler machte sich an seinem Rucksack zu schaffen.

»Da wir keine deutschen Helden sind, sollten wir lieber eine Regenhaut überstreifen, meinst du nicht?«, erinnerte Weiler Engel. »Am besten bleibst du heute Nacht hier oben. Der Abstieg wäre zu gefährlich. Nicht weit von hier ist mein Unterstand, da sind wir sicher vor der Nässe. Ich habe dort zwei Schaffelle deponiert, weil man vor einem Unwetter nie sicher sein kann.«

In dieser Nacht träumte Engel von König Laurin im Rosengarten und von Hagen. Hagen, der düstere Pläne gegen Siegfried schmiedete.

Während die zwei Männer schliefen, näherte sich ihnen der Mann der Einsamkeit und Verbitterung. Er ließ sich seinen Plan durch den Kopf gehen, die Zukunft zu verändern. Der Plan hatte nur ein Ziel. Die Endlösung.

Als er daran dachte, legte sich der Dämon in seiner Brust zur Ruhe. Er schien besänftigt zu sein.

Der Mann drehte sich um und zog ein Notizbuch aus seiner Jackentasche, das er kurz mit einer Taschenlampe beleuchtete. Er überflog die geschriebenen Zeilen und machte anschließend dahinter ein Zeichen, dass alles planmäßig verlaufen war.

Liebevoll betrachtete er es.

Es glich einem Haken.

Der Haken hatte die Form eines Mäanders von einem antiken Tempel oder eines chinesischen Symbols, bestehend aus zwei Störchen, die aufeinander zuflogen.

Das Symbol nannte man auch Swastika. Das Heilbringende.

Es war ein Hakenkreuz.

13

Mein Vater redet nicht mit mir. Er sagt höchstens: »Geht es noch? Überwinde dich. Atmung kontrollieren. Tempo halten.«

Meine Muskeln sind sauer. Ich bin leer und spüre, wie mein Adrenalinspiegel langsam sinkt.

Da ist schon das Stierhorn. Der Felsen sieht aus wie ein verschrecktes Tier. Er ist nicht so stark, wie sein Anblick vermuten lässt. Er ist verwundbar. Ich wäre nicht überrascht, fiele er eines Tages mit einem Donnerschlag in sich zusammen. Nichts, was stark ist, bleibt.

Heute kann ich den Schäfer nicht entdecken. Er muss mit seiner Herde weiter nach Osten gegangen sein.

Die Leute in der Gruppe meines Vaters mögen ihn nicht. Ich weiß es von Van der Hellen. Nein, nicht von ihm. Ich weiß es von diesem Ungarn, sein Name fällt mir im Moment nicht ein. »Auf den muss man aufpassen«, hat er gesagt. »Er versteckt sich und beobachtet alles, was sich um ihn herum abspielt.« Es geht das Gerücht um, dass er während des Balkankriegs Österreich verlassen haben soll. Niemand weiß, wann der Schäfer kommt und wann er geht. Er ist nicht berechenbar.

Niemand, dessen Geschichte man nicht kennt, ist berechenbar.

14

Maximilian Engel war es nicht gewohnt, in einem Unterstand eine nasskalte Nacht zu verbringen. Er war mehrfach aufgewacht und hatte sich gewundert, wie tief Weiler an einem so unwirtlichen Platz schlafen konnte.

Obwohl es noch nicht ganz hell war an diesem Freitag, hielt Engel nichts zurück. Leise, um Weiler nicht aufzuwecken, nahm er seinen Rucksack und stieg ins Tal ab. Er hatte einen dreistündigen Marsch vor sich und drehte sich einmal um sich selbst, als unterwegs die Sonne aufging.

Der nächtliche Regen verdunstete in der morgendlichen Wärme. Das Tal lag noch unter Nebelschleiern verborgen. Es roch nach Fröschen und Disteln.

Engel malte sich aus, wie Magdalena Anger reagieren würde, wenn sie entdeckte, dass er die Nacht, ohne sie zu verständigen, außerhalb verbracht hatte. Als er die Pension erreichte, stand sie schon davor und schlug die Hände zusammen.

»Wo sind Sie denn um Gottes willen die ganze Nacht geblieben? Noch dazu bei diesem entsetzlichen Unwetter. Ich habe mir solche Sorgen um Sie gemacht, dass ich kaum geschlafen habe.«

»Haben Sie in der Zeit, in der Sie geschlafen haben, wenigstens von mir geträumt?« Engel erwartete keine Antwort.

»Ja«, sagte sie.

Magdalena Anger servierte ihm diesmal in ihrem eigenen Wohnzimmer ein köstliches Frühstück. Bei dem Duft des Kaffees erwachten Engels Lebensgeister, und seine Zimmerwirtin trank eine Tasse mit.

Der Kommissar bemerkte, dass sie ihm heute eine andere Serviette hingelegt hatte. »Ist der Sonnenuntergang vorbei?«

»Pfingsten ist in zwei Wochen«, erklärte sie. »Daher die Pfingstrosen.«

Nach dem Frühstück drängte es Engel hinaus in die Sonne, die die Hausdächer nach der regennassen Nacht trocknete.

Er ging ins Dorf. In seinen Gedanken schwebte noch die Erinnerung vom Vortag und der letzten Nacht. Er glaubte, den Wald vor sich zu sehen, und hätte schwören können, er war voller Augen gewesen. Wahrscheinlich trieb seine Phantasie ein böses Spiel mit ihm, schließlich hatte er schlecht geschlafen.

Der Zufall wollte es, dass er am Friedhof vorbeikam, als er an das Vergängliche dachte. Engel hörte das Tuckern eines Traktors und durch das offene Fenster einer Schule, wie die Kinder in der Pause lärmten. Sonst hörte er nichts. Überhaupt schien es im Tal ruhiger zu sein als in der Höhe. Ruhiger als in den Bergen.

Nichts schien imstande zu sein, die Gaal wach zu rütteln. Fast nichts, sah man denn von einigen menschlichen Leidenschaften ab. Und selbst diese spielten sich nur heimlich zwischen Mann und Frau ab. Engel konnte sich nicht erklären, warum Magdalena Anger ihm in den Sinn kam. In ihrem Gesicht stand nicht selten eine spinnwebenfeine Spur von Trauer.

Engel zog es unwiderstehlich auf den Friedhof. Er wählte denselben hinteren Eingang, den er schon an dem verregneten Freitag vor vierzehn Tagen gewählt hatte, als er am Begräbnis vom jungen Strasser teilgenommen hatte. Seine Beine lenkten ihn automatisch zu dessen Grabhügel. Die Erde war zu einem Haufen geschaufelt, die Kränze weggeräumt. Ein provisorisches Holzkreuz stand an der Kopfseite des Grabs.

Vor Engels Augen tauchte das Bild von Franz Strasser auf, der auf einem Hügel stehend mit dem Stolz und der Lächerlichkeit eines Feldherrn in einer Schlacht Kommandos schrie.

Stolz.

Engels Blick richtete sich wieder auf das Grab Andreas Strassers, und ihm wurde bewusst, dass er zwei Dinge nicht auf einen Nenner bringen konnte: Der Sohn war erst vor zwei Wochen begraben worden, und dennoch hatte dessen Vater gestern wie ein Kommandant auf dem Hochplateau gestanden. Mit dem Ausdruck von penetrantem Stolz. Engel sah zum steilen Wiesenhang hinter dem Friedhof hinauf. Die Trauer fehlt ihm, dem Vater Franz Strasser, dachte er.

Er beschloss, am morgigen Samstag den Gutshof der Familie Strasser zu besuchen, um dort möglichen Spuren der Trauer nachzugehen. Er würde seine Worte vorsichtig wählen müssen, um keine der Spuren unachtsam zu verwischen. Bevor er sie entdeckte.

15

Maximilian Engel brach schon frühmorgens auf und ging einen Weg in östliche Richtung.

Das Anwesen von Franz Strasser lag an einem Hang mit aufgefächerten Wiesen, die von einer lang gezogenen Naturhecke begrenzt wurden. Die Bäume, Wiesen und Felder breiteten sich vor Engels Augen aus wie aufgeschlagene Seiten eines Bilderbuchs.

Engel hatte Strasser sein Kommen nicht angekündigt. Unterwegs dachte er an den kalten Saal in der Gerichtsmedizin. Er sah das Gesicht Andreas Strassers vor sich. Weich wie Lindenholz. Es roch nach Kindheit, und Engel glaubte, ein Jungenlachen zu hören.

Irgendwo im Haus des Abgeordneten, mindestens in einem versteckten Winkel, so hoffte er, müsste dessen Trauer spürbar sein, wenigstens ein kleiner Rest davon.

Doch es schien, als würde Franz Strasser ungerührt seinen Verpflichtungen nachgehen, mit seiner Gruppe auf dem Hochplateau verschärfte Trainingseinheiten durchführen und nicht einmal vergessen, für sich Wahlwerbung zu machen. Nichts deutete darauf hin, dass dieser Mann unter dem Verlust seines Sohns und der räumlichen Distanz zu seiner Tochter litt.

Vielleicht trauerte er ja ausschließlich hinter verschlossenen Türen, abgetrennt von der Außenwelt.

Engel hoffte, die Frau des Politikers für kurze Zeit allein anzutreffen, um sich ein Bild von ihr machen zu können.

Als er sich dem Anwesen näherte, suchten seine Augen vergeblich nach Lebenszeichen. Weder Frau Strasser noch ihr Mann waren zu sehen. Niemand.

Dem Kommissar kam ihre Abwesenheit nicht ungelegen, so war es ihm möglich, sich in aller Ruhe auf dem Hof umzuschauen.

Er konnte vier Gebäude unterscheiden. Im Vordergrund ein

Schweinestall, in dessen unmittelbarer Nähe der Rinderstall mit riesigen Ausmaßen stand. Etwas vorgelagert erkannte er zwischen den beiden Gebäuden die Tenne mit einer Auffahrt. Hinter den Wirtschaftsgebäuden inmitten von Obstbäumen lag das Wohnhaus.

Es war im Laufe von dreihundert Jahren gewachsen. Später waren noch zwei Zubauten hinzugefügt worden, und ein Hof war entstanden. Die schmiedeeisernen Fensterkörbe waren mit Blumen bepflanzt.

Engels Blick galt zunächst den Schweinen. Sie lagen im Stroh auf einer Terrasse, die durch eine offen stehende Tür mit dem Schweinestall verbunden war. Die Tiere schliefen oder grunzten vor sich hin. Sie machten den Anschein, als müssten sie sich nach einem zu üppigen Fressgelage erholen.

Engel überließ die Schweine ihrem Müßiggang und wandte sich den Rindern zu. Beim Öffnen der Tür des Kuhstalls umfing ihn Wärme.

Von den Kühen getrennt stand gleich am Eingang ein massiger Stier. Er hatte Mühe, sein Gewicht und seine Männlichkeit auf den Beinen zu halten. Vom Nacken abwärts zogen sich Kaskaden von Muskelfleisch. Die Nase zierte ein eiserner Ring. Der Stier roch seine Kühe, konnte sie aber nicht sehen. So verharrte er in seiner gestauten Kraft, und nur ein leises Schnauben kam aus seinen Nüstern. Er scharrte nervös und ohne Takt mit seinen Vorderhufen.

Engel konnte im Stall gedämpfte Musik von Richard Wagner hören. Für seinen Geschmack zu dramatisch und zu heldenhaft. Er selbst hatte nie davon geträumt, ein Held zu sein, für ihn war das Heldentum zu eng mit dem Heldentod verknüpft.

Sein ungeteiltes Mitleid galt dem Stier, der einsam dastand, während seine zahlreichen Kühe, sauber und gestriegelt wie für ihre Hochzeit herausgeputzt, aber ungeliebt ihre Zeit verloren.

Engel war noch in seinen Betrachtungen versunken, als ihm eine kräftige Hand auf seine Schulter schlug.

»Gefallen Ihnen meine Kühe? Eine schöner als die andere, nicht wahr?«

Der Kommissar drehte sich um. Hinter ihm stand ein beachtlicher Mann. Es war Franz Strasser persönlich. Engel wollte die Fragen weder aus seiner noch aus der Sicht des Stiers beantworten. Stattdessen entschuldigte er sich für sein Betreten von Strassers Privatgrund und stellte sich als Kommissar Engel vor.

Der Politiker erwies sich als großzügiger und charmanter Gastgeber. »Wenn Sie schon da sind, wollen Sie nicht auf eine Jause zu mir kommen? Ich lade Sie herzlich ein. Aber vorher zeige ich Ihnen noch meinen Besitz.«

Strasser genoss es, Engel seinen prächtigen Hof zu präsentieren. Er tat es mit angemessenem Stolz. Beide Männer gingen ein Stück weit über Wiesen und Felder. Ein Traktor steuerte auf sie zu, der Fahrer hielt kurz an, grüßte und fuhr gleich wieder weiter.

»Das war mein Schwager«, sagte Strasser wie zur Erklärung. »Er selbst hat nur eine kleine Wirtschaft und deshalb Zeit genug, sich nebenher noch um mein Anwesen zu kümmern. Ich bin nicht immer hier, Sie wissen ja bestimmt, dass die Politik mein berufliches Zuhause ist. Mein Schwager wird natürlich für seine Arbeit von mir bezahlt und ist offiziell angemeldet. Als anständiger Staatsbürger zahle ich für ihn auch Steuern.«

Unterdessen focht Maximilian Engel einen harten Kampf mit seiner Zunge aus. Er musste sie im Zaum halten, um nicht vorschnell seine Fragen anzubringen. Damit würde er das weitere Gespräch nur negativ beeinflussen. Er beschloss, sich so lange zurückzuhalten, bis der geeignete Moment gekommen schien.

Vor dem Haus blieb Franz Strasser stehen und bedauerte, wie wenig Zeit ihm die Politik ließe, um sich in seinem Haus und auf seinem Land aufzuhalten. Bisher hatte er mit keinem Wort seine Familie erwähnt. Stattdessen ergänzte er, dass die Romantik der guten Landwirtschaft in Brüssel aufhöre.

Der Mann war zweifellos intelligent und beeindruckte Maximilian Engel mit seiner schier unerschöpflichen Energie.

Sie betraten den Vorraum, in dem eine alte bemalte Truhe stand. Sie wirkte behäbig, in ihr schienen die Zeit und die Geschichte des Hauses verstaut zu sein. An ihrer Frontseite befand sich eine kassettenartige Vertiefung mit dem Ölbild einer Madonna, die fein lächelte.

Und nicht weniger fein war das Gesicht, das jetzt hinter einer sich öffnenden Tür erschien. Franz Strasser stellte seine Frau vor.

Als sie erfuhr, dass sie einen Gast zu bewirten hatte und wer dieser Gast war, zeigte sie kaum eine Regung. Lediglich ihre Augen veränderten den Glanz und schienen eine Frage zu stellen.

Maximilian Engel würde nicht überrascht sein, wenn sie ihn zu einem späteren Zeitpunkt um ein Gespräch bat. Doch im Augenblick interessierte ihn etwas anderes.

Als die Frau hinter der Küchentür verschwand, sprang eine Katze vom Gewehrschrank und zwängte sich im letzten Moment durch den Türspalt.

In einem Nebenzimmer läutete ein Telefon, und der Politiker zog sich darin zurück, um ein Gespräch zu führen.

Engel wollte herausfinden, was die Katze so unwiderstehlich in die Küche gelockt hatte. Ohne lange zu überlegen, öffnete er die Tür. Es bot sich ihm ein Bild seltsamer Zweisamkeit.

Frau Strasser saß mit der Katze auf dem Schoß am Küchentisch. Das Tier schien ihr nicht von der Seite weichen zu wollen.

Die Frau weinte. Sie weinte still wie jemand, der es gewohnt ist, beim Weinen allein zu sein.

Engel wollte etwas sagen, fand aber keine Worte.

Frau Strasser sah nicht auf. Sie streichelte weiter die Katze und erhob sich dann ruckartig, als wäre ihr etwas eingefallen. »Ich muss für Sie etwas zum Essen richten.«

Der Kommissar nutzte die Gelegenheit. »Ich habe gehört, dass Ihr Mann gute Chancen hat, nach Brüssel zu gehen?«, fragte er rasch.

»Viel würde sich dadurch auch nicht ändern.«

Engel bemühte sich um einen beiläufigen Ton: »Das hört sich fast so an, als wäre Ihr Mann jetzt schon mit der Politik verheiratet.«

»Franz ist kein schlechter Mann. Aber die Politik hat ihn verändert. Was ist das denn für eine Politik, wenn die Familie …« Sie unterbrach sich, denn ihr Mann betrat die Küche.

Strasser wies Engel an mitzukommen, als wäre dies nicht der geeignete Raum für zwei Männer. Er zog es vor, am Stubentisch sitzend auf das zu warten, was seine Frau möglichst bald auftischen würde. In der Zwischenzeit öffnete er eine Flasche mit frisch gepresstem Apfelsaft und goss sich und Engel ein.

Nicht viel später kam seine Frau herein und brachte eine kräftige Jause.

Der Kommissar kostete gerade etwas vom luftgetrockneten Schinken, als Strasser ihn mit einer Frage überraschte.

»Was schätzen Sie, Herr Engel, was sind die gefährlichsten Elemente in einer demokratischen Gesellschaft?«

»Ich weiß es nicht«, antwortete Engel fast unschuldig, versuchte sich dann aber doch an einer Antwort. »Wahrscheinlich ungebildete, radikale Populisten, die in ihrer Intoleranz Schritt für Schritt verblöden und niemandem außer sich selbst mehr zuhören.«

Strasser hörte interessiert zu. Sein Gesicht war gerötet. »Aber ich sage Ihnen etwas im Vertrauen«, meinte er. »Noch gefährlicher sind die, denen die Politik völlig gleichgültig ist und die nie auf die Idee kommen würden, sich zu fragen, was mit der Gesellschaft passiert. Sie gehen nicht einmal zu den Wahlen oder kritzeln einfach einen Unsinn auf den Stimmzettel. Denen ist alles wurscht. Und wenn sie dann wirklich einmal wählen, weil sie die Lust dazu überkommt, machen sie natürlich an der falschen Stelle ihr Kreuz.« Er gönnte sich eine Pause, bevor er weitersprach: »Das trifft ziemlich genau auf Sie zu, habe ich recht?«

Da Engel darauf keine Antwort gab, war Franz Strasser kaum noch zu bremsen.

»Sie riskieren viel, diejenigen, die sich in die Politik nicht einmischen wollen. Die Passiven, die sich nicht damit beschäftigen wollen. Sie leiden vor sich hin, ärgern sich über alles, aber sie machen keinen Finger krumm, um etwas zu verändern. ›Motschgern‹, so sagt man zu solchen Leuten in Wien. Das sind die, die man am leichtesten beeinflussen kann. Man kann an ihnen herumschnitzen wie an –«

»Einem Stück Lindenholz«, beendete Engel den Satz. »Lindenholz ist weich, aus ihm kann man machen, was man will. Man bearbeitet es ein bisschen, und schon hat man das passende Gesicht zum passenden Charakter.«

»Ganz meine Worte«, ereiferte sich Franz Strasser. »Aber ein schwacher Charakter braucht eine starke Hand!« Er machte eine Pause und blickte sich um, als würde er Zuhörer ansehen.

»Haben Sie wirklich alles so gut im Griff?«

Mehr sagte Engel nicht. Zumindest vorerst. Die Zeit war noch nicht reif für weitere Fragen.

Oberhalb der Stube glaubte Maximilian Engel, jemanden gehen zu hören. War es normal, dass sich Frau Strasser bei Besuchen völlig zurückzog? Vielleicht musste sie weiterweinen. Hoffentlich war die Katze bei ihr.

Beide Männer saßen noch immer bei der Jause, als der Kommissar den richtigen Zeitpunkt für gekommen sah. Er wies in einem Winkel auf ein Foto, das er schon längere Zeit betrachtet hatte. Es zeigte den Abgeordneten und Andreas Strasser beim gemeinsamen Laufen. »Ist das Ihr Sohn?«

Die Frage schien den Politiker zu erschlagen. Bedächtig schob er den Tisch ein Stück zurück, um sich mehr Raum zu geben. Dann stand er auf und verließ, ohne ein Wort zu sagen, das Zimmer.

Engel strich etwas Butter auf ein Stück Brot und setzte die Mahlzeit, die er so hungrig begonnen hatte, ungerührt fort. Er erwartete den Politiker schon sehr bald wieder zurück.

Franz Strasser wirkte überaus beherrscht und bemühte sich sogar um ein gewinnendes Lächeln, als er sich langsam an den Tisch setzte. Er strich die Tischdecke glatt und wischte einige Brotkrumen in seine Hand, um sie auf seinen Teller zu geben. »Ja«, sagte er und schaute zum Foto. Offenbar hörte auch er jetzt die Schritte im Obergeschoss. Er sah kurz auf.

Maximilian Engel musste an Frau Strasser und ihre Katze denken. »Wie groß ist eigentlich Ihre politische Konkurrenz in dieser schönen Gegend?«, fragte er und rang sich einen beiläufigen Ton ab.

Anstatt sofort zu antworten, beäugte Strasser das mit Köstlichkeiten beladene Brett aus Eichenholz, roch zunächst am Schafskäse, betrachtete dann wohlwollend den geräucherten Schinken inmitten von frisch geriebenem Kren und strich endlich wie ein Patriarch über das Leinentischtuch. »Wir hängen den Speck nach einer sehr speziellen Räucherung in den Dachboden, hoch genug, damit die Mäuse ihn nicht fressen.« Er sah ins Leere, ehe er weitersprach: »Sie fragen mich nach meiner politischen Konkurrenz? Meine Konkurrenten machen es mir einfach. Um beim Bild des Schinkens zu bleiben: Sie machen nicht einmal schlechten Schinken, können ihn aber nicht verkaufen. Stellen Sie sich den Schinken als politische Idee vor. Ein Politiker braucht nicht nur die, er muss sie auch umsetzen und verkaufen können. Und selbst wenn die Idee noch so schlecht ist, sollte sie den Wählern wenigstens eine Zeit lang etwas geben, sie zufrieden machen.«

Engel nickte, wollte aber auf etwas anderes hinaus. Tags zuvor hatte er sich ausführlich mit Magdalena Anger unterhalten, die ihm äußerst interessante Neuigkeiten berichtet hatte: Der Politiker der grünen Bewegung, Kajetan Schreiber, der ebenfalls aus der Gaal stammte und in der Wiener Zentrale der Partei tätig war, plante ein nahezu geniales Projekt. Es sah vor, auf einer großen Almfläche in der Gaal einen Schaugarten mit seltenen Wild-, Heilpflanzen und aromatischen Kräutern anzulegen und diesen zu einer europaweiten Attraktion zu machen. Das Projekt war anfangs an der Realisierung gescheitert, bis Strasser mit seiner pragmatischen Intelligenz einschritt. Zuerst hatte er dem grünen Politiker den Plan ausgeredet und dann das Konzept um ein Alpenhotel mit Seminarräumen ergänzt. Einen Teil seines eigenen Grundstücks auf dem Hochplateau würde er großzügig zur Verfügung stellen. Er betraute einen Pflanzenexperten, um Kontakte mit botanischen Wissenschaftlern an den Universitäten in Padua und Montpellier herzustellen. Beide Einrichtungen waren für ihre Heilpflanzensammlungen berühmt. Schließlich erhielt Strasser nach Verhandlungen in Brüssel die Zusage einer Finanzierungshilfe.

An all das dachte Engel, als er Franz Strasser jetzt fragte: »Wie war das eigentlich mit dem Projekt, das Sie Kajetan Schreiber gestohlen haben?« Seine Worte waren scharf wie ein jüngst gewetztes Fleischmesser.

Doch Strasser ließ sich nicht aus der Ruhe bringen. »Damit liegen Sie völlig falsch, lieber Herr Kommissar. Ich habe meinem Konkurrenten schlicht und einfach dabei geholfen, seine Ideen unters Volk zu bringen.«

»Wo ist er eigentlich, der Konkurrent?«, unterbrach ihn Engel. »Ich habe ihn im Dorf bisher noch nicht gesehen. Zumindest noch nicht bewusst.«

»Und selbst wenn Sie ihm begegnet wären, hätten Sie ihn sicher nicht bemerkt, so unscheinbar, wie Kajetan ist. Er ist hier aufgewachsen, lebt jetzt in Wien, besitzt hier aber noch ein Wochenendhaus. Manchmal, wenn er von Wien genug hat, taucht er überraschend auf. Dann flüchtet er sich in die Heimat.«

»Wie sieht er aus?«, fragte Maximilian Engel.

»Blass. Stellen Sie sich einen Mann vor, der kaum noch Luft bekommt. Dann findet er endlich die Möglichkeit, frische Luft zu atmen, aber er ist zu ungeschickt dazu. Kajetan ist gescheit, aber völlig lebensuntüchtig. Einer, der das Wasser erst ans Hygienische Institut schickt, um es dort analysieren zu lassen, bevor er hineinspringt.« Strasser beendete das Thema und schlug vor, nach draußen zu gehen, um sich die Füße zu vertreten.

Als sich beide vom Tisch erhoben, hörten sie wieder Schritte über dem Esszimmer, aber niemand verlor ein Wort darüber. Durch die schwere Tür gingen sie nach draußen.

Vor dem Eingang stand ein roter Kleinwagen. Auf dem Autodach saß die Katze, die Engel vorher in der Küche gesehen hatte. Der Kommissar betrachtete sie und schwieg. Die Wiesen und Felder vermischten sich mit dem Blau des Himmels zu einem gold-grün-blauen Gemälde.

Strasser war wieder in seinem Element. Er sprach über die langweilige Politik, die er von ihrer Blutleere befreien wollte. Er wollte mehr Patriotismus und mehr Eigenständigkeit für die europäischen Länder, mehr Bürgernähe, ohne sich deshalb von Brüssel abzuwenden. Er schien entschlossen, seine politischen Visionen umzusetzen.

Engel vermied es, das Familienthema ein weiteres Mal anzuschneiden, weil er befürchtete, den Gesprächsfaden damit zu durchtrennen.

Inzwischen hatten die Männer einen weiten Bogen um das Haus gemacht und fanden sich vor dem Hauseingang wieder.

Das Auto war verschwunden.

Engel warf Strasser einen Blick zu. Zum ersten Mal seit ihrer Begegnung wirkte der Politiker verunsichert. Er verzichtete auf großzügige Gesten, seine Schultern sanken merklich nach unten. »Der Wagen meiner Frau ist weg«, sagte er, und seine Stimme hatte ihren satten Klang verloren. Er riss das Haustor auf.

Engel hörte ihn die Stiegen hinaufrennen, Türen aufmachen und wieder zuschlagen. Dann hörte er ihn wieder die Stiegen hinunterlaufen. Und stehen bleiben. Lange stehen bleiben.

Nach einer Weile trat Strasser aus der Tür. Seine Haltung hatte alle Selbstherrlichkeit verloren.

Engel wusste, was er sagen würde.

»Meine Frau ist verschwunden. Sie hat ihre beiden Koffer mitgenommen.«

16

Er mochte alte Damen. Umso mehr, wenn sie im Kopf so klar waren wie ein See im Gebirge.

Augustine Krammer besaß die Eigenschaft, alles herauszufinden, was sie herausfinden wollte. Sie hatte läuten gehört, dass ein interessanter Gast bei Magdalena Anger gelandet sei. Vor drei Tagen hatte sie sich daher durchgerungen, Anger anzurufen. Offenbar um zu erfahren, ob der Gast auch angenehm sei, eine gute Erziehung genossen habe und sich den Normen der guten Gesellschaft entsprechend aufführe. Das war der Grund, warum Engel an diesem Montag vor ihr stand. Krammer hatte ihn zum Kaffee eingeladen.

Die fünfundneunzigjährige ehemalige Lehrerin begrüßte den Kommissar erwartungsgemäß wie einen Schüler, der etwas verspätet das Klassenzimmer betritt: »Setzen Sie sich, junger Mann!«

Engel fühlte förmlich, wie er strebsam bedacht war, sich von seiner besten Seite zu zeigen. Er setzte sich artig auf den Stuhl wie ein braver Schüler in die erste Reihe. Beinahe hätte er auch noch seine Hände ineinander verschränkt.

Die pensionierte Lehrerin holte eine kleine Packung aus einer Lade, nahm eine Zigarette heraus und bot auch dem Kommissar eine an.

Der lehnte ab, gab ihr aber Feuer.

Augustine Krammer lächelte anerkennend. »Sie müssen wissen, junger Mann, ich habe meinen Zigarettenkonsum schon ziemlich reduziert.«

»Lassen Sie mich raten«, erwiderte er. »Sie rauchen nur mehr eine oder zwei?«

»Fast richtig«, sagte sie. »Von achtzig pro Tag auf vierzig. Sie sehen, das Alter ist eine Frage der Weisheit. Das Leben macht alles so schrecklich kompliziert. Der Tod ist viel einfacher.« Und nach einer Pause ergänzte sie: »In meinem Leben hat es keine Männer gegeben. Und auch keine Frauen. Keinen Alkohol und keine Skandale. Meine einzige Leidenschaft gehörte und gehört noch immer den Zigaretten. Sigmund Freud würde meinen, dass ich in der oralen Phase stecken geblieben bin.«

»Ich verstehe«, beeilte sich Kommissar Engel zu sagen.

»Sie verstehen gar nichts«, korrigierte ihn Augustine Krammer.

Engel befand sich wieder in der Schule und bereute es, die Hausaufgaben so nachlässig gemacht zu haben. Er wagte nicht einmal, sich im Sessel zurückzulehnen.

Die alte Dame bemerkte seine devote Haltung und sagte ungeduldig: »Jetzt fragen Sie schon, was Sie nicht wissen!«

Er setzte sich zurecht. »Wenn Sie mir vielleicht einige alte Klassenfotos zeigen könnten?«

»Trauen Sie sich nur, junger Mann. Sie wollen doch in Wirklichkeit noch mehr wissen, das sehe ich Ihnen von Weitem an.«

Im Kommissar tobte ein kurzer Kampf. Dann fragte er: »Dürfte ich vielleicht doch eine mitrauchen?«

Die pensionierte Lehrerin klatschte vor Begeisterung in die Hände und bot ihm sofort eine Zigarette an. »Das sind die ersten vernünftigen Worte, die ich von Ihnen höre, junger Mann«, sagte sie lachend.

Endlich wagte es Engel, sich mit der Zigarette in der Hand zurückzulehnen. »Ich würde von Ihnen gern wissen, wer zu Ihren intelligentesten Schülern gezählt hat.«

Augustine Krammer stand auf und betrat ein Nebenzimmer.

Engel hörte sie eine Lade öffnen. Papierrascheln. Seiten umblättern.

Mit listigem Blick kam sie zurück, in ihren Händen eine Schachtel voller Fotos sowie ein großes Notizbuch. »Mein Erinnerungskalender.« Während sie nach einigen Bildern suchte, konnte sie sich eine beißende Bemerkung nicht verkneifen. »Sie können sich sicher vorstellen, dass sich unter den Intelligenten fast keiner findet, der später in einer guten Position tätig war. Die wirklich Intelligenten bringen es in unserer Gesellschaft nicht weit. Bis auf einige Ausnahmen.« Sie zog ein Foto heraus und zeigte auf einen Schüler mit wachen Augen: »Der da zum Beispiel ist was geworden. Zwar nichts Besonderes, ein Politiker, aber er war einer der Begabtesten. Einer, der die Dinge hinterfragt hat.«

»Wer ist das?« Er musste es wissen.

»Franz Strasser.« Sie wies auf einen anderen Schüler, dessen Gesichtsausdruck ausgeprägtes Misstrauen verriet. So als verzweifelte er an seinen eigenen Zweifeln. »Der ist Uhrmacher geworden, er war der bei Weitem intelligenteste meiner Schüler. Da er das Glück hatte, eine Riesenerbschaft im ehemaligen Jugoslawien zu machen, ist er mehr als wohlhabend, sozusagen stinkreich.« Sie musterte Engel. »Verdient man als Kommissar mehr als ein Uhrmacher? Oder haben Sie vielleicht auch eine Erbschaft gemacht?«

Er fühlte sich wie auf frischer Tat ertappt und wagte, sich zu verteidigen: »Eigentlich wollte ich gar nicht erben.«

Augustine Krammer unterbrach ihn voller Lust: »Das behauptet jeder. Und immer ist es eine Lüge.«

Engel spürte, dass er für seine Äußerung eine schlechte Note bekommen hatte, und entschied sich zu schweigen.

»Und jetzt passen Sie gut auf, junger Mann. Sehen Sie dieses Mädchen hier?« Sie zeigte auf ein Foto, auf dem ein Mädchen mit kurz geschnittenem Haar und verträumtem Lächeln zu sehen war.

»Das ist Ihre Zimmerwirtin Magdalena Anger. Sie war ein überaus gescheites und begabtes Kind, aber viel zu bescheiden, um etwas aus ihrer Begabung zu machen. Ein starker Mann mit etwas Kultur würde ihr guttun.« Sie fixierte den Kommissar von der Seite. »Wie wäre es mit Ihnen?«

Engel fühlte sich, als wäre er beim Schwindeln erwischt worden. Er zog es vor, still dazusitzen.

Doch die alte Lehrerin hatte ihre Unterrichtsstunde noch nicht beendet und wollte entschieden nicht vor dem Pausenklingeln Schluss machen.

Sie zündete sich eine neue Zigarette an. »Das allerbeste Mittel gegen den Husten.« Dann präsentierte sie dem Kommissar das Bild eines kleinwüchsigen Jungen mit sanftem, hellem Gesicht. »Der da ist das Musterbeispiel für einen hochbegabten Schüler, der nicht an sich glaubt und sich später kampflos mit seiner

Erfolglosigkeit abfindet. Die meisten Schüler haben von ihm abgeschrieben, und er war auch noch stolz darauf.«

»Was macht so ein Schüler? Ich meine, später als Erwachsener?«, wollte Engel wissen.

»Eine wirklich gute Frage«, lobte ihn die Lehrerin. »Er ist ein grüner Politiker in Wien geworden. Mit seinen guten Ideen könnte er eine ökologische Galionsfigur sein, aber er ist zu schwach und hat sie sich stehlen lassen. Es würde mich nicht wundern, wenn er sich eines Tages aus Erfolglosigkeit das Leben nehmen würde.«

Augustine Krammer goss ihm noch einen Schluck Kaffee nach und beobachtete genau, wie er ihn austrank. »So, junger Mann«, sagte sie dann voller Entschlossenheit, »ich glaube, jetzt ist es Zeit für mich für eine Pause.«

Engel gab ihr höflich die Hand, bedankte sich sogar mit einer kleinen Verbeugung und verließ ihr Haus.

Draußen, als er sich endlich wieder unbeobachtet fühlte, streckte er seinen Rücken und pfiff vor sich hin. Die Schule war aus.

In weiser Voraussicht hatte Engel den kleinen Koffer mit der Wanduhr schon mitgenommen, als er zu der Lehrerin aufgebrochen war. So ersparte er sich jetzt den Weg zurück zu seinem Ferienapartment.

Während er zum Uhrmacher ging, fiel ihm der Landwirt wieder ein, dem er im Wartezimmer von Dr. Scheer begegnet war. Welche Bemerkung hatte er noch gleich gemacht, bevor er mit einem Lächeln in das Behandlungszimmer des Doktors verschwunden war?

Und tatsächlich tauchten die Worte aus dem Schatten von Engels Erinnerung wieder auf: »Die genaueste Uhr in der Gaal ist die Turmuhr.«

Er hatte den Mann in den letzten Tagen noch einige Male getroffen und wusste daher, dass sein Haus auf dem Weg zum Uhrmacher lag.

Engel traf den Landwirt hinter seinem Hof an, wo er gerade eine Bank reparierte. Ohne Einleitung fragte er ihn, was er mit seiner Bemerkung im Wartezimmer des Arztes gemeint habe.

Der ältere Mann sah kurz auf seine Uhr. »Sogar die Zeit richtet sich nach ihm«, sagte er.

Engel schob seinen Koffer mit einem Bein näher an sich heran. »Die Turmuhr … Was hat es mit der Turmuhr für eine Bewandtnis?«, versuchte er es noch einmal.

»Ja, ja, die Zeit vergeht viel zu schnell.«

Engel musste zur Kenntnis nehmen, dass der Mann, dem er gegenüberstand, es vorzog, in Andeutungen zu sprechen. Wahrscheinlich hatte er das Buch mit den sieben Siegeln zu aufmerksam gelesen. Er wollte ihm in dieser Hinsicht nichts schuldig bleiben und verabschiedete sich mit größtmöglicher Undurchsichtigkeit: »Vergessen Sie eines nicht. Die Zeit kommt noch.«

Es war augenscheinlich, dass der Mann nicht begriff. Trotzdem nickte er mehrmals wissend und sagte anerkennend: »Damit haben Sie wirklich recht.«

Das Haus des Uhrmachers Balthasar Noel war viel größer als von Engel erwartet. Vielleicht sogar größer als das von Strasser. Seine Rückseite war direkt in einen Steilhang hineingebaut.

Engel musste unwillkürlich an die zahlreichen deutschen Bunker denken, die noch immer entlang der Westküste Frankreichs verstreut standen. Würde man sie wegsprengen, zerstörte man ganze Landstriche.

Der mächtige bewaldete Hang legte seinen Schatten auf das Haus des Uhrmachers.

Engel stand vor der Tür. Etwas hinderte ihn daran, sie zu öffnen. Es fühlte sich an, als wollte ihm eine unsichtbare Hand den Eintritt verwehren.

Er klopfte an die Tür. Das Bellen eines Hundes ertönte, das möglicherweise vom Haus des Nachbarn kam. Beim zweiten Mal versuchte er, eindringlicher zu klopfen. Er hatte sich bei Balthasar Noel angemeldet, es war zu hoffen, dass der Uhrmacher den vereinbarten Termin nicht vergessen hatte.

Endlich hörte er jemanden durch den Hausflur gehen. Die

Schritte kamen näher und verstummten plötzlich. Eine Weile herrschte Stille, so als horchte jemand.

Erst mit einiger Verzögerung wurde die Tür schließlich geöffnet.

Balthasar Noel musterte Kommissar Engel teilnahmslos. Um seinen Mund verlor sich ein zufälliges Lächeln, das seine Augen nicht erreichte. Sie zogen sich zu zwei Schlitzen in die Breite, die wie Neonlicht leuchteten. Wer in sie eintauchte, wurde für immer registriert.

Engel begleitete Noel in seine Uhrmacherwerkstatt. Noel ging dabei hinter ihm, als würde er es genießen, ihn zu dirigieren. Es war kein angenehmes Gefühl für Engel, er fühlte sich wie ein Blinder, der auf den Sehenden angewiesen war. Schließlich betraten sie die Werkstatt, die eher einem feudalen Salon glich und Elemente eines Büros und eines Wohnzimmers in sich vereinte.

Der Uhrmacher nahm Platz, immer den Blick auf den Kommissar gerichtet, und bat dann diesen, sich zu setzen. Er schenkte sich ein Glas Ballantine's ein und trank einen Schluck. »Sie auch?«, wollte er nach einer gefühlten Ewigkeit wissen.

Engel trank nicht.

Balthasar Noel fragte, ob er die Wanduhr sehen könne, und erkundigte sich, was ihr fehle.

Engel erzählte ihm, dass eine Klangfeder verbogen sei und die Reichweite des Schlaghammers sich verändert habe, sodass die Schlagfolge nur mehr ein Scheppern erzeuge.

Misstrauisch betrachtete der Uhrmacher die entsprechende Stelle. »Besitzen Sie viele Uhren?«, fragte er. »Auch wertvollere? Normalerweise repariere ich nur solche.«

Engel antwortete, dass er leidenschaftlicher Uhrensammler sei.

Die Augen des anderen blitzten auf. »Das wollte ich nur wissen«, sagte er. »Das bedeutet zwar, dass Sie diese Kleinigkeit mit Leichtigkeit eigenhändig hätten reparieren können, aber keine Sorge, ich übernehme das für Sie.«

Engel ließ sich auf das Katz-und-Maus-Spiel nicht ein. Stattdessen wollte er wissen, ob er, Balthasar Noel, auch Turmuhren repariere, und fügte hinzu: »Man muss sich mächtig fühlen, wenn man hoch oben auf einem Turm am Zeiger einer Uhr dreht und für alle Menschen die Zeit bestimmt.«

Noel sah einen Moment lang überrascht auf. »Macht muss man lieben, um sie auch zu beherrschen«, sagte er dann. »Sie ist nicht für dumme Menschen bestimmt. Viele sind berufen, nur wenige sind auserwählt.«

Engel sah sich ein wenig in der Werkstatt um. Noel musste einen umfangreichen Briefverkehr pflegen, denn auf dem Mahagonischreibtisch lag ein unordentlicher Stapel Kuverts. Mit etwas Anstrengung konnte Engel Briefmarken aus verschiedenen Ländern erkennen.

Das Telefon läutete, Noel hob ab und begann, fließend Ungarisch zu sprechen. Es schien, als ließe er sich absichtlich Zeit für seine Konversation, um Engel zu demonstrieren, dass man auf ihn zu warten hatte, wenn man etwas von ihm wollte.

Als die Unterhaltung beendet war, erklärte er, dass auch die Ungarn kostbare Uhren besäßen, die meisten aus der österreichisch-ungarischen Monarchie. Und sie alle hätten bei Weitem bessere Schlagwerke als diese armselige Wanduhr. Dabei wies er auf die des Kommissars. Wie nebenbei erwähnte er, dass er gerade dabei war, eine Turmuhr in einer gotischen Kirche nicht unweit von der Gaal zu reparieren. Gebaut von einem Meister aus Marburg um 1670.

»Ich vermute, Sie meinen dasselbe Marburg, aus dessen Umfeld Sie Ihre große Erbschaft gemacht haben –«

»Kosovo«, unterbrach ihn Noel.

»Also doch. Ist es richtig, dass Ihre Bank einen Vertreter zu Ihnen schickt, wenn Sie Ihre Bankgeschäfte abwickeln wollen?«

Der Uhrmacher lachte, aber es klang mehr wie das Kreischen einer rostigen Türangel. »Wer sich nicht um mich bemüht, macht keine Geschäfte mit mir, so einfach ist das«, sagte er und blickte den Kommissar kalt an. »Auch Sie hätten sich übrigens mehr anstrengen können, anstatt mir diese peinliche Komödie mit der Wanduhr vorzuspielen. Als Kommissar lernt man doch für gewöhnlich brauchbare Befragungstechniken, ist es nicht so?«

Im Gegensatz zu seinem Kontrahenten schlug Engel unbeirrt mit den Waffen der Höflichkeit zurück. Ihm sei klar gewesen, dass er einen intelligenten Menschen besuchen musste, um von ihm zu hören, wie in der Gaal Politik gemacht würde. Ein erfahrener Mann wie er könne ihm vielleicht am ehesten sagen, was er von den zwei politischen Dorfgrößen Strasser und Schreiber halte.

Der Uhrmacher zeigte keine Reaktion auf das Kompliment. Er schien sich weder geschmeichelt noch in irgendeiner Weise davon angesprochen zu fühlen.

Maximilian Engel wollte Zeit gewinnen, um sein weiteres Vorgehen zu überlegen. »Hätten Sie vielleicht nicht doch ein Glas Wasser für mich?«

Balthasar Noel ging zu einer Anrichte aus kostbarem Wurzelholz. Um das Wasser einzuschenken, musste er dem Kommissar den Rücken zuwenden.

Kurz nachdem er das Wasser eingegossen hatte und dabei war, sich umzudrehen, überraschte Engel ihn mit einer Frage: »Was für ein Mensch ist Franz Strasser?«

Das Wasser im Glas in der Hand des Uhrmachers fing an zu tanzen. Etwas davon schwappte auf den Boden.

In Engels Augen waren Anzeichen von Triumph zu entdecken.

Sein Gegenüber tat, als wäre nichts geschehen.

Engel machte die etwas ungehörige Bemerkung, ob er das verschüttete Wasser nicht aufwischen wolle, doch Balthasar Noel hatte sich wieder unter Kontrolle.

Er reichte Engel das Glas, setzte sich und sagte kryptisch: »Vielleicht werde ich Ihnen später mehr erzählen, wenn ich die Turmuhr der gotischen Kirche repariere. Sie können mich besuchen, immer vorausgesetzt, Sie wollen es. Rufen Sie mich einfach an. Ich bin sicher, Sie sind schwindelfrei.«

Engel genügte allein die letzte Bemerkung, um ihm kalten Schweiß auf die Stirn zu treiben.

Aber sein Gegenüber setzte schon zum zweiten Stich an. »Beim Aufstieg fehlt zwischendurch das Geländer. Wie ein jämmerlicher Sünder schaut man dann fünfundzwanzig Meter in die Tiefe. Mir macht das nichts aus, ich leide nicht unter Höhenangst.«

»Wirklich schade, dass Sie keine Kinder haben«, wechselte Engel das Thema. »Hätten Sie nicht welche adoptieren können?«

Engel wusste von dem vergeblichen Versuch Noels, eine Frau zu ehelichen.

Für einen Augenblick war es still. Nur eine Fliege brummte und setzte sich auf den Tisch. Balthasar Noel erschlug sie mit seiner flachen Hand und schwieg noch immer. Nach einigen zögernden Bewegungen stand er auf und verließ den Raum. Engel hörte ihn im Nebenzimmer Laden öffnen und wieder schließen, als ob er nach etwas suchte.

Der Kommissar überlegte, während der Abwesenheit Noels im Zimmer herumzustöbern, aber seine Beine fühlten sich seltsam schwer an. Im Haus des Uhrmachers musste etwas sein, das seine Neugier lähmte und ihn der Selbstverständlichkeit seines Handelns beraubte.

Als er zur Tür sah, erschien der Uhrmacher wieder und nahm den Umstand, dass Engel immer noch unverändert am Tisch saß, anscheinend mit Zufriedenheit zur Kenntnis.

In seiner Hand hielt er ein Foto, das er Engel zuschob: »Das habe ich gefunden.«

Engel betrachtete das Bild und konnte sein Erstaunen nicht verbergen. Es zeigte zwei Schüler, die er auf Anhieb erkannte. Es handelte sich um Franz Strasser und Kajetan Schreiber. Strasser hatte einen Arm um den blassen Buben gelegt und lächelte ihm aufmunternd zu, wie um seinem Schulfreund Mut zuzusprechen.

Dem Uhrmacher entging Engels erstauntes Gesicht nicht. »Ich vermute stark, dass Ihnen Augustine Krammer ein ähnliches Foto gezeigt hat.«

Wie konnte dieser Mann wissen, dass er kurz vorher die alte Lehrerin besucht hatte? Engel fühlte sich unwohl. Immerhin war die zuvor schon schlafende Neugier in ihm damit wieder erwacht, und er erwartete im Anschluss an diese interessante Eröffnung zu erfahren, warum ihm Balthasar Noel dieses Foto präsentierte. Umso enttäuschter war er, als der Uhrmacher nur einen dürftigen Satz von sich gab.

»Der da«, sagte er und zeigte auf den schmächtigen Buben mit dem feinen Gesicht, »der da ist bei mir in die Lehre gegangen.«

Er ließ die Worte im Raum stehen und schien Engels Unverständnis zu genießen.

Der Kommissar sah sich um. An einer Wand stand auf einer Konsole eine schöne Barockuhr mit einem Madonnengesicht aus vergoldetem Messing. Direkt darunter war gerade noch Platz für einen kleinen Blumentisch mit einer dekorativen Pflanze, deren Namen Engel nicht kannte. Sie blühte in strahlendem Blau. Die Madonna mit der Blume ließ ihn unwillkürlich an Agnes Scheer denken. Wie stand Noel zu den Scheers? »Vielleicht können Sie mir in einem anderen Punkt weiterhelfen: Wofür braucht Agnes Scheer die vielen Heilpflanzen in ihrem Garten?«

Noel versuchte ein Lächeln. Es wäre ihm fast geglückt. »Alles hängt davon ab, wie man ein Wort betont oder wie man es schreibt. Herr Kommissar, gerade Sie müssten doch wissen, dass man alles auf ganz verschiedene Weise interpretieren kann. Habe ich nicht recht?«

Engels Puls beschleunigte sich. Er wurde von einem Gefühl befallen, als würde ihm der Boden unter den Füßen weggezogen. Um sich zu beruhigen, wäre er am liebsten aufgestanden und im Kreis herumgegangen. »Und was ist Ihre Interpretation?«, konterte er.

»Manches ist nur eine Sache der Schreibweise«, meinte der andere. Er holte einen Block und notierte: »Heil.« Das Wort »Pflanzen« ließ er einfach wegfallen.

Maximilian Engel sah den geeigneten Zeitpunkt gekommen, um einzuhaken. Er begann seine Ausführung: »Um präzise zu sein, hat genau dieses Wort ›Heil‹ aus Ihrem Munde besonderes Gewicht. Vielleicht können Sie mit dem Begriff der ›großdeutschen Lösung‹ noch mehr anfangen? Eine Version davon wurde beim Frankfurter Fürstentag im Jahr 1863 beschlossen, eine andere wurde von einem sehr einsamen Mann im Jahr 1943 realisiert. Diejenigen, die heute Ähnliches vorhaben, sollten vorher lieber das Strafgesetz studieren, genauer gesagt den Paragrafen 86a StGB Absatz 2. Ich gehe davon aus, dass Sie Genauigkeit lieben, was Definitionen im Allgemeinen sowie Ihre Uhren betrifft. Sie wollen doch, dass sie richtig ticken.«

Es entstand eine Stille, in der beide, Maximilian Engel und Balthasar Noel, der Barockuhr zuhörten, die vom Grazer Meister Weinhardt gebaut worden war.

»Das Ticken einer Uhr sollte uns daran erinnern, dass die Zeit verfliegt, dass sie schon in der nächsten Sekunde zur Vergangenheit geworden ist. Aber auch an die Vergesslichkeit der Menschen, was die Geschichte betrifft, die sich im Gegensatz zur Zeit wiederholt. Nur die Vergesslichkeit ist beständig. Davon können auch die betroffen sein, die gemeinhin ein ausgezeichnetes Gedächtnis haben, sich aber trotzdem an nichts erinnern wollen.« Den letzten Satz hatte Engel direkt an Balthasar Noel gerichtet.

Der Uhrmacher drehte sich weg wie ein trotziger Bub. »Es hört sich reichlich naiv an, wenn ein Mann Ihrer Profession plötzlich den Historiker spielt«, sagte er nach einer Weile und schien einen Entschluss gefasst zu haben. Er öffnete die Tür zum Gang und sagte. »Ich denke, ich habe von Ihrer langweiligen Geschichtsstunde genug. Für heute ist die Sitzung beendet.«

Als Maximilian Engel zögerte, das Haus zu verlassen, half ihm Balthasar Noel nach.

»Machen Sie sich keine Sorgen, meine Tür steht Ihnen jederzeit offen.«

17

Die Gruppe.

Meinem Vater gehört fast das ganze Hochplateau in der Gaal. Es ist dort hell und schön, und es gibt einen Felsen, das Stierhorn.

Wenn wir uns zu unseren Gruppenübungen treffen, wohnen wir im großen Jagdhaus meines Vaters. Sobald ich die Tür öffne und im Vorraum stehe, kann ich die Jagd riechen. Ich höre die Hunde bellen und rieche ihr nasses Fell. Sie winseln und schnüffeln, wenn sie um das erlegte Wild herumstreichen, und der Speichel tropft aus ihren Mäulern.

Wenn ich die große Jagdstube betrete, fühlt es sich an, als würde ich umarmt werden. Durch einen Spalt in der Eisentür des gemauerten Ofens sehe ich die rote Glut. Die Wärme umarmt mich.

Ich erwähne das, weil die Suche nach Wärme mein Leben bestimmt. Alles Gute, das mein Vater erzeugt, ist die Glut hinter der Eisentür des Ofens in seinem Jagdhaus. Und das rote Feuer und der Geruch von brennendem Holz. Ich kann nicht verstehen, dass Menschen Angst vor Feuer haben, als wäre es ein böser Drache.

Für mich war dieses Feuer der einzige Grund, weshalb ich mich von meinem Vater überreden ließ, zur »Körperertüchtigung«, wie er sich ausdrückte, seiner Gruppe beizutreten. In seinen Augen war ich ein Weichling, also musste ich abgehärtet werden, für das Leben gestärkt und gestählt.

Er darf nicht ahnen, warum ich ihm schließlich nachgab. Ich habe an allen seinen militärischen Härteübungen draußen in der Kälte einzig für diesen besonderen Augenblick danach teilgenommen. Für das Heimgehen in das Jagdhaus. Für die Glut hinter der Eisentür des Ofens. Nur für den Geruch des brennenden Holzes und für das Feuer, das mich erwärmt hat. Ich wollte es für mich ganz allein haben. Für meinen Vater blieb nichts von der Wärme übrig. Wenn ich mit ihm durch den Schnee stapfte, sah ich, wie er in ihm versank, wie er mit seiner Kälte verschmolz.

Mein Vater verschmolz mit der Kälte des Schnees.

Die Gruppe.

Frau Dr. Scheer hat uns Wissen über Kräuter, über Pilze und Beeren gelehrt. Damals habe ich zum ersten Mal Belladonna, die Schwarze Tollkirsche, ausprobiert und den schönsten Pilz, den Märchenpilz, den Pilz aus meinen Kinderbüchern, in meiner Hand gehalten. Den Fliegenpilz. Amanita muscaria. *Ich habe ihn mir einverleibt, habe mich mit ihm davonmeditiert und bin dahingeschmolzen. Mit meinem hedonistischen Freund, dem mit den märchenhaften Punkten auf seiner Kappe.*

Mein Vater taufte die kleine Einheit »Heimatgruppe«. »Wer sich nicht der Werte der Heimat bewusst ist, verliert bald den Bezug zu seinem Ursprung«, dozierte er. »Er verliert die Wurzeln, wird schwach und verrottet von innen. Der Stamm wird morsch, und der Baum fällt um.«

Vor der Gruppe verwendet er gern den Begriff »Grenze«.

»Jeder muss wissen, wo seine eigene Grenze liegt. Nur dann kann er sie ausreizen oder über sie hinausgehen. Man muss lernen, bis an die Grenze des Aushaltbaren zu gehen. Also kennt eure Grenzen. Wie eure Heimat.«

Sie kommen von überall her. Van der Hellen ist aus Belgien, Volker Schulz stammt – glaube ich – aus Hamburg, zwei sind aus Wien, Josip Senjic ist Kroate. In letzter Zeit ist der Ungar nicht mehr dabei. Ferenc Szekej heißt er und soll angeblich im nächsten Jahr wiederkommen. Einige von ihnen sind militant, ich habe sie manchmal unbemerkt belauscht. Ihre Gedanken sind extrem rechts. Mein Vater darf das nicht wissen, dessen sind sie sich bewusst. Sobald er in ihre Nähe kommt, verstummen sie oder werden in ihren Äußerungen moderater.

Das Training meines Vaters ist nichts für schwache Nerven, auch Nahkampf gehört dazu. Manchmal wird jemand verletzt, und manchmal sind wir so ausgepumpt, dass wir uns übergeben müssen. In solchen Fällen bestärken wir uns gegenseitig und machen weiter. Gibt man auf, muss man über Nacht »in die Erde gehen«, die Nacht in einem kalten Erdbunker ohne Decken verbringen.

Mein Vater möchte mich zu einem Vorbild für die anderen formen und verlangt von mir mehr als von ihnen. Er treibt mich an, meine Grenzen zu überschreiten.

Es ist hart, aber wenn es dunkel wird und wir zurück in das Jagdhaus kommen, bin ich jedes Mal glücklich. Besonders im Winter, wenn in der Dämmerung die Kälte vom gefrorenen Boden heraufkriecht, komme ich voller Vorfreude heim zum Schein des Feuers. Heim zum Geruch des brennenden Holzes.

Zum Holz, mit dem mein Wiegenlied verbrennt.

18

Am letzten Freitag im Mai fehlte dem Schäfer Tobias Weiler ein Schaf. Es war nicht irgendein Schaf, sondern eines, das er gesegnet hatte. Er hatte die Tradition von Umberto übernommen, dem besten Hirten aus dem Piemont, den er auf einem Urlaub im Susatal kennengelernt hatte.

»Du brauchst ungefähr einen Monat, um aus deinem Lieblingsschaf das beste Schaf zu machen.« Das waren seine Worte gewesen. Dieses Schaf müsse besondere Führungsqualitäten besitzen, imstande sein, Ruhe in die Herde zu bringen, und es dürfe nie etwas Böses in seiner Nähe passieren. »Erst wenn es sich in diesem Sinne bewiesen hat, solltest du es segnen.«

Tobias Weilers Lieblingsschaf hatte alle Voraussetzungen erfüllt. Schon rein äußerlich zeigte es außergewöhnliche Attribute. Es war groß und schlank, sein Fell war sanft gewellt in der Farbe von Elfenbein. Was aber besonders auffiel, war sein Gesicht.

Es hatte dieselbe elfenbeinerne Farbe wie sein Körper, die Augen waren jedoch von einer rauchbraunen Brille umrandet, sodass es aussah, als würde es alles beobachten, als würde ihm nichts Wesentliches entgehen.

Weiler gab dem Schaf den Namen Anabeth, wartete den nächsten Vollmond ab, trennte es von der Herde und ging mit ihm zu einer Wasserstelle. Dort tauchte er einen Ulmenzweig in das Wasser und besprengte sein Lieblingsschaf damit. Dazu sagte er einen Spruch auf Italienisch. Entgegen der Tradition der Wanderhirten hängte er seinem Lieblingsschaf keine Glocke um, weil er ihm die Stille nicht nehmen wollte.

Etwas später führte er Anabeth zur Herde zurück und setzte sich unter den freien Himmel. Er starrte so lange in den Mond, bis dieser anfing, sich zu bewegen. Der Mond tanzte im Himmel.

Tobias Weiler stand auf, streckte zunächst seine Arme in die Höhe, wiegte seine Hüften und begann schließlich, langsam zu tanzen, immer den Blick zum Mond gerichtet.

Und der Mond hatte zu ihm zurückgeblickt, hatte ihm so tief in die Augen gesehen, dass er nicht aufhören konnte zu tanzen.

Doch nun musste er nach Anabeth suchen und brauchte dazu die Kraft eines besonderen Steins, seinem Labradorit aus Madagaskar. Wenn das Licht im richtigen Winkel auf diesen fiel, öffnete er sein Herz, das er sonst verbarg und wie ein Geheimnis hütete. Dann leuchtete es auf. Blau und grün und goldfarben blitzte es auf und bündelte seine mächtige Energie, als wäre es imstande, den ihn umgebenden Stein in jedem Augenblick zu sprengen.

Tobias Weiler ging allen Spuren nach, die ihm Hinweise auf den Verbleib seines Lieblingsschafes geben könnten. Er untersuchte jeden abgebrochenen Zweig, das niedergetretene Gras, konnte aber nichts Auffälliges entdecken.

Die Stunden ließen ihn über Wiesen, Geröll und dichtes Unterholz gehen, aber er fand nichts, das ihn zu Anabeth geführt hätte.

Er war nahe daran, die Suche für diesen Tag aufzugeben, als er einen Strick sah, der circa einen Meter über dem Boden um den Stamm einer alten Föhre geschlungen war. Eine leere Schlinge hing herunter. Es schien, als wäre an dieser Stelle ein Tier angebunden gewesen. Unter dem Baumstamm war das Gras niedergetreten.

Von der Stelle aus, an der die Föhre stand, konnte man über den Weidenzaun hinweg gut das Stierhorn und das Hochplateau von Franz Strasser überblicken. Weiler sah sogar den westseitigen Teil des Felsens ein, wo eine Wand steil abfiel und in einem schwarzen Loch endete. Auf der Ostseite des Felsens ahnte man nichts von dieser wilden Gefahr. Hier breitete sich eine sanfte Wiese wie ein weicher Teppich aus und deckte die Wildheit des Felsens mit Gras und Blumen zu. In einer Mulde versteckt stand das Jagdhaus Strassers, von dem man nur einen Teil des Schindeldachs sah.

Weiler glaubte, etwas zu hören. Es kam von dem Grundstück des Abgeordneten. Er konnte drei Stimmen unterscheiden und wurde Zeuge eines Streits. Doch es gelang ihm nicht, die Worte zu verstehen. Nur eins, das dreimal wiederholt wurde: »Nein, nein, nein!«

Es hörte sich an, als weigerte sich jemand, an einer bestimmten Sache mitzumachen.

Der Schäfer zog sich weiter in den Hohlweg zurück, um nicht gesehen zu werden, doch die Männer tauchten nicht auf. Stattdessen rannten auf dem Hochplateau zwei Hunde wie aufgehetzt an einer unsichtbaren Linie hin und her, als wollten sie eine imaginäre Grenze ziehen.

Die Hunde hetzten sich in eine Wut hinein, sodass Weiler einen Schritt zurückwich. Doch bald darauf waren sie nicht mehr zu sehen, nur noch ihr Bellen war zu hören. Plötzlich ertönte ein schriller Pfiff, die Hunde verstummten augenblicklich, und es wurde so still, als ob man den Frieden ausgerufen hätte.

Tobias Weiler ging weiter an einem sprudelnden Rinnsal entlang, er wollte zur ferner gelegenen Quelle. Vielleicht war Anabeth dort, um zu trinken. Es gab auch noch einen anderen Grund, dem Wasser nachzugehen, denn zu besonderen Anlässen bedurfte er des Blicks in eine Quelle, um alles klarer zu sehen.

Es verging einige Zeit, bis er sie erreichte. Die Sonne lag schon flach im Westen. Er hörte die Musik des Wassers. Es zwängte sich an einem Felsen vorbei, floss in eine kleine Mulde, sprang bald wie ein wildes Tier von Stein zu Stein, schlug sich mit ihnen und verwandelte sich zu schaumiger Milch, bevor es sich von den Anstrengungen erschöpft schließlich sanft auf eine silberblaue Felsenplatte legte.

Tobias Weiler setzte sich ans Ufer und nahm den Frieden des Wassers in sich auf, um sich Klarheit zu verschaffen.

Er mochte es, wenn Erde und Himmel sich umdrehten. Den ins Wasser gefallenen Himmel zu sehen. Das brachte ihn der Erde näher. So nahe, dass er die Gelegenheit nutzen konnte, den Himmel nach Anabeth zu fragen.

Plötzlich wurde er von Angst erfasst, die ihn wie ein Wirbelwind umschlang. Er fühlte, wie sich seine Haut zusammenzog, als wollte sie sich vor dieser Welt schützen, sich von ihr verschließen.

Das Wasser. Es war noch immer klar, und trotzdem glaubte er zu bemerken, dass es sich veränderte. Über die silberblauen Steine im Grund legte sich wie ein böser Geist ein blutroter Schleier, der das klare Wasser zu ersticken drohte.

Weiler musste sich wegdrehen, zwang sich aber kurz darauf wieder, in die Quelle zu blicken. Der blutrote Schleier war verschwunden, das Wasser war wieder rein und klar.

Dennoch hielt er es nahe dem Bach nicht mehr aus und kehrte wieder zum mächtigen Stierhornfelsen zurück. In dessen Nähe wollte er seinen Unterstand aufsuchen und die weiteren Dinge abwarten. Denn wie konnte man in ein Geschehen eingreifen, wenn es nicht passierte?

Von hier aus konnte er nicht direkt ins Dorf Gaal hinuntersehen, wusste aber, in welcher Richtung es lag. Über ihm hatte sich eine schwarze Wolkenwand wie eine düstere Kulisse aufgebaut. Blitze durchschlugen die schwarze Wand, und der Donner krachte in stotternden Salven. Von weit weg glaubte er eine Feuerwehrsirene zu hören und hoffte, das Gewitter würde nicht in höhere Lagen ziehen. Bald würde die Abenddämmerung einsetzen.

Weiler richtete seinen Blick in Richtung von Strassers Jagdhaus. Blitze erhellten das Hochplateau und machten es zur Bühne. Drei Männer traten in Erscheinung.

Einer von ihnen trug eine Lederjacke und stand mit dem Rücken zu Tobias Weiler. Er hatte sich etwa zwanzig Meter von den zwei anderen entfernt und schien ziemlich aufgebracht zu sein: »Ohne mich! Mit einer Schafschlachtung will ich nichts zu tun haben.«

Um Weilers Brust legte sich ein eiserner Ring, der ihm den Atem zu nehmen drohte. Der Schäfer sah die zwei anderen auf den Mann mit der Lederjacke zulaufen und ihn in die Zange nehmen. Durch dieses Manöver hatten sie sich ihm bis auf wenige Meter genähert, und Weiler konnte sie besser erkennen. Der größere und schlankere war blass und hatte rote Haare, der andere war kleiner und von kräftiger Statur. Seine Haare waren auffallend schwarz und glänzten ölig. Die beiden entfernten sich wieder vom jungen Mann mit der Lederjacke. Sie schienen etwas auszuhecken.

Weiler schlich vorsichtig um die Gruppe herum, um sie besser zu verstehen. Die zwei besprachen offenbar einen Plan, den sie vor dem Dritten geheim halten wollten.

»Wir werden unseren Spaß mit ihm haben. Er hat die Ehre unserer Gruppe in den Dreck gezogen«, sagte der eine.

»Hast du alles bei dir?« Der andere holte ein Bündel mit Stricken und ein dunkelrotes Tuch aus einer Tasche. Beide gingen erneut auf den anderen zu, der geduldig gewartet hatte. Weiler konnte sich nicht erklären, warum er nicht einfach davonlief. Aber der junge Mann blieb stehen, als wäre er neugierig darauf, was passieren würde.

Vielleicht ist alles nur ein Spiel, dachte Weiler. Ein Spiel nach den Regeln der Heimatgruppe. Nach harten, aber fairen Regeln. Er bemühte sich, sich das einzureden.

Er beobachtete, wie die beiden die Hände des Mannes mit der Lederjacke hinter dem Rücken fesselten. Der mit den schwarzen Haaren zog das dunkelrote Tuch, das er zwischenzeitlich in seine Jackentasche gesteckt hatte, hervor, faltete es zweimal der Länge nach und verband mit ihm die Augen des Mannes. Der andere prüfte, ob die Augenbinde blickdicht war. Dann drehten sie den jungen Mann ein paarmal um seine eigene Achse und erklärten ihm, was er tun sollte. Der Mann mit der Lederjacke ließ alles ohne Widerstand über sich ergehen. Es schien so, als würde ihn nichts an diesem Vorgehen überraschen.

Die zwei einigten sich, dass der kleine stämmige Mann mit den schwarzen Haaren die Kommandos geben sollte. Sie lauteten: »Links, rechts, einen Schritt vor, einen Schritt zurück. Achtung. Weiter. Halb rechts, halb links. Halt.«

Der junge Mann mit der dunkelroten Augenbinde nickte. »Verstanden.«

»Weißt du noch, an welcher Stelle auf dem Hochplateau du stehst?«

Keine Antwort.

»Ich glaube, er dürfte seinen Kompass verloren haben.« Beide jungen Männer lachten.

»Wie hast du eigentlich herausgefunden, dass wir uns in die Gruppe eingeschleust haben? Und wem wolltest du davon erzählen? Franz Strasser? Oder vielleicht dem Bürgermeister, damit er das in einer neuen Gemeindechronik erwähnt?« Sie lachten wieder.

Der Schäfer folgte dem Geschehen gebannt. Es war ihm unmöglich, sich von der Stelle zu bewegen oder einzuschreiten. Er fühlte sich zum Zuschauen verpflichtet wie ein Theaterbesucher, der für die Eintrittskarte bezahlt hat, schon im Saal sitzt und ihn nicht mehr verlassen kann, ohne die anderen Zuschauer zu stören.

Das Gewitter entlud sich noch immer unten im Tal. Weiler konnte den Donner hören, der sich zunächst entfernte und gleich darauf wieder zurückkehrte, als hätte er im Dorf etwas vergessen. Er wandte den Blick vom Geschehen ab, beobachtete das Wetterleuchten neugierig wie ein Kind, angezogen von der immensen Schönheit der Gefahr und vom Abenteuer der Angst.

Dann sah er wieder zum Mann mit der dunkelroten Augenbinde hinüber. Es musste zu den Regeln der Mutprobe gehören, dem Abgrund immer den Rücken zuzuwenden, um dem Experiment den nötigen Reiz zu verleihen.

»Weiter. Einen Schritt zurück. Halt«, hörte der Schäfer die Kommandos. »Halb rechts. Halt. Einen Schritt zurück. Weiter. Weiter.«

Inzwischen war die Wolkenfront herangezogen. Blitze und lauter Donner kündigten ein Inferno an. Weiler hörte den Regen auf den Felsen stürzen, konnte bald nichts mehr sehen. Der junge Mann mit dem Tuch verschwamm vor seinen Augen und existierte nur noch als Schemen, bis ihn das Unwetter fast verschluckte.

Weiler überkam Angst, die zwei anderen Männer könnten den ihnen Ausgelieferten mit der dunkelroten Augenbinde zu nahe an den Abgrund dirigieren. Aber wahrscheinlich gehörte auch das zu den Regeln des Spiels, beruhigte er sich. Sicher waren ihre Regeln für einen Außenstehenden unverständlich.

Regeln, die jemand nicht entschlüsseln kann, der nicht in sie eingeweiht ist, dachte Tobias Weiler.

Über dem Stierhorn flammte ein Blitz auf, der Felsen leuchtete auf wie eine Stichflamme. Weiler suchte das Plateau mit Blicken ab, aber der Mann mit der Augenbinde war verschwunden. Es krachte.

In der Folge rauschte nur noch der Regen. Blitz und Donner zogen so schnell weiter, wie sie überfallartig herangestürmt waren. Durch die Regenwand konnte der Schäfer für einen kurzen Augenblick zwei Männer erkennen, die in Richtung Jagdhaus gingen. Doch auch sie wurden von einem nassen Vorhang verschluckt.

Zehn Minuten vergingen. Der Regen war dünner geworden und versiegte schließlich ganz.

Vermutlich ist das Spiel jetzt vorbei, dachte Tobias Weiler. Es schien ihm unmöglich, sich zu bewegen. Maximilian Engel tauchte vor seinem inneren Auge auf. Kurz überlegte er, ihm zu erzählen, was er gesehen hatte, verwarf den Gedanken aber sofort wieder.

Angst stieg in ihm hoch. Er hatte Angst um sein Schaf.

Angst um Anabeth.

19

Das Warten vor der Kirche war an diesem ersten Sonntag im Juni anders als üblich. Die Leute redeten mit gedämpfter Stimme, erkundigten sich, was es Neues gab, und bedienten sich schönerer Worte.

Vor der Kirche durfte die scheinbare Harmonie nicht gestört werden, man bemühte sich, Beleidigungen bedächtig auszusprechen, und wollte sich gleich darauf für sie entschuldigen.

Am Sonntag verdiente jeder, von jedem respektiert zu werden. Selbst wenn man keine sonderliche Sympathie füreinander hegte.

Als Engel vor das Gotteshaus trat, war noch eine gute Viertelstunde Zeit bis zur Messe. Er wurde von vielen Anwesenden mit Respekt gegrüßt, ein bisschen wie einer der ihren, auch wenn es für seine wirkliche Integration noch einiger Zeit bedurft hätte.

Engel entdeckte Franz Strasser mit einem Ausseer Hut. Einige Leute scharten sich um ihn, er musste zahlreiche Hände schütteln. Allmählich begann Engel zu begreifen, was eine Respektsperson in einem Dorf wie Gaal zu tun hatte. Die Hand geben, scheinbar interessiert zuhören und Sorgen teilen. Das, was Strasser machte, entsprach der schlichten Politik des Alltags. Es war keineswegs mit der höheren der Kirche zu vergleichen.

Weiter hinten auf dem Dorfplatz vor dem Friedhof mit der Kirche stand ein Mann allein. Er war jung und hatte auffallend dunkle Haare. Dem Gefühl Engels nach passte er nicht richtig zu den Leuten in der Gaal. Trotzdem fragte er seine Zimmerwirtin, die sich ihm leise genähert hatte, nach ihm.

Sie schüttelte schnell den Kopf.

Da erst bemerkte Engel, wie sich die Blicke des jungen Mannes mit denen von Franz Strasser kreuzten. Es gab keinen Zweifel, dass sie sich kannten.

Inzwischen mischten sich immer mehr Familien unter die Wartenden auf dem Kirchplatz. Die Atmosphäre war geprägt von der natürlichen Spannung, umso mehr, als man schon mit Ungeduld auf eine große Hochzeit wartete.

Selbst Engel konnte sich der Stimmung nicht entziehen, obwohl er weder direkt mit dem dörflichen Alltagsklatsch etwas zu tun hatte noch gespannt war, was später drinnen in dem Gotteshaus passieren würde.

Er bezeichnete sich als ungläubig, glaubte das aber in seinem tiefsten Inneren selbst nicht ganz.

Der Landwirt, dem er schon in der Ordination von Dr. Scheer begegnet war und den er später in dessen Haus besucht hatte, trat auf ihn zu und begrüßte ihn mit kräftigem Handschlag: »Wir treffen uns oft. Schon das dritte Mal. Das erste Mal beim Doktor.«

»Natürlich«, antwortete Engel zerstreut. »Sind Sie wieder gesund?« Es fiel ihm keine bessere Frage ein.

Der Bauer antwortete: »Ich schon, aber meine Gesundheit macht den Doktor krank.« Er machte eine unschlüssige Bewegung, die hilflos wirkte.

Kommissar Engel sah es. »Was wollen Sie mir wirklich sagen?«

Der Bauer machte eine abwehrende Geste, bevor er sprach: »Nicht so wichtig. Nur so viel: Wissen Sie, ich als Bauer kann ziemlich genau voraussagen, wie das Wetter am nächsten Tag sein wird.« Er zögerte, als wüsste er nicht, wie er die Frage, die ihm unter den Nägeln brannte, am besten formulieren sollte. Dann versuchte er es dennoch: »Jeder in der Gaal weiß inzwischen, dass Sie von der Kriminalpolizei sind. Aber niemand hat eine Ahnung, warum Sie ausgerechnet bei uns Ihren Urlaub verbringen und uns aushorchen. Lassen Sie uns ein Spiel spielen, Herr Kommissar. Ich behaupte, dass das Wetter heute Nacht umschlagen wird, einfach weil ich es im Gefühl habe. Und Sie, was ist Ihre Vorhersage? Wird an diesem Sonntag noch ein Verbrechen passieren?« Er sah Engel triumphierend an.

»Ja. Ich habe das Gefühl, dass ein Toter gefunden wird.«

Der Landwirt blieb lange stumm. »Mord?«, fragte er dann.

Engel erwiderte nur kurz, er sei kein Hellseher, und wandte sich demonstrativ ab. Aus den Augenwinkeln blickte er dem

Landwirt nach, der auf eine kleine Gruppe zuging und sich mit ihr unterhielt. Es folgte eine heftige Debatte, dann drehten sich die Leute erschrocken nach ihm um.

Kommissar Engel war nahe daran, seine Worte zu bereuen, aber seine boshafte Seele musste beim Anblick der angsterfüllten Gesichter lächeln.

Da bemerkte er Martin Scheer und wunderte sich, warum dieser mit einer Arzttasche zur Kirche ging.

Der Doktor kam auf ihn zu und beantwortete fast entschuldigend Engels Frage. Das sei eine Gewohnheit von ihm. »Wenn ich die Tasche dabeihabe, braucht man mich meistens nicht.«

»Dann hoffen wir, dass der heutige Sonntag keine Ausnahme macht«, sagte der Kommissar.

Dr. Scheer konnte mit diesen Worten sichtlich nichts anfangen und wandte sich anderen Wartenden zu.

Er geht ohne seine Madonna in die Kirche, dachte Maximilian Engel.

Eine Gruppe von Frauen und Männern näherte sich vom Pfarrhof kommend. Sie gingen durch das Tor, das zum Friedhof führte, von dem aus man in die Kirche gelangte, wo eine doppelseitige Freitreppe zur Orgelempore führte. Es waren die Chorsänger, die so ausgezeichnet und beliebt waren, dass manche Besucher nur wegen ihres Gesangs kamen. Auf dem Weg zur Kirche mussten sie immer wieder stehen bleiben, um ein paar Worte zu wechseln.

Inzwischen war auch die Blasmusik aufmarschiert und wartete auf ihren Auftritt. Engel fühlte sich als Opfer seines Berufs und vermutete hinter der Musikalität in der Gaal fast schon ein kriminelles Motiv.

In die Menschenansammlung kam Bewegung. Die Leute bildeten eine Gasse, um einem Brautpaar Platz zu machen. Engel erfuhr, dass ein Linzer Geschäftsmann und passionierter Jäger eine Gaalerin zur Frau nehmen wollte. Die Braut trug ein prächtiges buntes Sonntagsdirndl mit einer strahlend weißen Bluse. Darunter wölbte sich ihr Busen. Um das Brautpaar herum liefen kleine Mädchen in weißen Kleidern und mit Blumensträußen in Händen. Die Blasmusik spielte einen Ländler.

Maximilian Engel fragte sich, wie es möglich war, dass ein ganzes Dorf so herausgeputzt und sauber sein konnte, dass es ihm schon verdächtig vorkam.

Er vermisste die Bachwirtin, aber vermutlich ging sie nicht in die Kirche. Vielleicht stand sie bereits in der Küche. Nicht jeder, der gut kochte, musste auch gläubig sein.

Der Einzug in die Kirche verzögerte sich. Man wartete noch auf die Brauteltern und einen besonderen Ehrengast, der ein guter Freund des Bräutigams und gleichzeitig dessen Trauzeuge war.

Der Name des Ehrengasts war noch nicht verraten worden, lediglich der Nationalratsabgeordnete Franz Strasser wusste davon und verspürte ein Kribbeln in seinem politischen Bauch. Er würde ihn als einer der Ersten begrüßen und freute sich schon jetzt auf die überraschten Gesichter der Leute. Es erfüllte ihn mit so viel Stolz, dass er an Größe zunahm und seine Schultern breiter wurden.

Die Überraschung ließ nicht lange auf sich warten. Ein Konvoi von schwarzen Autos, geschmückt mit Blumen und Bändern, fuhr auf dem der Kirche gegenüberliegenden Parkplatz vor. Die Spitze bildete ein Wagen mit Wiener Kennzeichen. Der Chauffeur stieg aus und öffnete mit einer bedeutsamen Geste die rechte hintere Autotür. Ein Mann wälzte sich aus dem Wagen.

Er schien genau zu wissen, was er zu tun hatte, um einnehmend auf Menschen zu wirken. Vermutlich hatte er sich sein Auftreten in einem Kurs für Politiker antrainiert.

Die Wartenden kamen aus dem Staunen nicht heraus, als sie den Trauzeugen des Bräutigams erkannten. Sie blickten abwechselnd zu ihm und zu einem der Wahlplakate, auf denen er zusammen mit Franz Strasser abgebildet war. Der Überraschungsgast war zweifellos der Kanzlerkandidat der gemäßigten Rechten.

Er ließ sich beklatschen und anschließend vom Bürgermeister begrüßen und revanchierte sich sodann mit einer kleinen Ansprache, wobei er das nichtssagende Kompliment von einem schönen Dorf fallen ließ.

Engel war mehr an dem interessiert, was er nicht sagte, als an dem, was er sagte. Und fand es umso enttäuschender, dass selbst das Ungesagte ihn nicht fesseln konnte. War er wirklich so desinteressiert an allem, was nach Politik roch? Und warum faszinierte ihn dennoch dieses ganze Spektakel, sodass er nicht von der Stelle wich? Als Entschuldigung musste das Brautpaar herhalten.

Engel blickte in die Menschenmenge. Unter den Leuten passierte etwas, das zu unauffällig war, um allgemein bemerkt zu werden, das ihm aber genügte, um es mit wachem Auge zu verfolgen.

Der junge Mann mit dem schwarzen Haar, das wie in Öl getränkt wirkte, sah sich rasch um, als suchte er etwas, um sich gleich darauf diskret zurückzuziehen. Etwas entfernt stand ein schmächtiger blasser Mann, der erst vor Kurzem aufgetaucht sein musste, denn er war bis dahin von Engel unbemerkt geblieben. Als dieser ihn nun entdeckte, war er einen Augenblick lang verunsichert. Er glaubte, in ihm den Mann wiedererkannt zu haben, der bei einer seiner Begegnungen im Dorf seinen Gruß nicht erwidert hatte, was in der Gegend äußerst unüblich war. Als dieser Mann den mit den fettigen Haaren in der Menge untertauchen sah, zog auch er sich zurück.

Engel vertraute seinem Instinkt. Hatte Franz Strasser in irgendeiner Weise etwas mit den beiden abseits stehenden Männern zu tun? Und tatsächlich sah er in dem Gesicht des Politikers einen Ausdruck von Erleichterung. Eine schwierige Situation schien entschärft worden zu sein.

Engel blickte wieder zu dem strahlenden Brautpaar und dem Kanzlerkandidaten, der sich mit seinem Freund, dem Bräutigam, unterhielt. Dr. Scheer sprach währenddessen mit einer jungen Familie und wandte sich interessiert ihrem kleinen Kind zu. Die Blasmusikanten blätterten in ihren Noten und suchten offenbar nach dem ersten Blatt des Einzugsmarschs.

Alles schien heiter, nur in der hinteren Gaal bildete sich ein dunkles Wolkenmeer.

Unter den Leuten fiel Engel noch ein weiterer Mann auf. Er hatte ein blasses Gesicht und rötliche Haare. Er stand einfach so herum, wie der Volksmund diese Teilnahmslosigkeit gern nannte, und erweckte den Eindruck, als ginge ihn das Geschehen nichts an.

Engel wollte wissen, ob dieser gelangweilte Eindruck der Wirklichkeit entsprach oder ob er eine Täuschung war. Er beobachtete ihn weiter.

Der Mann schaute scheinbar zu Boden, drehte aber gleichzeitig fast unmerklich den Kopf zur Seite. Einmal wendete er ihn nach links, einmal nach rechts. Dabei bemühte er sich, so gleichgültig wie möglich dreinzuschauen. Der Kommissar war sich sicher, dass der Mann die Leute um sich herum sehr genau musterte.

Endlich spielte die Blaskapelle zu einem zünftigen Marsch auf.

Der blasse Mann hörte den Musikanten einige Takte lang zu, bevor er sich in Bewegung setzte. Langsam und unauffällig ging er zum Gasthaus »Oberwirt«, das an den Kirchplatz anschloss. Er musste fremd im Dorf sein, denn keiner hatte versucht, mit ihm ins Gespräch zu kommen. Schließlich drückte er sich um die Ecke des Pfarrhauses auf der gegenüberliegenden Seite der Dorfstraße und verschwand ganz aus Engels Sichtfeld.

Als wäre er nie da gewesen.

Maximilian Engel zweifelte an der Natürlichkeit der Szenen, die sich gerade abgespielt hatten, als ihn die Wirklichkeit einholte. Ein sehr junger Mann rannte plötzlich auf die Leute zu, stieß einige zur Seite und schrie wie wild, dass etwas passiert sei. Am Fuß des Stierhorns sei ein Toter gefunden worden.

Der Kommissar überflog mit einem kurzen Blick das Entsetzen in den Gesichtern der Leute und wandte sich dann Franz Strasser zu. Dessen Miene wurde zur Maske, als würde er eine ungeheure Wut dahinter verbergen.

Die Gesichter des Brautpaars drückten Fassungslosigkeit darüber aus, dass ausgerechnet ihr Hochzeitstag von einer Todesmeldung überschattet wurde.

Die Mädchen in den weißen Kleidern mit den Blumen in ihren Händen sahen ratlos zu den Erwachsenen auf.

Für Engel passte gar nichts mehr zusammen: die strahlende

Hochzeit, ein Kanzlerkandidat und unter den Festgästen Leute, die hier offensichtlich nichts zu suchen hatten. Fremde Menschen, die sich wie störende Elemente unter die Einheimischen gemischt hatten, unbemerkt aufgetaucht und wieder verschwunden waren. Hatte er vielleicht etwas übersehen?

Dr. Scheer kam auf Engel zu und fragte ihn, ob er ihn zum Unglücksort begleiten wolle. Aber Engel winkte ab. Er würde später nachkommen, er hätte vorher noch etwas zu erledigen.

Seine Augen suchten bereits nach dem Überbringer der erschreckenden Meldung. Er entdeckte ihn rasch und ging auf ihn zu. Der Mann war sehr jung, höchstens achtzehn Jahre alt. Engel wollte ihn gerade ansprechen, da wurde er von einem älteren Mann am Ärmel gezupft.

»Mit dem werden Sie sich nicht gescheit unterhalten können«, flüsterte er ihm zu. »Der ist nicht ganz richtig da oben.« Dabei tippte er mit einem Finger an seine Stirn und grinste abfällig.

Engel antwortete freundlich und scheinbar naiv: »Warum tippen Sie sich mit dem Finger an die Stirn? Sind Sie vielleicht nicht ganz normal?« Er wandte sich um und stellte sich dem jungen Mann vor.

Dieser hatte eine bedeutungsvolle Miene aufgesetzt und schien überaus stolz darauf zu sein, eine so wichtige Nachricht über den Tod eines Menschen überbracht zu haben.

»Das hast du wirklich sehr gut gemacht.«

Der junge Mann strahlte und hob vor Freude beide Hände.

Maximilian Engel legte ihm einen Arm auf die Schulter und führte ihn hinter das Gasthaus. Dort waren sie ungestört. »Hast du den Toten selbst gesehen?«, fragte er den jungen Mann väterlich.

Der schüttelte den Kopf.

»Und wer hat dir von ihm erzählt?«

Der junge Mann sagte nichts, konnte sich dann aber nicht mehr zurückhalten. Sein Gesicht hellte sich auf, als er aus seiner Tasche stolz einen Hundert-Euro-Schein zog. »Hat er mir gegeben. Aber ich darf nicht drüber reden, hat er gesagt.«

Engel versuchte eine andere Taktik. Er trat näher an den Burschen heran. »Weißt du, was ein Geheimnis ist?«, fragte er.

»Etwas, worüber man nichts sagen darf«, antwortete der junge Mann.

»Ganz richtig. Und deshalb wirst du auch niemandem etwas sagen, kein Wort. Nur mir. Dann haben wir beide ein Geheimnis, du und ich, und sagen es nicht weiter. Wie hat der Mann ausgesehen, der dir das Geld gegeben hat? War er blass und hatte rötliche Haare?«

»Das ist er«, sagte der junge Mann sofort. »Aber das ist jetzt unser Geheimnis.«

Maximilian Engel bedankte sich freundlich, reichte ihm zum Abschied seine Hand und entfernte sich.

Er fand einen ruhigen Platz im Schatten, wo eine Bank stand und wo er sich setzen und nachdenken konnte. Eine wichtige Frage wollte ihm im Moment nicht einfallen. Wie immer in solchen Situationen dachte er an zuletzt gesehene Orte und ging, wenn ihn das nicht weiterbrachte, alle Begegnungen der letzten Zeit durch.

Seiner Erfahrung nach kam er nie gleich am Anfang auf das Richtige. Heute war es nicht anders.

Sein Bekannter, der Schäfer Tobias Weiler, fiel ihm schließlich ein. Und sobald Engel an ihn dachte, hatte er auch die passende Frage parat.

Er rief ihn auf seinem Handy an, erzählte ihm, was sich im Dorf zugetragen hatte, und wollte wissen, ob er den blassen rothaarigen Mann schon einmal gesehen hätte.

Es entsprach nicht Tobias Weilers Art, gleich eine Antwort zu geben. Stattdessen erklärte er Engel, wie gern er bei Hochzeiten in der Gaal dabei war und wie sehr er es bedauerte, diese nicht miterleben zu können. Normalerweise heirate in einem solchen Fall das ganze Dorf mit. Dann sagte er: »Aber ich kann deine Ungeduld spüren. Du willst eine Antwort von mir.« Er wartete, bevor er weitersprach.

»Natürlich habe ich ihn gesehen. Auf dem Hochplateau. In Begleitung von Leuten aus der Gruppe von Franz Strasser.«

»Warum nicht gleich?«

20

Um die Mittagszeit herum bat Engel einen Mann von der Forstverwaltung Wasserberg, ihn mit dem Jeep näher zum Unfallort zu bringen. Dem Mitarbeiter war es gestattet, einen Forstweg zu benutzen, und er war im Besitz des nötigen Schlüssels, um die Schranken aufzusperren. Somit würde sich der nachfolgende Fußweg für Engel auf eine Stunde verkürzen.

Der Mann, der den Jeep lenkte, war nicht allzu gesprächig. Er rauchte unentwegt Pfeife und behielt diese auch noch im Mund, als sie schon vor Hitze bei jedem Zug bedrohlich knisterte. Und selbst dann, als der Tabak bereits niedergebrannt und die Pfeife kalt geworden war.

Engel respektierte die Eigenarten seines Chauffeurs und hielt sich mit seinen Konversationsversuchen diskret zurück.

Als sie das Ziel erreichten, nahm der Fahrer seine Pfeife aus dem Mund und sagte: »Wirklich schade, dass Sie schon aussteigen müssen. Ich hätte mich gern länger mit Ihnen unterhalten.« Er schmunzelte.

»Vielleicht beim nächsten Mal, wenn Sie Ihre Pfeife vergessen haben«, antwortete Engel.

Er ließ sich den Weg zur Unfallstelle erklären und machte sich auf den Weg.

Der Platz am Fuß des Stierhorns war pittoresk. Ein paar Bäume säumten eine kleine Lichtung mit einer Wiese, die mit Blumen und Kräutern gespickt war.

Im Lauf der Jahre war die Stille der Natur in den Grund gesickert, um später mit dem Duft der Kräuter wieder aufzusteigen.

An gewöhnlichen Tagen sah man hier sehr selten einen Menschen. Der heutige Tag machte eine Ausnahme und schlug eine unsichtbare Kerbe in den Felsgrund.

Als Engel sich näherte, blieb er absichtlich in einiger Entfernung stehen, um das fremdartige Bild zu erfassen, um eine kurze Bestandsaufnahme zu machen.

Dr. Scheer kniete neben dem Toten. Zwei Polizisten schossen Fotos beziehungsweise schrieben ein Protokoll.

Zwei weitere Personen warteten mit einer Tragbahre darauf, die Leiche abzutransportieren, um sie anschließend an die Gerichtsmedizin zu überstellen. Sie rauchten in einiger Entfernung gelangweilt ihre Zigaretten und sahen grußlos weg, als sie Engel kommen sahen. Auch Tobias Weiler beobachtete sie missmutig. Er konnte dem Rauchen in der Natur nichts abgewinnen.

Hinter einem der Bäume glaubte Engel, dass sich etwas bewegte, vermutete aber bald, sich getäuscht zu haben. Sicherheitshalber ließ er seinen Blick noch einmal durch das Dunkel der Bäume wandern und konnte diesmal sogar zwei verschiedene Bewegungen ausmachen.

Entschlossen und ohne viel Aufsehen zu erregen, ging er zu den beiden Polizisten, stellte sich ihnen vor, erklärte ihnen, dass er den Fall übernehmen werde, und flüsterte ihnen noch etwas anderes ins Ohr.

Sie hörten ihm aufmerksam zu und näherten sich anschließend auf einem Umweg dem Wald. Der eine hielt sich eher links, der andere rechts.

Nachdem Engel zuvor mit einem Nicken Tobias Weiler gegrüßt hatte, trat er an den Toten heran.

Dr. Scheer stand auf und reichte Engel die Hand. Er wirkte müde. In der anderen Hand hielt er einen Studentenausweis, den er dem Kommissar zeigte. »Hannes Berger. Der junge Mann wird sein Studium nie beenden. Soweit ich feststellen konnte, starb er an einem Genickbruch und an inneren Verletzungen.«

Beim näheren Hinsehen bot sich Kommissar Engel eine Überraschung. In dem Toten erkannte er den Mann wieder, mit dem er das Zugabteil geteilt hatte und der beim Abspielen der österreichischen Bundeshymne aufgestanden war und die rechte Hand auf sein Herz gelegt hatte. Engel konnte kaum glauben, dass dieses Herz nicht mehr schlagen sollte.

In Anwesenheit des Toten wollte er nicht pietätlos sein und an die österreichische Hymne denken, aber sein Bemühen ließ ihn im Stich. Halblaut zitierte er: »Heimat bist du großer

Söhne …« Er betrachtete sich selbst als Opfer seiner von ihm gesponnenen Ironie.

Wie viele Söhne hatten dieses nach den Kriegen klein gewordene, aber immer noch schöne und wertvolle Österreich verlassen müssen, weil in diesem Land für ihr Talent zu wenig Platz war? Für diesen jungen Mann stellte sich die Frage des Bleibens oder Weggehens nicht mehr. Dort, wo er jetzt war, hatte er mit Sicherheit Platz genug.

Engel wandte sich Hannes Berger zu. Seine Augen waren mit einem dunkelroten Tuch verbunden.

Er warf einen langen Blick auf das Gesicht. Ein Gefühl machte sich in ihm selbstständig und begann zu rebellieren. Es drängte ihn, schließlich zu Dr. Scheer zu sagen: »Der Tag ist so hell. Decken Sie den Mann zu.« Und da er sich nicht besser auszudrücken wusste, fügte er hinzu: »Das Tageslicht. Es ist so aggressiv. Heute.«

Der Doktor winkte die beiden wartenden Männer herbei, ließ die Leiche zudecken und gab den Befehl zum Abtransport.

Der erste der zwei Polizisten kam aus dem Wald zurück. Ihm war ein Mann mit blassem Gesicht und rötlichen Haaren leider entwischt.

Weiler, der sich in der Nähe aufhielt, hörte zu, wie der Polizist namens Kerber den geflüchteten Mann beschrieb, und sagte zu Engel: »Das könnte einer der Männer sein, die ich gestern auf dem Plateau gesehen habe, bevor das Unwetter losbrach.«

»Sag das dem Polizisten, Tobias.« Er sah Weiler auffordernd an. »Du wirst ihm noch früh genug berichten müssen, was du gestern beobachtet hast.«

Der andere Polizist erschien mit einer jungen Frau an seiner Seite, die der Kommissar sofort wiedererkannte. Es war die, die im Zugabteil neben ihm gesessen und so getan hatte, als ob sie den Studenten nicht kannte.

Engel wollte mit ihr erst später sprechen und ließ sie warten.

Während Kerber vom Schäfer genauere Details seiner gestrigen Beobachtungen auf dem Hochplateau hören wollte, entfernte sich Engel gerade so weit, dass er dem Beamten noch zuhören konnte. Er fand Kerber ziemlich unausstehlich, er agierte mit einer Arroganz, die schwer zu überbieten war. Wie ein Großinquisitor legte er sich ins Zeug und wurde bei der Befragung des Schäfers unüberhörbar aggressiv.

Engel konnte sein Verhalten nicht länger ertragen. Er trat vor Kerber hin und erklärte ihm mit übermäßig freundlichem Ton: »Dieser Mann ist ein Schäfer, der selbst seine Schafe respektvoll behandelt.«

Der Polizist antwortete mit unerschütterlicher Selbstsicherheit: »Schafe haben nichts im Kopf.«

»Also genauso viel wie Sie?«

Kerber wurde unruhig und ärgerlich. »Ich lasse mich von Ihnen nicht beleidigen«, sagte er.

Doch Engel gab nicht nach und setzte hinzu: »Ich nehme an, Sie haben studiert? Ich tippe auf mindestens zwei Doktorate.«

»Wozu bräuchte ich zwei Doktorate?«, fragte der Polizist.

»Sehen Sie, das hat sich mein Freund Weiler auch gefragt, hat sie aber trotzdem. Zwei Doktorate für einen Mann, der sich nur mit dummen Schafen abgibt und jetzt gezwungenermaßen auch mit Ihnen. Vielleicht könnten Sie Herrn Weiler in Zukunft weniger wie einen Entmündigten behandeln, glauben Sie, das ließe sich mit Ihrer Intelligenz vereinbaren?«

Kerber wurde immer kribbliger und kochte vor Zorn.

In ungebrochen freundlichem Ton bat ihn Engel schließlich, sich bei Weiler für sein Verhalten zu entschuldigen. Als er darauf nicht reagierte, sagte er: »Sie erlauben mir also, dass ich Ihrem Chef von Ihnen berichte. Ein sehr guter Freund von mir. Sie können das gern ins Protokoll aufnehmen.«

Die Drohung erfüllte ihren Zweck. Kerber entschuldigte sich beim Schäfer. Der Kommissar tippte dem Polizisten kurz auf die Hand und lächelte ihm zu.

Es wurde Zeit, sich der Freundin des verunglückten Mannes zuzuwenden. Engel nahm sie etwas zur Seite, um sich ungestört mit ihr zu unterhalten.

Sie stand vor ihm wie eine vergessene Pflanze, als hätte sie den Boden unter ihren Füßen verloren. Als sie unendlich langsam aufblickte, schien es sie alle Anstrengung auf Erden zu kosten, ihm in die Augen zu schauen. Schließlich drehte sie sich um und lief davon.

Engel setzte ihr nach und holte sie nach zwanzig Metern ein. Daraufhin unternahm sie keinen zweiten Fluchtversuch mehr.

Er fragte sie leise: »War er Ihr Freund? Als Sie vor einer guten Woche im selben Zugabteil mit mir gesessen haben, hatte ich den Eindruck, Sie wollten mir vorspielen, dass Sie nicht zusammengehören. Nicht einmal denselben Bus in die Gaal haben Sie genommen. Ich vermute, Sie sind in Knittelfeld von jemandem abgeholt worden. Was wollten Sie verstecken? Dass Sie eine Beziehung hatten? Oder dass Ihr Freund gerade im Begriff war, wieder einmal zur Heimatgruppe zu fahren? Hatten Sie Angst, jemand könnte herausfinden, dass Ihr Freund zur rechtsradikalen Szene zählte?« Er sah mit halbem Auge, wie sie stumm nickte.

»Zählte Ihr Freund zur rechtsradikalen Szene?«

Diesmal antwortete sie sofort: »Damit hatte er nichts zu tun. Er hat Geschichte studiert, sein Spezialgebiet war Deutschland. Er hatte eine große Schwäche für das Deutsche, aber beim Hören der österreichischen Bundeshymne schlug sein Herz für Österreich.«

»Das dürfte einigen anderen Österreichern auch so gehen«, sagte Engel mehr zu sich selbst.

»Er schwärmte für die blaue Blume der Romantik, für den Ring der Nibelungen, für die Deutsche Eiche, für das deutsche Lied von Franz Schubert.«

»Und was hat ihn so unwiderstehlich zu Franz Strasser hingezogen?«

Sie dachte nach. Sie dachte lange nach.

Irgendwann sagte sie, als gäbe sie ein Geheimnis von unschätzbarem Wert preis: »Das Männliche. Das männliche Prinzip. Das moderne Heldentum. Das Prinzip des absoluten Erfolgs. Ich erinnere mich noch genau, wie Hannes es ausgedrückt hat: ›Der moderne deutsche Held weiß alles, ist finanziell abgesichert und hat Erfolg.‹« Dann weinte sie.

Maximilian Engel war sich nicht sicher, worüber sie weinte. Über einen verlorenen deutschen Helden.

Oder über den verlorenen Freund.

21

Herbst. Der frühe Morgen gehört noch der Dunkelheit.

Ich wache kurz vor vier Uhr auf, drücke meinen Körper ins warme Bett und schätze mich glücklich, weiterschlafen zu können.

Da klopft mein Vater an meine Schlafzimmertür und ruft mit einer Stimme, die keinen Widerspruch duldet: »Es ist Jagdzeit. Aufstehen, wir gehen!« Ohne meine Antwort abzuwarten, reißt er die Tür auf und erscheint im grünen Jagdanzug und mit geschultertem Gewehr in meinem Zimmer.

Ich will ihm etwas entgegnen, aber er lässt mir keine Zeit.

»Die Männer sind Jäger, die Frauen bleiben am Herdfeuer. Ich warte draußen auf dich. Kaffee steht auf dem Tisch. Und iss ein Stück Brot.«

Ich ziehe mir rasch etwas an, wasche mein Gesicht, trinke eine Tasse Kaffee und esse mein Brot. Danach verspüre ich noch immer Hunger. Und ohnmächtige Wut gegen meinen Vater. Er versteht es, sie täglich aufs Neue zu füttern, und treibt mich so in meinen kraftlosen Widerstand. Ich male mir aus, welche Worte ich wählen werde, wenn ich zu ihm hinausgehe, wo er vor dem Auto auf mich wartet.

»Du kannst allein auf die Jagd gehen und alles niederschießen, was dir über den Weg läuft. Allein, hast du mich verstanden? Allein.« Das werde ich ihm sagen.

Draußen wartet Vater. Es steht ihm ins Gesicht geschrieben, was er gleich sagen wird. »Ich werde aus dir einen ganzen Mann machen. Ein Alphatier.«

Bevor ich einsteige, frage ich: »Wohin geht es?« Ich gebe meiner Stimme einen festen Klang und glaube, in seinem Gesicht einen verächtlichen Zweifel zu erkennen.

»Natürlich zum Jagdhaus. Dahinter steigen wir zum Hochsitz auf der Lichtung hinter der Futterstelle hinauf. Dort sitzen wir an. Wir gehen auf einen Hirsch.« Er mustert mich. Seine Stimme wird fast weich, sodass ich einen Augenblick lang beinahe glücklich bin, mit ihm auf die Jagd zu gehen.

»Du musst dich endlich daran gewöhnen«, sagt er. Dann öffnet er

noch einmal die Tür und pfeift den Jagdhund zu sich. »Asta, komm.« Er streichelt ihn und lässt ihn auf den Rücksitz springen.

Wenn er mit dem Hund spricht, fühle ich mich meinem Vater ganz nahe.

Wir haben die Schranken passiert und erreichen nach einer guten Viertelstunde das Jagdhaus. Vater sperrt die Tür auf, und wir treten ein. Das Haus wurde längere Zeit nicht mehr beheizt, in ihm ist es eiskalt. An den Wänden der Vorhalle hängen Hirschgeweihe. Das Jagdhaus verliert in der Kälte sein Leben.

Während sich Vater an dem Gewehrschrank zu schaffen macht, um nach Munition für sein Gewehr zu suchen, gehe ich in das Jagdzimmer. Ich drehe das Licht an und sehe den kalten Ofen. Keine rote Glut leuchtet hinter seiner Eisentür, kein Holz brennt. Zum Glück kann ich noch den kalten Rauch vom letzten Feuer riechen, sodass mir etwas wärmer wird.

Wir warten auf dem Hochsitz, Vater und ich. Schauen. Beim geringsten Geräusch legt sich eine unbeschreibliche Anspannung auf das Gesicht meines Vaters, und sein Körper erstarrt. Er wagt es nicht, sich zu bewegen. Ich lasse mich davon anstecken und traue mich ebenfalls nicht, mich zu rühren.

Ein Hirsch tritt auf die Lichtung. Ich will nicht, dass ihn mein Vater, der schon sein Gewehr in Schussposition bringt, erschießt. Das Morgenlicht versilbert die Waldlichtung. Andere Jäger haben mir erzählt, dass der Eichelhäher mit seiner aufdringlichen Art das Wild verscheucht. Deshalb mögen die Jäger ihn nicht. Noch während ich mich der Hoffnung hingebe, dass plötzlich ein Eichelhäher auftaucht, kracht der Schuss. Die Vorderbeine des Hirschs knicken ein, und er bricht zusammen.

Ich habe das Gefühl, dass mit ihm die Bäume sterben. Dass das Licht des Tages bricht.

Ich bin es Vater schuldig, »Weidmannsheil« zu sagen, um ihn glücklich zu machen. Ich glaube, ich war damit erfolgreich, denn für einen Moment bin ich sein Freund, und er reicht mir die Hand.

Wir klettern vom Hochsitz hinunter und nähern uns dem erlegten Hirsch.

»Du musst mir jetzt ganz genau zuschauen«, sagt Vater, während ich eine Ahnung davon bekomme, was er damit meint. Er zieht ein Messer, den Hirschfänger, heraus und schneidet die Bauchhöhle des Tieres auf. Das Blut riecht ätzend und würzig zugleich.

»Sieh hin, das Aufbrechen des Wilds und das Herausnehmen der Innereien gehören zur Jagd.«

Ich nehme die Stimme meines Vaters nur mehr von Weitem wahr und drehe mich weg. Mir ist übel, ich laufe zum Waldrand zurück und übergebe mich.

Während ich würge, kommt es mir so vor, als wäre meine Bauchhöhle offen und wund.

22

Er blieb allein zurück.

Am Tatort am Fuß des Stierhorns herrschte Stille. Alle hatten sich zurückgezogen, allen voran der Schäfer. Leise, wie es seine Art war, hatte er sich verabschiedet.

Dort, wo der Tote gelegen hatte, war das Gras niedergedrückt. Rundherum konnte man die Spuren der dort gesetzten Schritte sehen. Aber es war vorbei, was auch immer das Wort bedeutete.

Was das Leben zurückließ, würde immer eine Frage bleiben. Aber solange wenigstens eine Frage zurückblieb, konnte das Leben nicht umsonst gewesen sein.

Ausnahmsweise richtete Engel eine Frage an sich selbst. Hätte er das Talent zu einem deutschen Helden? Zu einem modernen deutschen Helden, den der junge Mann seiner Freundin beschrieben hatte. Der absolute Erfolg im Leben, die finanzielle Absicherung. Und? Was war doch gleich das dritte Kennzeichen gewesen?

Genau, der moderne Held wusste alles. Damit hatte Hannes Berger wohl die totale Kommunikation, die elektronische Vernetzung der gesamten Welt gemeint.

Mit leisem Schaudern wurde Engel bewusst, dass er alle drei Bedingungen erfüllte. Er war wohlhabend, hatte Erfolg im Beruf und verfügte über ein ausgedehntes Netz an guten Verbindungen.

Das Einzige, was ihm zu dieser Art von Heldentum fehlte, war die Motivation, ein Held zu werden.

Weiler hat gestern nicht nur das scheußliche Unwetter beobachtet, dachte Engel. Die beiden Polizisten hatten zu Protokoll genommen, dass er auch Zeuge einer sonderbaren Szene mit drei Männern von der Heimatgruppe Strassers geworden war.

Eigentlich ein bequemer Mord, wenn es denn Mord gewesen war. Ein spielerischer. Die zwei Männer hatten ihren

Kameraden, dem sie für dieses Gruppenspiel eine Augenbinde verpassten, nur Schritt für Schritt in Richtung Abgrund dirigieren müssen, bis er ganz von selbst hinunterstürzte. Ihre Hände waren sauber geblieben.

Gerade als Engel das Hochplateau verlassen wollte, lief der Schäfer aufgeregt herbei. Er sah aus wie ein fliehendes Tier, das von einer Meute verfolgt wurde. Als er näher kam, erkannte Engel in seinen Augen, dass sie etwas Unfassbares, etwas Schreckliches gesehen haben mussten.

Weiler blieb schwer atmend vor ihm stehen. Seine Hände fassten ins Leere, als wollten sie nach etwas greifen, das unerreichbar für ihn war. Das er nicht fand. Nur ein Wort brachte er schließlich hervor, und das wiederholte er immer wieder: »Anabeth.«

Engel versuchte, möglichst ruhig zu bleiben. »Was ist los? Was ist passiert?«, fragte er.

Aber Weiler konnte nichts sagen. Er nahm den Kommissar an der Hand, drehte sich um und zog ihn mit sich.

Maximilian Engel musste sich anstrengen, mit Weiler durch das Dickicht und den Wald Schritt zu halten. Sie sprangen über einen kleinen Bach, dann ging es über Geröll. Er dachte daran, dass sein Freund bisher den Namen seiner Frau nicht erwähnt hatte. »Wer ist Anabeth?«

Doch der Schäfer schien nichts zu hören, immer wieder flüsterte er: »Anabeth.« Mehr war nicht aus ihm herauszubekommen. Einmal blieb er kurz stehen, um den Weg zu finden.

Engel hatte es aufgegeben, weitere Fragen zu stellen. Er hatte Mitleid mit seinem neuen Bekannten und wollte ihm folgen und ihm zur Seite stehen. Wobei auch immer.

Weiler entschied sich für den Steig, der nach rechts zu einer Waldlichtung führte. Die Bäume wurden immer kleiner, als wären sie in ihrem Leben zu kurz gekommen.

Engel schien es, als würde der Schäfer ruhiger werden, je näher sie ihrem Ziel kamen.

Plötzlich blieb Weiler stehen und starrte auf den Boden.

Engel folgte seinem Blick und sah die zerfetzten Teile eines Schafs. Auch ausgerissene Fellbüschel waren darunter. Der

Anblick ließ ihn an ein grausames Massaker denken. Wahrscheinlich war das Schaf von Hunden gerissen worden.

»Das ist Anabeth, mein Lieblingsschaf«, sagte Tobias Weiler überraschend langsam und gefasst.

Maximilian Engel begriff.

Der Schäfer wies auf einen Föhrenast.

Engel musste alle Mühe aufbringen, um sich nicht sofort wegzudrehen.

Sorgfältig auf einem Ast befestigt hing der abgetrennte Kopf von Anabeth. Eine Krone aus geflochtenen Birkenzweigen schmückte das Schädeldach. Am beeindruckendsten waren die Augen des Tieres. Sie waren weit geöffnet, schienen voller Frieden, als könnten sie der Welt jede Grausamkeit verzeihen.

Beide Männer wandten sich ab und zogen sich ein Stück zurück.

»Der Gruppe Strassers bin ich ein Dorn im Auge, weil sie weiß, dass ich sie beobachte.«

Engel machte einige Schritte und bemerkte gar nicht, dass er um Weiler herumging. Als wollte er ihn abgrenzen. Beschützen.

Der Schäfer bemerkte es nicht. Außer einem beruhigenden Gefühl der Sicherheit fiel ihm nichts auf.

Engel ging nahe an ihn heran, sodass sich ihre Gesichter fast berührten. Er sprach ganz leise: »Sie haben das nur getan, weil sie sich von dir beobachtet gefühlt haben? Oder weißt du etwas, was du nicht wissen darfst? Oder was ich nicht wissen darf?« Er rüttelte an seinen Schultern: »Tobias!«

Nichts passierte.

Vielleicht muss ich ihm Zeit lassen, dachte Engel. Vielleicht braucht er nur etwas Zeit. Und trotzdem versuchte er es noch einmal. »Kennst du einen von der Gruppe, oder kennt jemand von der Gruppe dich?«

Der Schäfer schüttelte den Kopf, schien aber mit sich zu kämpfen. »Weder noch«, sagte er endlich. »Du siehst hinter allen Dingen ein Geheimnis. Anabeth' Tod hat nichts mit mir zu tun.«

Engel schwieg, dachte aber daran, dass hinter jeder Angst

ein Geheimnis lauerte. Nach einigen langen Sekunden sagte er zu Tobias: »Den Menschen sind die Schafe unheimlich. Das Friedliche ist ihnen fremd. Es ist ganz einfach: Die Menschen können den Frieden nicht ertragen.«

23

Franz Strasser reagierte mürrisch, als er am nächsten Vormittag von einem Polizisten aufgehalten wurde. An einem Tag wie diesem sollte man ihn nicht stören. Er wollte sich noch für eine Wahlveranstaltung vorbereiten und an einer Clubsitzung teilnehmen. Zudem fand er es geschmacklos, in einem Geschäft in der Gaal vor Augenzeugen von einem Polizisten angesprochen zu werden. Ihn, den alle kannten.

Aber Polizist Gruber bestand auf die sofortige Befragung.

Franz Strasser riss sich zusammen und verhielt sich augenblicklich so jovial wie immer. Er willigte ein und sagte laut, um von allen Anwesenden auch verstanden zu werden: »Natürlich. Unterhalten wir uns doch gemütlich bei mir zu Hause. Soll ich Sie in meinem Jeep mitnehmen?«

Gruber jedoch verwies in seiner Unbestechlichkeit auf sein Polizeiauto.

Im Hof Franz Strassers kam er auf den Grund seiner Befragung zu sprechen. »Zwei Ihrer Gruppenmitglieder sind vom Schäfer Tobias Weiler dabei beobachtet worden, wie sie mit dem jungen Studenten Hannes Berger, auch einer aus Ihrer Gruppe, eine offensichtlich abgekartete Sache gemacht haben. Dabei ist er vom Stierhorn abgestürzt. Alle Indizien sprechen dafür, dass das Spiel der Mitglieder Ihrer Heimatgruppe zu einem handfesten Mord geworden ist.«

Strasser bog seinen Hemdkragen zurecht. »Mord?«

»Außerdem dürften die zwei geahnt haben, dass Weiler sie dabei beobachtet hat. Sie wollten den Schäfer wohl einschüchtern und haben als Drohung eines seiner Schafe regelrecht abgeschlachtet.«

Strasser zupfte erneut an seinem Hemdkragen.

Gruber beobachtete ihn. »Wie gesagt handelt es sich bei den zwei Männern um Mitglieder Ihrer Gruppe. Was fällt Ihnen dazu ein?«

Dem Politiker war längst nicht mehr wohl in seiner Haut. Das Letzte, was er so kurz vor den Wahlen brauchte, waren Leute in seiner Gruppe, die seinen Ruf ruinieren könnten. Er sagte: »Ich nehme niemanden in meine Gruppe auf, der mir in irgendeiner Weise verdächtig vorkommt oder auffällt. Ich führe mit jedem Bewerber ein langes Gespräch.«

Gruber erwies sich als hartnäckig. »Dann ist Ihnen als erfahrener Menschenkenner nichts Verdächtiges aufgefallen? Merkwürdig ...«

Die Worte aus dem Mund eines Polizisten, der den Rechtsstaat repräsentierte, taten weh. Strasser versuchte es mit der typisch österreichischen Beschwichtigungsmethode: »Wie wir alle wissen, kann sich jeder einmal irren. Sogar wir beide.«

»Aber ich führe keine solche Gruppe«, erwiderte der Beamte schroff. Von der Staatspolizei sei die Meldung gekommen, klärte er den Politiker auf, dass eins der Gruppenmitglieder ein polizeibekannter Ungar sei. Man suche auch nach einem Zweiten, aber beide seien untergetaucht. »Wir fahnden also nach zwei Männern, die sich in Ihrer Heimatgruppe anscheinend saumäßig wohlgefühlt haben.«

Strassers Augen zuckten nervös.

»Der Name des Ungarn ist uns schon bekannt. Er heißt Ferenc Szekej. Vielleicht können Sie uns mit dem Namen des zweiten Mannes weiterhelfen? Er ist blass, hat rötliches Haar.«

Strasser überlegte nicht lange: »Van der Hellen. Er stammt aus Belgien. Ich suche Ihnen seine Adresse raus, sie steht in meinen Unterlagen. Warten Sie.«

Etwas später notierte sich Gruber Name und Adresse und sagte: »Hoffentlich hat er keine falsche Identität benutzt.« Dann kam ihm eine Idee, die ihm offensichtlich selbst gefiel: »Könnte es nicht sein, dass sich die beiden in Ihrem Jagdhaus versteckt halten?«

Das war für Franz Strasser entschieden eine Verdächtigung zu viel. »Seien Sie vorsichtig, was Sie sagen«, drohte er. »Sie haben anscheinend vergessen, wen Sie vor sich haben. Aber wenn Sie unbedingt wollen, können Sie natürlich sofort mein Haus durchsuchen.«

»Schon gut«, besänftigte ihn jetzt der Polizist, »aber Sie wissen ja, Dienst ist Dienst. Ich tue nur meine Pflicht.«

»Ich weiß, ich weiß. Aber ich würde nie und nimmer kriminelle Elemente in meiner Gruppe dulden.«

»Auch keine rechtsextremen?«

»Wo denken Sie hin? Ich bin ein Politiker der moderaten Rechten, nach solchen Elementen werden Sie in meinem Umfeld vergeblich suchen.«

»Haben Sie zufällig einen der beiden Männer nach dem gestrigen Felsabsturz noch einmal gesehen, rein zufällig …«

Strasser schüttelte den Kopf.

»Wissen Sie, wo die beiden untergetaucht sein könnten?«

Franz Strasser sah gedankenverloren durch das Fenster. Dann sagte er versonnen: »Ich habe keine Ahnung. Ich weiß ja nicht einmal, wo meine Frau untergetaucht ist.«

24

Am nächsten Tag sah Tobias Weiler vom Hochplateau aus ins Tal hinunter.

Ein Vogel begann zu singen. Sein Lied klang aufgeregt und hektisch. Das Singen schien ihm kein Vergnügen zu bereiten. Wollte er ihm etwas mitteilen?

Weiler konnte sich nicht von der Stelle rühren. Seine Blicke strichen die Wipfel der kurzwüchsigen Bäume entlang und versuchten, die dichten Büsche zu durchdringen.

Plötzlich verstummte der Vogel mitten in seiner Melodie.

Weiler hörte, wie seine Flügel die Luft zum Rauschen brachten. Der Vogel flog davon.

Nein, Weiler musste sich diesen Gedanken aus dem Kopf schlagen. Für einen Augenblick hatte er geglaubt, das Lied des Vogels wiederzuerkennen. Aber es konnte unmöglich derselbe Vogel sein. Schon gar nicht an diesem Ort. Der Schäfer wusste nicht einmal, ob ein Vogel so lange leben konnte. Nach seiner Berechnung hätte er schon um die fünfzehn Jahre sein müssen.

Februar 1999. Der Krieg im Kosovo war noch im vollen Gange, schwere Geschütze krachten hinter ihnen. Maschinengewehrsalven.

Er war wieder in Begleitung von Mladaj. Mladaj trieb ihn zur Eile an, schob ihn vor sich her. »Da drüben ist das Dorf Carrabreg«, sagte er, »der Gefechtslärm muss aus Peć kommen.«

Die Schüsse hörten auf. Unerwartet. Plötzlich.

Stille.

Der Vogel begann zu singen. Sein Lied klang aufgeregt und hektisch. Das Singen schien ihm kein Vergnügen zu bereiten.

Mladaj zog eine kleine Flasche aus seinem Rucksack und sagte: »Wir brauchen jetzt einen zweifach Destillierten. Einen Prepecenica. Der hier hat mehr als sechzig Prozent.«

Sie hatten Mühe, den Schnaps zu trinken, ohne ihn zu verschütten, denn sie waren noch außer Atem.

»Ohne den Lärm des Kriegs ist es ganz ruhig hier in diesem Land. Man hört sogar die Vögel singen. Hast du unseren Vogel singen hören? Hast du sein Lied verstanden? Du hast es nicht verstanden, Tobias, oder?«

»Nein«, gestand Weiler und schämte sich.

Mladaj konnte nicht glauben, dass Weiler nicht verstand. Er schüttelte den Kopf. »Der Vogel hat gesungen, dass der scheußliche Krieg noch dieses Jahr aufhören wird.« Er beugte sich Weiler entgegen und rüttelte ihn so fest an der Schulter, dass er fast das Gleichgewicht verlor. »Kapierst du? Vielleicht schon im März. Oder im April. Vielleicht auch erst im Mai, aber ganz sicher noch in diesem Jahr.«

Kaum hatte er das gesagt, ratterten aus Richtung Peć wieder metallen die Maschinengewehre. Den Vogel hörten die beiden Männer nicht mehr singen.

Wieder trieb Mladaj Weiler vor sich her: »*Shpejto*, Tobias, *shko*! Am besten zu den Mönchen ins Kloster Visoki Dečani. *Shpejto,* Tobias, *shko*!«

25

Die Wahlversammlung war für Freitag, den sechsten Juni, angesetzt. Bevor die Veranstaltung beim »Bachwirt« begann, nahm Engel im Gastgarten Platz, um noch rasch etwas zu essen.

Die meisten Besucher trafen früher ein, um noch miteinander zu plaudern, zu trinken oder eine Runde Karten zu spielen.

Sie alle sahen Engel im Gastgarten sitzen. Manche, die etwas genauer hinsahen, konnten an der Schiefertafel sogar das handgeschriebene Menü und damit Engels Speisefolge ablesen. Dafür mussten sie nur kurz stehen bleiben und den Kommissar am gedeckten Tisch freundlich grüßen.

Es gab heute:

Fleischknödelsuppe.

Gespickten Rindsbraten mit Bandnudeln und Saft, dazu auf Wunsch gemischten Salat mit Kernöl.

Zwei Palatschinken, mit Marillen- oder Preiselbeermarmelade gefüllt.

Wie immer war Engel mit dem Essen sehr zufrieden, obwohl dieser Zustand nur so lange anhielt, bis sein Magen auf ein neues Abenteuer aus war. Nach der ersten Palatschinke wischte er sich den Mund ab, während er auf die Straße sah.

Mit kantigen Schritten näherte sich ein Mann. Auf Höhe von Engel blieb er stehen und grüßte ihn.

Der Kommissar war überrascht, dass dieser Mann so guter Stimmung sein konnte, denn die wollte auf den ersten Blick nicht zum Uhrmacher Balthasar Noel passen.

»Bedeutet die Anwesenheit von Kommissar Engel, dass er heute auch zur Wahlversammlung geht?«

»Er geht«, sagte der Befragte. »Aber vorher isst er noch fertig und trinkt aus. Was ist mit Ihnen?«

Der Uhrmacher nickte und verschwand.

Als Engel ihm wenig später folgte, wurde es unter den Anwesenden kurz still, dann bemühte man sich, den Anschein zu erwecken, als wäre es das Natürlichste auf der Welt, dass ein Kriminalkommissar an einer Wahlversammlung teilnahm.

Engel drückte einige Hände, sagte ein paar Worte und setzte sich ans linke Ende der letzten Reihe. Von dort konnte er den gesamten Raum überblicken. Sogleich entdeckte er den Uhrmacher in der ersten Reihe. Rechts.

Der Bürgermeister trat auf Engel zu und lud ihn höflich ein, ganz vorn zu sitzen. Der Kommissar lehnte dankend ab und wurde im Gegenzug darauf aufmerksam gemacht, dass er heute als Ehrengast der Gemeinde vorgestellt werde.

Eine Drohung, dachte Maximilian Engel.

Aber noch eine andere Drohung kam auf ihn zu und begrüßte ihn wie einen alten Freund, den sie seit dem letzten Weltkrieg nicht mehr gesehen hatte – die Sängerin aus dem Zugabteil. Als sie sah, dass neben ihm kein Platz mehr frei war, zog sie schmollend wieder ab. Ihr bevorzugtes Publikum hatte sich anscheinend gegen sie entschieden.

Der Bürgermeister eröffnete die Veranstaltung mit einer flammenden Ansprache, in der er seinen Parteibruder Franz Strasser mit allen Attributen der Ehre überhäufte. Wie angekündigt, hieß er explizit Kommissar Engel willkommen, eine Kapazität der Kriminalpolizei, dem es im Laufe seines weiteren Urlaubs sicher noch gelingen würde, die mysteriösen Umstände des Felsabsturzes in der Gaal aufzuklären.

Begeisterter Beifall. Der Bürgermeister schüttelte Engels Hand.

Engel behielt unablässig Balthasar Noel im Auge.

Franz Strasser machte Anstalten, seine Rede zu halten.

Irrte sich Engel, oder sah er tatsächlich richtig?

Während der Politiker bei seiner Ansprache jeden Augenkontakt mit dem Uhrmacher vermied, bereitete es diesem wiederum anscheinend das größte Vergnügen, Franz Strasser starr zu fixieren. Doch wie schon bei Engels Begegnung mit Noel endete dessen Lächeln kurz vor seinen Augen.

Als der Politiker auf den Absturz vom Stierhorn zu sprechen kam, blitzte sein großes rhetorisches Geschick auf. Er konnte das Blatt, das sich gegen ihn gewendet zu haben schien, zu seinen Gunsten umdrehen. Alle Gerüchte, die ihn und seine Gruppe betrafen, seien ausschließlich eine verleumderische Kampagne irgendwelcher neidischen politischen Gegner, denen der Erfolg versagt blieb und die nur Schmutzkübel über ihn ausleeren wollten, um seine Ideen zum Wohl der Heimat zu verhindern. Strasser redete sich wie ein Volkstribun in Rage. Unter tosendem Beifall verließ er das Pult und setzte sich auf seinen Platz.

Auch während des Applauses nahm Engel den Uhrmacher starr ins Visier.

Etwas schien in Balthasar Noel zu rumoren. Etwas, das ihm gegen den Strich ging.

Doch gleich darauf sah Engel, wie Noel urplötzlich ein seltsames Grinsen aufsetzte. Er musste etwas sehr Vergnügliches im Schilde führen. Er erhob sich und machte ein Handzeichen, um den Applaus für Franz Strasser zu beenden.

Engel konnte am Staunen und Flüstern, das sich unter den Anwesenden breitmachte, ermessen, dass allein schon das Erscheinen des Uhrmachers als außergewöhnliches Ereignis gewertet wurde. Der wohlhabende Mann lebte eher zurückgezogen. Zum Einkaufen schickte er eine alte Frau, die ihm auch sonst als Hilfskraft zur Hand ging und die er, wie alle Dorfbewohner wussten, gut bezahlte. Nur manchmal fuhr er seinen Jeep Puch G aus der Garage, um einen Ausflug zu machen. Es hieß, dass er es liebte, in der Natur zu sein und mit ihr zu schweigen.

Als Balthasar Noel aufstand, verstummte der Beifall, und alle Besucher schauten ihn erwartungsvoll an.

Bevor er zu sprechen begann, sah er noch rasch zu Franz Strasser hin und dann kurz zu einem Mann, dessen Gesicht dem Kommissar bekannt vorkam. Er hatte ihn schon einmal gesehen, aber mit Sicherheit nicht in der Gaal. Vielleicht nur auf einem Foto? Dem Mann schienen die Augenbrauen zu fehlen.

»Ich bin kein Politiker«, sagte Balthasar Noel endlich, »und habe auch nicht die Absicht, euch mit politischen Inhalten zu langweilen. Jeder in der Gaal weiß, dass ich nicht der Ärmste bin. Und dass es in unserer Gemeinde noch viel zu tun gibt.«

Die Leute nickten. Sogar das Ehepaar Scheer.

Noel fuhr fort: »Ich habe mir überlegt, was ich für die Gaal tun könnte. Es fehlt zum Beispiel ein Hotel bei der Skipiste, und auch andere Projekte konnten noch nicht verwirklicht werden, obwohl unsere Politiker alles tun, was in ihrer Macht liegt.« Er sah zu Franz Strasser hinüber.

Engel schien der Blick etwas zu lang.

»Sie können kein Geld auftreiben, gehen schlimmstenfalls zu den Banken und bekommen ungünstige Kredite.«

Er hielt inne, denn er wusste, dass der Vertreter einer Bank anwesend war. Seiner Bank. Aber sein Bankdirektor würde es nicht wagen, ihm später seine Bemerkung vorzuhalten.

»Also«, fuhr er fort, »ich habe nicht gelernt, lange Reden zu schwingen, will es also kurz machen. Ich möchte dem Bürgermeister einen Scheck in die Hand drücken, eine kleine Spende.« Er zog ein unterschriebenes Papier aus seiner Hosentasche, ging zum Bürgermeister und überreichte es ihm.

Der Bürgermeister bedankte sich, und die Leute klatschten und warteten gespannt darauf, dass die Höhe des Betrags genannt wurde.

»Der gespendete Betrag beläuft sich«, der Bürgermeister las mit fast ungläubiger Stimme, während er noch immer die Hand von Balthasar Noel schüttelte, »auf nicht weniger als eine Million Euro.«

Unter dem Applaus der Anwesenden wurde die Wahlveranstaltung offiziell für beendet erklärt, und man ging in typisch österreichischer Manier zum gemütlichen Teil des Abends über.

Engel beobachtete, wie Noel als Erster aus dem Saal verschwand. Franz Strasser stand einen Moment lang etwas ratlos da, fasste sich aber sofort wieder und gesellte sich zu einer Gruppe junger Menschen, die sich für Brüssel zu interessieren schien.

Dann verließ auch der Bankdirektor den Raum. Und etwas später der Mann, den Engel schon einmal gesehen hatte und der offensichtlich Balthasar Noel kannte.

Als das Ehepaar Scheer sich auf den Heimweg machte,

winkte es dem Kommissar zum Abschied zu. Zum Glück beschloss auch die Sängerin, dass es Zeit war, nach Hause zu gehen.

Engel atmete kurz durch und ging in das Gastzimmer hinüber. Er setzte sich an einen großen Ecktisch, an dem seine Zimmerwirtin mit einer kleinen Gruppe von Frauen und Männern bereits Platz genommen hatte.

Magdalena Anger stellte ihn vor Stolz errötend vor.

Engel hatte noch nichts zu trinken bestellt und wollte ohne Getränk beim Anstoßen nicht als Außenseiter gelten.

Der Bürgermeister am Nebentisch bemerkte seine Situation und rief die Bachwirtin herbei, die sofort die Bestellung aufnahm.

Kurz darauf kam sie mit den Getränken zurück und war wie immer ausnehmend freundlich, wobei sie aber so tat, als ob sie Magdalena Anger nicht bemerkte.

Engel spürte die angespannte Atmosphäre und sagte laut: »Dann wollen wir mal auf das neue Gemeindebudget anstoßen.«

Alle nahmen einen Schluck.

»Oder besser auf die Politik?« Engel sah sich in der Tischrunde um.

Er erhielt keine Antwort.

26

Am Pfingstsonntag war die Kirche übervoll. Die Menschen saßen aus unterschiedlichen Gründen auf den Holzbänken, nicht alle ließen sich vom pfingstlichen Geist und dem Symbol der weißen Taube inspirieren. Viele waren einfach nur gekommen, um gesehen zu werden oder um das Fest wie ein sensationelles Spektakel mitzuverfolgen. Denn heute war ein Festtag: Der Weihbischof höchstpersönlich kam, um die Firmung zu spenden. Viele Firmlinge aus der Gaal und Umgebung hatten sich in der Kirche eingefunden.

Nur einer saß da, der seit seiner Kindheit nicht mehr in die Kirche ging und am Pfingstsonntag nicht gekommen war, um gesehen zu werden, sondern um selbst nichts zu übersehen, was von Interesse für ihn sein könnte.

Maximilian Engel war sein Name.

Seine Neugier richtete sich auf die Menschen mit ihren unterschiedlichen Lebensgeschichten, die auf den Bänken Platz genommen hatten. Die die letzten Neuigkeiten kannten, die gerade im Umlauf waren.

Am Sonntag genau vor einer Woche war der junge Student vom Stierhorn abgestürzt. Und ein friedliches Schaf war grausam getötet worden. Einer der Täter, so machte das Gerücht die Runde, sei ein rechtsextremer Ungar mit perfekten Deutschkenntnissen. Der zweite sei ein Belgier. Weil beide noch immer auf freiem Fuß waren, waren die Bewohner der Gaal auf die Polizei nicht gut zu sprechen.

Selbst wenn die Täter Mitglieder der Gruppe des Abgeordneten Strasser gewesen sein sollten, wie man allgemein vermutete, konnte man dem Politiker für deren Verhalten keinen Vorwurf machen.

Die Tatsache, dass ihm seine Frau davongelaufen war, brachte ihm eher Mitleid ein. Der Tenor ging in die Richtung, dass alle Unruhe in der Gemeinde Gaal darauf ausgerichtet sein könnte, Franz Strassers Wahlkampf empfindlich zu stören.

Natürlich wurde auch über die großzügige Geldspende des Uhrmachers Balthasar Noel gesprochen. Niemand hatte eine logische Erklärung dafür.

Nur Engel hatte eine bestimmte Theorie im Kopf, die sich mehr und mehr festsetzte. Eine klare Theorie bei klarem Verstand.

Er dachte daran, wie eigenartig es war, darüber ausgerechnet in einer Kirche nachzudenken.

Er spürte, dass jemand ihm einen Blick zuwarf, drehte sich um und bemerkte auf der linken Seite des Kirchenschiffs das mädchenhafte Gesicht von Magdalena Anger. Ihre Augen mussten sich zufällig zu ihm verirrt haben, sie drückten Freude und Überraschung aus.

Engel konnte kaum glauben, dass er in einer Kirche saß, und noch weniger, wie stark ihn gerade an diesem geweihten Ort die Neugierde ins Gebet nahm. Er nickte Magdalena Anger freundlich zu und wurde das Gefühl nicht los, dass die Umsitzenden seinen Gruß registriert haben und ihn ab sofort als sündhaften Verführer verurteilen könnten.

Um sich aus dem Blickfeld der Beobachter zu nehmen, betrachtete er scheinbar interessiert die zwei großen Fresken über dem Eingang zur Apsis. Ihre Motive waren nicht sakral, sondern in unüblicher Weise profan. Links war das Schloss Wasserberg abgebildet, rechts die Kirche vom Dorf Gaal, in der er sich befand. Hinter den beiden Gebäuden erstreckte sich nichts als Wald.

Man muss dem Maler verzeihen, dachte Engel, der wusste, dass die alte Kirche einem Brand zum Opfer gefallen war. Vielleicht war auch er ausgebrannt gewesen, was seine Kreativität betraf.

Die Organistin spielte einen Introitus von Bach. Es war deutlich zu hören, dass eine Orgelpfeife nicht gestimmt war.

Die Firmpaten saßen neben ihren Firmlingen und gaben sich den Anschein, in religiösen Fragen bewandert zu sein. Sicher aber waren sie an Fehlern viel erfahrener als ihre Schützlinge, denn diese waren die Folge ihres Alters.

Eine betörende Stimme erklang. Engel war von ihr so angetan, dass er sich umdrehte und zur Empore hinaufsah. Er erkannte die berühmte Sängerin, die er im Zug kennengelernt hatte. Anscheinend war sie gebeten worden, zu diesem festlichen Anlass zu singen.

Eine schöne Stimme braucht nicht in Seide gehüllt zu werden, dachte Engel, sie wird immer schön sein. Auch ohne Seide würde sie nicht nackt klingen.

Ein Geräusch, das vom Turmbalken kommen musste, lenkte ihn ab. Oder kam es aus der Richtung der Sakristei, deren eine Tür zum Friedhof hinausführte?

Um die Predigt zu überstehen, hatte er als Kind gelernt, die Besucher in der Kirche zu beobachten, um herauszufinden, wer wirklich zuhörte und wer nur so tat. Dann hatte er die Zuhörer von den Weghörern subtrahiert oder, je nach Erfordernis, umgekehrt und das Ergebnis mit denen seiner anderen Rechnungen verglichen. Seltsamerweise war es nicht immer dasselbe, obwohl die Menschen stets dieselben blieben.

Außerdem hatte er sich angewöhnt, an den Gesichtern abzulesen, ob die Gläubigen tatsächlich beteten oder nur zum Schein ihre Lippen bewegten.

Engel sah nach links zu Franz Strasser hinüber, der seitlich nicht weit von ihm Platz genommen hatte. Er betrachtete sein Profil, konnte gut erkennen, wohin er sah. Noch starrte Strasser gerade vor sich hin. Woran er wohl dachte? Vielleicht zur Abwechslung einmal an seine eigene Frau und nicht an eine andere.

Der Kommissar war sich sicher, dass sie ihm mehr bedeutete, als er zugeben wollte. Er hatte es in seinem Leichtsinn nur vergessen.

Franz Strasser hob kurz seine Schultern, wie um sich selbst neu zu vermessen, und sah dann rechts über seine Schulter. Für einen kurzen Moment kreuzte sein Blick den des Kommissars, er nickte ihm zu, und seine Augen wanderten weiter.

Sie hielten erst inne, als sie das Gesicht eines Mannes gefunden hatten, der klein, blass und eher unauffällig neben einer Frau saß. Als der Mann merkte, dass Strasser ihn ansah, wendeten beide sich voneinander ab, als wäre ihnen der gegenseitige Anblick unerträglich.

Maximilian Engel betrachtete den unscheinbaren Mann und

dachte angestrengt nach, ob er nicht etwas übersehen haben könnte.

Die Worte, die Franz Strasser auf seinem Hof zu ihm gesagt hatte, als er ihn zu seiner politischen Konkurrenz befragt hatte, kamen ihm wieder in den Sinn: »Und selbst wenn Sie ihm begegnet wären, hätten Sie ihn sicher nicht bemerkt, so unscheinbar, wie Kajetan ist.«

War der kleine Mann der grüne Konkurrent des Abgeordneten Strasser? Engel riskierte einen letzten Blick. Sein Gesicht war fein, aber es mangelte ihm an Konturen.

Während der Wandlung von Brot und Wein herrschte Stille in der Kirche. Und weil es so still war, konnten alle ganz deutlich hören, dass die Glocken zu einem unpassenden Zeitpunkt der Wandlung zu läuten begannen.

Doch das war noch nicht alles.

An der linken Seite der Apsis wurde die Tür der Sakristei aufgerissen, und anstelle der pfingstlichen Taube flogen sieben kreischende schwarze Raben in die Kirche. Engels Vorstellung führte ihn direkt auf das Hochplateau zur Heimatgruppe. So einen Zauber veranstaltete niemand, der in der Gaal zu Hause war.

Ein Aufschrei des Entsetzens ging durch die Reihen, während die Raben unschlüssig im Kirchenschiff umherflatterten. Als Höhepunkt des Sakrilegs setzte sich einer der Vögel auf den Tabernakel und fing wie zur Verhöhnung zu kreischen an.

Der Bischof unterbrach die Zeremonie. Seine Arme ruderten hilflos durch die Luft, seine Würde war dahin. Einzig der bischöfliche Siegelring rettete seine Autorität. Er funkelte im Licht, das durch das Kirchenfenster fiel.

Der Diakon fing sich als Erster wieder. Er rannte zur Tür der Sakristei und dann, als er erkannte, dass die Tür von außen verschlossen worden war, zum Eingangsportal der Kirche. Doch auch das war nicht zu öffnen.

Inzwischen versuchte der Bischof, seine Würde wiederherzustellen, indem er die Besucher ermahnte, Ruhe zu bewahren. Er wollte die Messe zu Ende abhalten.

Engel war offenbar die einzige Person in der Kirche, die

ruhig blieb und der bewusst war, dass man auch in einer Kirche über Handy Polizei und Feuerwehr verständigen konnte. Er tat es so lautstark, dass ihm auch der Bischof zuhörte.

»Gott lässt sich nicht verhindern«, sagte der Geistliche schließlich, und dieser Satz projizierte auf Engels Gesicht ein Leuchten zweifelnden Ungehorsams.

Für eine Weile verstummte die Gemeinde wieder.

»Feuer. Wir legen jetzt Feuer!«, kam plötzlich von draußen eine durchdringende Stimme.

Engel spürte, wie um ihn herum Angst und Unruhe aufflackerten.

Die meisten Kirchenbesucher hielt es nicht mehr auf den Bänken, und selbst die Firmlinge in der Apsis standen auf und bildeten kleine Kreise, wie um sich gegen einen drohenden Angriff zu schützen.

Der Kommissar wollte eine Panik verhindern. Er stieg auf eine Kirchenbank und sagte mit fester und lauter Stimme: »Beruhigen Sie sich! Wer auch immer draußen vor der Kirche ist, ist ganz bestimmt kein Brandstifter. Richtige Brandstifter legen das Feuer in aller Heimlichkeit, am besten dort, wo sie das Feuer brennen sehen können. Wahrscheinlich wollen sie uns nur einen Schreck einjagen, aber diesen Gefallen werden wir ihnen nicht tun. Ich habe die Polizei schon verständigt, und auch die Feuerwehr wird kommen, um die Türen aufzubrechen. Sie wird bald da sein.«

Damit setzte sich Engel wieder ruhig auf seine Bank, nahm ein Gesangbuch zur Hand, schlug eine zufällige Seite auf und fand das, was er las, augenscheinlich interessant.

In Wirklichkeit dachte er darüber nach, wem dieser Anschlag gelten sollte. Es war kein Zufall, dass Engel kurz darauf den Kopf hob und zu Franz Strasser hinübersah.

Er überlegte, ob heute jemand in der Kirche saß, der sonst nie zum Gottesdienst kam. Um das herauszufinden, war er auf die Hilfe der regelmäßigen Kirchgänger angewiesen.

Neben ihm saß ein älterer Mann. Er hielt seine Hände konsequent gefaltet und schien sich über die Maßen bewusst zu sein, warum er in der Kirche war.

Engel sah mit Respekt auf seine Hände, die von der Arbeit rissig und schwielig waren. Der Mann gehörte mit Sicherheit zu denen, die ihr Leben in die eigene Hand nahmen und damit zufrieden waren. »Ich wollte Sie fragen, ob Sie immer in die Kirche gehen.«

Der Sitznachbar, der von Engel angesprochen wurde, rückte erstaunt zur Seite. »Immer«, sagte er, weil es so war.

»Fällt Ihnen jemand auf, der heute hier ist, sonst aber nie den Weg in die Kirche findet?«

Der Mann blickte sich nach allen Seiten um, ließ sich viel Zeit und nickte einige Male anscheinend Bekannten zu. Dann drehte er sich wieder zu Engel: »Er sitzt in der Mitte des Kirchenschiffs. Der da.« Er deutete in die Richtung.

Engel erkannte den Uhrmacher Balthasar Noel. Er saß hölzern da und wusste, dass er in den Augen aller Anwesenden nicht in die Kirche passte.

Doch es blieb Engel keine Zeit, über Noels Gründe für den Besuch nachzudenken, denn von draußen waren schon Sirenen zu hören.

Die Feuerwehrmänner hatten einige Mühe, das schwere Portal aufzubrechen.

Vom Geräusch erschreckt flogen die Raben zwischen den Firmlingen, dem Bischof und den Kirchenbesuchern umher, bis sie durch die wieder offene Eingangstür flüchteten.

Erleichtert verließen die Leute die Kirche. Draußen konnten sie sich selbst davon überzeugen, dass nirgendwo ein Feuer gelegt worden war; wie der Kommissar es vermutet hatte.

Dafür entdeckten sie etwas anderes. An einigen Stellen war die Kirchenmauer mit provokanten Sprüchen besprayt worden. Beim Näherkommen konnten sie sie deutlich lesen:

»Beste Grüße von der Heimatgruppe Franz Strasser.« Und: »Die Wende kommt. Das verspricht unser Führer Franz Strasser.«

Auch Engel war vor die Kirche getreten und beobachtete eine größere Gruppe, die um den Politiker herumstand und heftig mit ihm diskutierte. Einige der Männer und Frauen schüttelten fassungslos den Kopf.

Franz Strasser schien außer sich zu sein, gab Sätze wie »Eine grenzenlose Schweinerei!« und »Das wird Konsequenzen haben!« von sich. Aber bald darauf hatte der alte Volkstribun sich wieder unter Kontrolle. »Meine politischen Gegner wollen meinen Ruf mit unfairen Mitteln ruinieren, aber ich sage euch jetzt etwas, was sich jeder merken kann: Einen Franz Strasser zwingt man nicht in die Knie. Niemals.« Unter Beifall entfernte er sich in Richtung Parkplatz und stieg in sein Auto.

Es lag jetzt an der Blaskapelle, die ebenfalls anwesend war, einen Marsch zu spielen, um die vorangegangenen Misstöne zu vertuschen.

Engel wartete nur noch darauf, dass die Leute wie vor langer Zeit beim Wiener Kongress unter dem Staatskanzler Metternich zu tanzen begannen. Denn ein guter Tänzer musste weitertanzen, ob er wollte oder nicht.

Inzwischen war die Polizei aus Knittelfeld eingetroffen, um ihre Ermittlungen aufzunehmen. Die Beamten taten es unter den Klängen der Blasmusik und störten allein durch ihre Anwesenheit den Wunsch der Leute nach schnell wiederhergestellter, gewohnter Harmonie.

»Wer in Österreich Politik machen will, muss den Staatsbürgern beim Vergessen helfen«, sagte Engel zu sich selbst. »Tut er das nicht, wird er rasch von ihnen vergessen.« Er sah auf, als sich aus der Menge der örtliche Kaufmann löste und auf ihn zukam.

»Sagen Sie, Herr Kommissar, was halten Sie persönlich von diesem Theater, das sich gerade abgespielt hat?«

Engel ließ sich lange Zeit mit einer Antwort. »Wollen Sie es wirklich wissen?«, fragte er endlich und tat, als würde er nachdenken. »Ich glaube, an diesem Ort geht der Teufel um. Aber sagen Sie es nicht weiter.«

27

Der Festsaal der Gemeinde stand der abendlichen Veranstaltung zur Verfügung, die die Bezeichnung »Pressekonferenz« trug. Unter normalen Umständen rührten die Zeitungen keinen Finger, lud ein politischer Lokalmatador zu einer solchen. Zumindest die großen Tageszeitungen.

Aber bei Franz Strasser wurde an diesem Dienstag eine Ausnahme gemacht. Er hatte das Interesse der Medien geweckt, weil er im Falle eines Wahlsieges seiner Partei eine nicht geringe Rolle in der Agrarpolitik in Brüssel spielen könnte. Demnach überraschte es nicht, dass neben den Vertretern von Lokalblättern sogar ein Journalist einer renommierten Tageszeitung aus Wien sein Kommen angekündigt hatte.

Zwei Tage nach dem verrückten Ereignis am Pfingstsonntag in der Kirche galt es als sehr wahrscheinlich, dass sich der Festsaal nahe dem Schulgebäude bis auf den letzten Platz füllen würde. Die Leute waren noch immer verunsichert, der Schmerz saß tief.

In solchen Situationen tat es gut, näher zusammenzurücken, selbst über Parteigrenzen hinweg.

Engel verursachte jedes politische Ereignis beziehungsweise auch schon der entfernteste Gedanke an Politik ein Kratzen und Würgen im Hals. Er würde sich etwas einfallen lassen müssen. Zweifellos konnte er die Veranstaltung nicht schwänzen wie ein Schüler, der sich nicht gut genug auf eine Prüfung vorbereitet hat. Er wollte nicht das Risiko eingehen, dass ihm durch sein Fernbleiben etwas entging, was für seine Ermittlungen von Bedeutung sein könnte.

Die Polizeidirektion und natürlich auch sein Büro wussten im Übrigen schon Bescheid. Es galt folgende Vereinbarung: Sollte Engel seine Ermittlungen bis zum Ende seines Urlaubs noch nicht abgeschlossen haben, konnte er sie in der geregelten Dienstzeit fortsetzen.

Aber heute blieb ihm nichts anderes übrig, als körperlich

anwesend zu sein, zur rechten Zeit am rechten Ort. Selbst wenn es sich um eine politische Veranstaltung handelte.

Jeder Moment konnte wichtig sein. Denn der Moment war niemals nachzuholen, und in einem winzigen Augenblick konnte alles geschehen. Es blieb also nur der Ort, der eventuell variabel war.

Genau das war die Zwischenlösung, nach der Engel gesucht hatte. Er würde den Ort wechseln. Das, was an diesem Abend passieren könnte, musste sich nicht nur auf den Festsaal beschränken. Wer konnte schon sagen, dass es nicht auch im Foyer interessant werden könnte? Oder in der Toilette?

Trotzdem würde er der Pressekonferenz im Saal einen Besuch abstatten.

Der Raum war so gut besucht, dass einige Leute stehen mussten. Auch Maximilian Engel lehnte sich an eine Wand. Ihm war das ganz recht, denn so war er beweglicher und könnte den Saal zwischendurch schneller verlassen. Was er sehr bald tun würde, denn die Begrüßung und die Vorstellung der Gäste wuchsen sich zur Langeweile aus. Doch es war zu spät, der Bürgermeister ging gerade zum Rednerpult.

Er erklärte, warum die Gemeinde Gaal eine Einladung ausgesprochen hatte. Der heutige Abend sei mehr als nur eine Wahlveranstaltung. Er ginge über diese hinaus und gewissermaßen sogar über die Grenzen der Gaal und die Österreichs. Das Ansehen der Agrarpolitik des Landes stünde im Fokus, und einer, der als aussichtsreichster Kandidat für die Position als Kommissar in Brüssel vorgeschlagen sei, säße heute mitten unter ihnen. Der Mann sei gebürtiger Gaaler und lebe immer noch dort: der Abgeordnete zum Nationalrat. Franz Strasser.

Nach dem darauf folgenden Applaus begab sich Strasser ans Rednerpult. Seine Statements waren gewandt, seine Wortwahl ausdrucksstark und geschmeidig zugleich.

Strasser wirkte souverän und bewies taktische Klugheit, indem er bewusst jeden Bezug auf eine Wahlveranstaltung vermied. Er tat so, als ginge es an diesem Abend nicht um ihn. Auf diese Weise gab er sich als Staatsmann, dem nicht

Bagatellen wie eine Bundeswahl wichtig waren, sondern die internationale politische Verantwortung. Natürlich brauchte er nicht extra auszusprechen, dass eine solche nur von ihm selbst wahrgenommen werden könnte.

Er setzte alles daran, die Zuhörer spüren zu lassen, dass der letzte Sonntag und die schwierigen Tage zuvor nicht genügt hatten, um ihm den Boden unter den Füßen wegzuziehen.

Engel erblickte Wolfram Schneiderhahn, den Journalisten eines angesehenen Tagesblatts aus der Hauptstadt. Während die Journalisten der Lokalpresse sich schon mit Zwischenfragen zu Wort gemeldet hatten, hatte Schneiderhahn seinen Mund noch nicht aufgemacht. Sein gelangweilter Gesichtsausdruck war auffällig. Vielleicht würde er bei der abschließenden Diskussion ja zum Leben erwachen.

Sicher wird er das noch tun. Es würde mich wundern, wenn er nichts sagen würde, dachte Engel. Er sah, wie Schneiderhahn den Mund verzog.

Die Diskussion sollte jedoch erst später stattfinden, nach einer kleinen Pause, in der die Gäste die Möglichkeit hatten, sich zu stärken.

Für Engel schien mit dieser Ankündigung die Zeit gekommen zu sein, den Ort zu wechseln. Er schlich sich an den Besuchern vorbei aus dem Saal und durch das Foyer hinaus ins Freie.

Er brauchte den Abendhimmel. Als er zu ihm hinaufsah, waren keine Sterne und kein Mond zu entdecken. Kein Komet. Nicht einmal ein Satellit. Der Himmel war wolkenverhangen und hatte nichts zu bieten außer Langeweile. Er erinnerte an einen Festsaal, in dem gerade eine Pressekonferenz abgehalten wurde.

Enttäuscht ging Engel in das Foyer zurück. Hinter der Garderobe stand eine junge Frau, neben ihr ein kleiner Koffer. Über ihre Schulter hing eine rote Handtasche. Die junge Frau telefonierte. Sie war zu weit von Engel entfernt, als dass er verstehen konnte, was sie sagte. Einzig, dass sie nicht Deutsch, sondern Englisch sprach, konnte er heraushören. Aber das war nicht besonders auffallend. Eher schon, dass sie von Englisch zu Russisch und dann zu einer dritten Sprache wechselte, die Engel nicht zuordnen konnte.

Er ging wieder ins Freie und sah sich das Gelände nahe dem Festsaalgebäude bei der Schule genauer an. Ein kleiner Seitenweg führte zu einem größeren Haus auf einer kleinen Anhöhe. An der Ecke neben einer kleinen Kapelle stand ein Mann und telefonierte. Als er Engels Schritte hörte, steckte er das Handy sofort weg.

Verwundert beschloss der Kommissar zurückzugehen, betrat aber nicht gleich den Saal, sondern folgte den Schildern zu den Toiletten, vor denen niemand stand. Engel verhielt sich äußerst leise und verirrte sich absichtlich in die Frauentoilette.

Er lauschte, hörte eine Wasserspülung. Gleich darauf öffnete sich eine Tür. Die Person, die herauskam, schaute ihn eher feindselig als erschrocken an. Sie trug einen beigen Hut, in einer Hand einen kleinen Koffer und unter dem anderen Arm eine rote Handtasche.

Maximilian Engel war nicht wenig erstaunt, dass aus der Frau von gerade eben ein Mann mit blassem Gesicht geworden war.

Engel wollte ihn ansprechen, doch der Mann hatte es eilig. Er stürzte aus der Toilette, riss die Ausgangstür auf und verschwand in der Dunkelheit.

Kommissar Engel zückte das Handy und berichtete Sandra Koschir, dass ihm gerade Van der Hellen entwischt sei. »Ruf die Fahndung an und gib ihnen den Tipp, dass der Belgier noch immer in der Gaal unterwegs ist. Noch nichts Neues von Ferenc Szekej? Nichts? Oder haben wir nur zu wenige Handschellen?«

Nach dem Telefonat lauschte er kurz an der Tür zum Festsaal. Anscheinend war die abschließende Diskussion bereits im Gang. Er öffnete die Tür und zwängte sich in den Raum. Einige Plätze waren inzwischen frei geworden, und er setzte sich. Engel musterte seine Nachbarin und fragte sie leise: »Hat der da schon den Mund aufgemacht?« Er zeigte auf den Journalisten Schneiderhahn.

Die Frau sah ihn misstrauisch an. »Nein, er hat noch nicht sein Maul aufgemacht. Wahrscheinlich will er nicht.«

Also musste sich Engel noch gedulden. Schneiderhahn

würde doch nicht den Weg von Wien in die Steiermark auf sich genommen haben, ohne Franz Strasser eine politische Frage zu stellen, an der dieser zu beißen hatte.

Kommissar Engel ließ ihn nicht mehr aus den Augen. Es entging ihm nicht, wie der Journalist immer nervöser wurde und auf seinem Stuhl herumrutschte. Er strich sich über sein schütteres Haar, schaute nach links und rechts und verlieh seinem Blick das Maximum an Langeweile. Dann hob er ganz kurz seinen Zeigefinger. Er tat es mit einer müden Bewegung und einer Sicherheit, die signalisierte, dass er wusste, dass jeder im Saal schon die längste Zeit sehnsüchtig auf seine Wortmeldung wartete.

Der Diskussionsleiter erteilte ihm sofort das Wort.

Schneiderhahn blieb sitzen und genoss seine Sonderstellung, indem er sich lässig zurücklehnte und seine Arme verschränkte. Er sah Franz Strasser so konzentriert an, als wollte er sich sein Gesicht für sein ganzes noch kommendes Leben einprägen. »Ist es wahr, dass Ihr Sohn an einer Überdosis Drogen gestorben ist?«

Stille. Peinliche Stille.

Die Leute im Saal schauten sprachlos zu Franz Strasser. Sie erwarteten eine spontane Reaktion aus dem wortgewaltigen Mund des Politikers, aber es geschah nichts. Nichts. Die Enttäuschung war deutlich in den Gesichtern des Publikums zu sehen.

Nichts geschah.

Das Schweigen wurde nur von einer Bewegung gestört. Wolfram Schneiderhahn griff sich seine Tasche und stand auf. Kurz bevor er den Saal verließ, warf er Strasser noch einen raschen Blick zu.

Der Politiker wirkte gefasst. Er gab dem Diskussionsleiter die Hand, nachdem er ihm ein paar Worte zugeflüstert hatte, und erfasste mit seinem Blick alle Reihen der Anwesenden. Dann packte er seine Sachen zusammen und ging aufrecht in Richtung Tür.

Die Pressekonferenz wurde mit bedauernden Worten des Diskussionsleiters abgebrochen.

Der abschließende Applaus galt einem Mann, dem jetzt ungeteilt alle Sympathien gehörten: Franz Strasser.

Engel überließ sich einmal mehr seinen Gedanken. Wie so oft in der Geschichte der österreichischen Politik wurde eine Niederlage fälschlicherweise als Erfolg verbucht und eine abwesende Person zu einer auffallenden Erscheinung gemacht. Doch wer sich rarmachte und sich zurückzog, hatte meistens etwas zu verbergen. Ein Geheimnis vielleicht, das der Abgeordnete in seiner politischen Bescheidenheit nicht verraten wollte. Wer schwieg, der dachte nach. Wie hieß es doch bei Franz Grillparzer? »Der Österreicher denkt sich sein Teil und lässt die andren reden.«

Engel musste an das Prinzip der Niederlage denken. Für ihn war und blieb sie ein immanent österreichisches Prinzip, da der historische Schock über das geografische Zusammenschrumpfen noch immer nicht überwunden war. Doch anstatt einen Ausweg im Stolz über die unerschöpfliche Kreativität des verbleibenden Österreichs zu suchen, kramte man in der Vergangenheit herum wie in Kisten auf einem Dachboden und trauerte den angestaubten Dingen nach, die überall noch herumstanden.

Wie viel Engel auch nachdachte, er wurde nicht schlau. Weder aus der österreichischen Geschichte noch aus Franz Strasser.

28

Im Dorf war eine weitere Nacht vergangen. Am Morgen wachten die Menschen in der Gaal wieder auf. Nur die alte Lehrerin Augustine Krammer war eine Ausnahme. Sie war über Nacht verstorben.

Die Neuigkeit ihres plötzlichen Todes machte die Morgenrunde durch das Dorf und veränderte sogar den Duft des Frühstückskaffees. Indem man über sie sprach, machte man sie für diese Zeit wieder lebendig.

Die meisten waren froh darüber, dass sie nicht oder nur wenig rauchten, und gaben sich der Illusion hin, dass Augustine Krammer nicht gestorben wäre, hätte sie nicht so viel geraucht.

Doch an den Frühstückstischen gab es noch etwas anderes zu besprechen. Genau genommen waren es zwei Themen. Das eine war der heutige Markttag mit seinen bunten Ständen entlang des Dorfplatzes. Dort musste man auf jeden Fall vorbeischauen, denn die Neugier war schon immer ein begehrtes Motiv zur Weiterbildung gewesen.

Und schließlich lag noch ein zweites Thema in der Luft, etwas, das die Leute nachdenklich stimmte. In den letzten Tagen waren im Dorf Flugblätter aufgetaucht. Auf ihnen wurde Franz Strassers Gruppe vorgeworfen, für den Absturz des jungen Mannes verantwortlich zu sein. Zwei ihrer Mitglieder würden seither polizeilich gesucht, weil sie Streit mit dem Studenten gehabt und ihn wahrscheinlich vom Felsen gestoßen hätten. Auf den Flyern fand sich schließlich ein beunruhigender Nachsatz: »Es wird noch mehr passieren. Zuerst schneidet man einem Schaf den Kopf ab … und dann?«

Franz Strasser wachte auf. Seine Haut glänzte feucht. Er hatte schlecht geschlafen, seinen Alpträumen fühlte er sich hilflos ausgeliefert. Seiner Gewohnheit folgend ging er in den Flur, sperrte auf und öffnete die Haustür. Mit einem kräftigen Atemzug sog er die Morgenluft ein. Als er hinuntersah, fiel sein Blick auf die Eingangsstufen. Auf ihnen lag ein Brief. Er hob ihn kopfschüttelnd auf und öffnete das Kuvert, noch während er in die Stube ging. Er setzte sich und las: »Erscheinen Sie heute pünktlich um elf Uhr am Marktplatz. Es wird für Sie interessant. Ihr Wahlhelfer«.

Strasser stand auf und folgte unwillkürlich dem Drang, ins Schlafzimmer zu gehen. Für einen langen Augenblick sah er auf das leere Bett seiner Frau. Er war sich nicht sicher, was er mit seiner Frau teilen würde, käme sie zu ihm zurück. Das Glück oder das Unglück.

Er fühlte sich ratlos. Bald aber erkannte er, dass das Gefühl einer obsessiven Trauer entsprang, die sich in seinem Inneren wie ein Dämon ausbreitete, der ein unfaires Spiel mit ihm trieb. Er machte sich lustig über ihn, über Franz Strasser, den Politiker, den Großgrundbesitzer und Nationalratsabgeordneten. Der Dämon ging schließlich noch einen Schritt weiter, bis er jeden Respekt vor ihm verlor. »Deine Tochter hat das Haus verlassen und ist nach London gezogen«, flüsterte er ihm die Familienbilanz zu. »Deine Frau ist dir davongelaufen. Und dein Sohn ist an Drogen gestorben.«

In solchen Augenblicken innerer Bedrängnis tat Franz Strasser das, was er für richtig hielt. Andererseits hielt er fast alles für richtig, was er tat. Er schloss eine Art Allianz mit der Trauer und ging mit ihr ein ernsthaftes Verhältnis ein. Er nutzte dieses Verhältnis, um gegen sie anzukämpfen, und nichts konnte ihm bei diesem Kampf behilflicher sein als der direkte Kontakt mit der Öffentlichkeit. Schon der bloße Gedanke daran, unter Leute zu gehen, Worte mit ihnen zu wechseln und Hände zu schütteln, ließ ihn optimistischer werden.

Der Markttag kam ihm also sehr gelegen. Und warum nicht außerdem etwas Interessantes erleben, wie es ihm der anonyme Briefschreiber angekündigt hatte? Die sinnliche Leidenschaft, zu kämpfen, war in Franz Strasser zurückgekehrt.

Vor dem Spiegel im Badezimmer bereitete er sich auf seinen großen Auftritt vor. Vorher wollte er noch ausgiebig frühstücken.

Auch Maximilian Engel wachte an diesem Morgen in der Gaal auf. Auch ihm war über Nacht ein anonymer Brief zugesteckt worden, um ein Uhr dreiundzwanzig, um genau zu sein. Engel war durch ein Geräusch aufgewacht. Aber vor dem Fenster war keine Seele zu sehen, kein Lüftchen wehte. Vor der Tür seines Apartments hatte er den Brief gefunden. Gelesen hatte er ihn nicht, das konnte bis zum Morgen warten.

Mit einer Schale Kaffee in der Hand überflog er die Zeilen. Das richtige Frühstück würde er erst später zu sich nehmen. Wenn möglich mit Magdalena Anger.

»Erscheinen Sie heute pünktlich um elf Uhr am Marktplatz. Strasser wird auch kommen. Versäumen Sie den Termin nicht. Es wird etwas passieren.«

Für Engel war es beschlossene Sache, dem Ruf des anonymen Schreibers zu folgen. Auf dem Weg zum Dorfplatz hätte er noch genug Zeit, über alles nachzudenken, was ihn beschäftigte. Zu viele Gedanken führten sich in seinem Kopf mittlerweile auf wie kleine Quälgeister. Sie schwirrten in ihm herum und zeigten ihm die lange Nase.

Er öffnete das Fenster seines Ferienapartments und inhalierte den Morgen.

Vor ihm thronte der Berg, der die Geschichte der Gaal seit Jahrhunderten mitgetragen hatte und noch immer mittrug, weil er seine Geduld mit dem Dorf nie verloren hatte.

Engel verspürte plötzlich große Lust, an diesem Vormittag auf dem Dorfplatz zu erscheinen.

Franz Strasser machte sich auf den Weg. Er ließ seinen Jeep absichtlich stehen, wollte zu Fuß gehen. Er hatte beschlossen, allen Leuten ohne Ausnahme die Hand zu geben. Auch seinen politischen Gegnern.

Von seinem Hof aus ging man fast eine Stunde bis zum Dorfplatz. Unterwegs wunderte sich Strasser, warum er gerade an diesem Tag die Vögel singen hörte. Dass er sie hörte, geschah nicht oft in seinem Leben, und zum ersten Mal fiel ihm auf, dass die Vögel nicht nur für sich selbst sangen, sondern für alle Menschen, die ihnen zuhörten.

Bei den Blumen war er sich nicht sicher, warum sie sich auf den Wettkampf einließen, welche von ihnen schöner blühte als die andere. Wenn es ihnen nur darum ging, dadurch ihre Bestäuber anzulocken, konnte man ihre Schönheit als eine Frage des Überlebens interpretieren.

Frei von jeder Interpretation fand Strasser auf dem Weg ins Dorf alle Blumen schön. Selbst jene, die schon im Verblühen begriffen waren.

Zu seiner Überraschung stellte er fest, dass sämtliche Leute, denen er anfangs begegnete, mit dem Auto unterwegs waren, während er als Einziger zu Fuß ging. Er musste sich also noch etwas gedulden, bis er Hände schütteln konnte.

Auf der Straße lag ein Stein. Franz Strasser hob ihn auf. Es war ein Quarz, von rosa Adern durchzogen, als wären es seine Blutbahnen, als wäre er am Leben. Strasser legte den Stein an den Wegrand ins hohe Gras. Dort sollte er auf ihn warten, bis er ihn auf dem Rückweg wieder aufheben und nach Hause mitnehmen würde. Es schien ihm, als hätte er zum ersten Mal in seinem Leben einen Stein wegen seines Aussehens aufgehoben, und er erinnerte sich daran, dass sein Sohn als Kind mit Liebe Steine gesammelt hatte. Und dass er ihn deswegen immer ausgelacht hatte. »Du wirst doch nicht in einem Steinbruch arbeiten wollen?«

Später, als der Sohn schon ein junger Mann geworden war, konnten sie nicht mehr miteinander reden. Der Vater konnte mit dem Schwächling, der Steine sammelte und den Vögeln beim Singen zuhörte, nichts anfangen.

Er hatte ihn in seine Gruppe geholt und ihn an den Härtetrainings teilnehmen lassen, um ihn vor der größten Zivilisationskrankheit zu bewahren. Der Verweichlichung.

Als Vater hatte er sich zumindest bemüht, eine Lösung zu finden, sodass sie, ohne viel zu reden, gemeinsam existieren konnten.

Sie begannen mit dem Laufen. Dem richtigen Laufen. Nicht das, was sein Sohn schon seit zwei Jahren versuchte, sondern eine Stunde täglich. Aber bald hatte Andreas seine Grenze erreicht. Er gab auf und überließ dem Vater das Ziel allein.

Nach diesem Vorfall hatten sie lange Zeit überhaupt nicht mehr miteinander gesprochen.

Eines Tages, kurz nachdem er in Graz das Studium aufgenommen hatte, hatte ihn sein Sohn vor dem Hauseingang überrascht. Er bat seinen Vater, ihm die Chance zu geben, am nächsten Wochenende mit ihm zusammen laufen zu gehen. Er habe im Sportzentrum der Uni Graz ein Semester lang einen Laufkurs besucht, um sich in nächster Zeit an einem Halbmarathon zu versuchen.

An diesem besagten Wochenende hatte sein Sohn zum ersten Mal auf ihn, seinen Vater, wie ein richtiger Mann gewirkt. Die Erinnerung daran ließ Franz Strasser lächeln. Später hatten sie zusammen tatsächlich einen Halbmarathon in Angriff genommen. Er sah den Schaum am Mund seines Sohnes wie bei einem aufgeputschten Rennpferd, aber der Sohn hatte gedrängt, das Tempo noch zu erhöhen, so langsam mache es ihm keinen Spaß.

Franz Strasser musste auf seinem Spaziergang ins Dorf stehen bleiben und ins Leere schauen. Es war ihm kaum möglich, zu Ende zu denken, was damals geschehen war. Schließlich war er selbst es gewesen, der mit Krämpfen aufgegeben hatte. Sein Sohn war die letzten fünf Kilometer allein gelaufen.

Von da an hatte er wieder mit Andreas reden wollen, aber ein Kloß in seinem Hals hinderte ihn daran. Er hatte ihm sogar einen Brief geschrieben, ihn aber nie abgeschickt. Er hatte geschrieben, dass er stolz auf ihn war.

Seine Aufmerksamkeit wurde wieder auf die Gegenwart gelenkt. Nur einem einzigen Menschen begegnete er, der wie er zu Fuß ging. Aber auch der bog so rasch in einen Weg ab, dass er ihm nicht die Hand geben konnte. Er würde das im Dorf nachholen und so viele begrüßen wie nur möglich. Und er würde wahrscheinlich etwas Interessantes erleben, wie es ihm der anonyme Briefeschreiber angekündigt hatte. Er war gespannt.

Maximilian Engel ließ sich Zeit.

Bevor er in den Frühstücksraum ging, wollte er noch über

die geschmacklose Frage des Journalisten Schneiderhahn im Festsaal der Gemeinde nachdenken. Die allzu persönliche Frage hatte mit Politik nichts zu tun gehabt: »Ist es wahr, dass Ihr Sohn an einer Überdosis Drogen gestorben ist?«

Sie war aus dem Mund eines Journalisten gekommen, dessen einzige Attitüde darin bestand, gelangweilt vor sich hin zu schauen, und hatte so gar nicht zu ihm gepasst. Zudem hatte er sie in einer Weise gestellt, als ob sie ihn persönlich nicht interessierte.

Einer plötzlichen Eingebung folgend griff Engel zum Telefon, rief seinen Freund Innerhofer in Salzburg an und berichtete ihm vom gestrigen Vorfall. »Was kann den Journalisten bewogen haben, so eine Frage zu stellen, Robert?«

Innerhofer zögerte nicht lange: »Was? ›Was‹ ist das falsche Wort. Es muss heißen: Wer? Man braucht nicht immer handfeste Beweise, um etwas zu verstehen, Maximilian. Ich sage nur so viel: Meistens steht hinter dem Hirten noch ein Oberhirte.«

Dann war die Leitung tot, und Engel konnte dieses Bild nicht mit seiner Vorstellung in Einklang bringen. Die Enttäuschung war ihm ins Gesicht geschrieben.

Seine Miene hellte sich erst merklich auf, als Magdalena Anger das Frühstückszimmer betrat und ihn bat, sich zu ihm setzen zu dürfen. Sobald sie Platz genommen hatte, verwandelte sich der Frühstückstisch in ein Gemälde, das Engel an das »Frühstück im Grünen« von Édouard Manet erinnerte. Alles um ihn herum war jetzt Natur, und plötzlich wusste er, wie draußen die Blumen und Gräser rochen, während ein blassblauer kleiner Schmetterling, der sich ins Zimmer verirrt hatte, in eine Orangenmarmelade fiel. Ein Lufthauch blies in das Haar von Magdalena Anger und schickte Milliarden von Duftmolekülen in Engels Nase.

Beinahe hätte er seine Frage vergessen. »Was kann den Journalisten Wolfram Schneiderhahn bewogen haben, Franz Strasser diese geschmacklose private Frage zu stellen?« Er lehnte sich zurück und schickte noch ein Kompliment hinterher. »Vielleicht kann mir eine intelligente Frau wie Sie bei der Antwort behilflich sein. Eine Frau mit Logik und Weitblick.«

Magdalena Anger stand auf und ging zum offenen Fenster. Die kühle Morgenluft tat ihr gut. Sie inhalierte ein paarmal und setzte sich wieder an den Tisch. »Es ist ganz klar, dass Ihre Frage mit ›wer‹ beginnen muss. Wer wollte ursprünglich die Frage stellen? Vielleicht kam sie gar nicht vom Journalisten selbst.«

Engel schaute entgeistert drein. Er stand auf und setzte sich gleich wieder. »Von seinem Chef?«, sagte er leise. »Mein Gott, das ist es. ›Der Oberhirte‹, so hat sich mein Freund Innerhofer ausgedrückt. Natürlich! Der Chefredakteur.« Engel sprang auf und küsste seine Zimmerwirtin gleich zweimal auf die linke und die rechte Wange.

Der Morgen war licht wie die Sonne und durchscheinend. Irgendjemand in der kleinen, verflochtenen österreichischen Welt musste den Chefredakteur um den Gefallen gebeten haben. Und der Chefredakteur hatte diesem Jemand den Gefallen nicht schuldig bleiben wollen. Deshalb hatte er seinem Journalisten Wolfram Schneiderhahn den befremdlichen Auftrag gegeben, den dieser widerwillig und gelangweilt ausgeführt hatte.

»Das vorherrschende Prinzip in unserem Land hat nichts mit Pontius Pilatus zu tun, der angeblich seine Hände in Unschuld gewaschen hat«, sagte Engel zur vor ihm sitzenden Zimmerwirtin. Es ist das andere Prinzip: Eine Hand wäscht die andere.«

Magdalena Anger lächelte glücklich.

Engel war nicht sicher, ob sie verstanden hatte, was er meinte.

Der Dorfplatz war voller Verkaufsstände. Hinter ihnen standen die Marktlieferanten. Einige priesen ihre Waren an, andere unterhielten sich mit den Kunden, während manche allein vor ihren Ständen standen und ihre Waren sortierten.

Franz Strasser erreichte den Dorfplatz etwas früher als Maximilian Engel. Es war drei viertel elf. Einige Leute grüßten ihn, interessierten sich aber mehr für die Marktangebote als für die bevorstehenden Wahlen. So konnte er nur wenige Hände schütteln.

Er kam sich fremd vor in seiner Heimat. Gekränkt zog er sich zurück, stellte sich vor eines der Plakate mit seinem Foto und wandte den Leuten seinen Rücken zu. Für den Augenblick verspürte er kein Verlangen nach Politik. Nicht einmal nach seiner eigenen. Nichts interessierte ihn. Da bemerkte er, wie sich ihm jemand näherte.

»Ich vermute, das auf dem Plakat sind Sie«, sagte eine männliche Stimme. »Ein bisschen sehen Sie sich sogar ähnlich …«

Der Politiker drehte sich noch nicht um, und auch der Kommissar verharrte in seiner Position. »Vor mir steht der Politiker Franz Strasser, Großgrundbesitzer und Abgeordneter zum Nationalrat«, fuhr Engel fort. »Vorgeschlagen für eine Spitzenposition als Agrarpolitiker in Brüssel.«

Endlich wandte sich Strasser um, und beide Männer reichten sich die Hand. Engel sah ihm in die Augen. Etwas länger als sonst.

»Was sehen Sie?«, fragte der Politiker.

»Dass Sie so knapp vor den Wahlen keine weiteren Skandale brauchen«, antwortete der Kommissar.

Franz Strasser blickte zu Boden. Wie ein trotziges Kind.

»Haben Sie auch einen Brief bekommen?«

»Sie auch?« Der Politiker schien überrascht.

Engel spürte, wie gut dem Mann seine Anwesenheit tat. »Haben Sie eine Ahnung, wer Sie so hasst, dass er Ihnen und Ihrer Heimatgruppe die ganze Unruhe im Gaaler Dorf anlasten will?« Er wartete. »Eines Ihrer weiblichen Verhältnisse?«

Der Abgeordnete schüttelte müde den Kopf. »Die sind längst alle vorbei. Und seit meine Frau mich verlassen hat, weiß ich …« Er beendete seinen Satz nicht, tat, als hätte er auf der anderen Seite des Platzes jemanden gesehen, den er begrüßen wollte, ließ Engel stehen, ging zu den Marktverkäufern und verließ schließlich den Dorfplatz. Hinter den Marktständen führte ein Hang steil einen Berg hinauf. Von dort aus konnte man das Treiben in der Straße überblicken.

Als Engel sich wieder den Wahlplakaten zuwandte, fand er sich Balthasar Noel gegenüber. Noel lächelte sein gewohntes Lächeln, das nicht seine Augen erreichte.

Engel war so überrascht, den Uhrmacher im Dorf anzutreffen, dass ihm die Worte fehlten.

»So sieht man sich wieder«, sagte Noel.

»Haben Sie auch einen Brief bekommen?«, fragte Engel und wartete gespannt auf eine Antwort. Er konnte deutlich spüren, dass Balthasar Noel die Worte, die ihm auf der Zunge lagen, im letzten Augenblick noch umdrehen würde.

»Sie also auch?«, sagte Noel und verschwand zwischen den Ständen.

Maximilian Engel verstand in diesem Augenblick nichts mehr.

Gar nichts mehr.

Erst als er noch einmal das Plakat mit dem großen Foto von Franz Strasser betrachtete, bemerkte er es. Zwischen die Augen des Politikers war mit einem dicken Filzstift ein kleines Kreuz gemalt worden, als wollte jemand genau die Stelle markieren. Eine Art Fadenkreuz.

Engel fühlte sich beobachtet und wollte den Platz verlassen, da krachte ein ohrenbetäubender Schuss. Der Kommissar stolperte und fiel seitlich zu Boden. Die Leute rannten erschrocken auf die andere Straßenseite und sahen zu Engel hinüber. Sie befürchteten das Schlimmste.

Doch Engel stand umständlich auf und gab sich alle Mühe, gefasst zu wirken. Er war blass und sagte mehr zu sich selbst als zu den Umstehenden: »Ich würde mich nicht wundern, wenn da nicht ein Projektil drinstecken würde.«

Die Leute blickten verständnislos.

Kommissar Engel trat zu dem Plakat, das auf eine dicke Holzwand geklebt worden war. Seine Finger glitten über das markierte Kreuz zwischen den Augen von Franz Strasser, und er fühlte seine Vermutung bestätigt. Das Projektil war genau an der Stelle des Kreuzes eingedrungen und im Holz stecken geblieben.

»Nicht berühren«, sagte er. »Das muss untersucht werden. Ich werde meine Kollegen von der Grazer Spurensicherung anrufen, aber vorher muss die Stelle polizeilich abgeriegelt werden. Lassen Sie sich bloß nicht stören, da drüben gibt es Süßigkeiten zu kaufen. Türkischen Honig zum Beispiel.«

Während Engel neben dem Wahlplakat zurückblieb, um auf

die Polizei und die Spurensicherung zu warten, verbreitete sich die Nachricht vom Mordanschlag auf ihn in alle Windrichtungen durch die Gaal. Manchmal hieß es sogar, er sei dem Anschlag zum Opfer gefallen.

Einige wenige Leute blieben neugierig auf dem Platz zurück, anscheinend, um sich davon zu überzeugen, dass der Kommissar noch lebte.

Als die Spurensicherung eintraf, lieferte Engel einen detaillierten Bericht und wies dann auf den gegenüberliegenden Steilhang, genau genommen auf eine bestimmte Stelle in einer Entfernung von ungefähr hundertfünfzig Metern. Dort stand ein einzelner Baum.

Die Polizisten erkundigten sich nach Engels Zustand, aber der Kommissar schüttelte den Kopf.

»Machen Sie sich keine Sorgen um mich. Der Anschlag galt nicht mir.«

Die Beamten von der Spurensicherung stutzten.

»Jemand hat das schwarze Kreuz zwischen den Augen des Politikers auf dem Wahlplakat getroffen. Glauben Sie nicht, der Schütze hätte nicht auch mich mit derselben Präzision treffen können, wenn er gewollt hätte? Aber wahrscheinlich war ich ihm zu sympathisch.«

Man lächelte. Und war verblüfft.

»Aber jemand anderen mag er nicht. Ich würde sogar sagen, er ist ihm bis aufs Blut unsympathisch. Und diesen Jemand wollte er warnen oder erschrecken: Franz Strasser.« Und schließlich sagte Engel noch rasch, als hätte er es fast vergessen: »Natürlich handelt es sich um einen Scharfschützen.«

29

Engel unterbrach seinen Aufenthalt in der Gaal. Für diesen Donnerstag, den zwölften Juni, stand in seinem Kalender: »WIEN!!!« Mit drei Ausrufezeichen. Darunter folgten ebenso viele Namen: »Wolfram Schneiderhahn, Sandra Koschir, Arnold Heissen«. Sie waren eingekreist, und ein Pfeil verwies von ihnen auf »Wien-Döbling«. Ein Buchstabe war extra notiert worden: »A«. Unter ihm war eine Notiz zu lesen: »Restaurant ›Plachutta‹, nahe Schloss Schönbrunn«.

Am späten Vormittag saß Engel in seiner Villa in Wien-Döbling. In seinem Kopf kreisten unbeantwortete Fragen. Sie umrundeten schlingernd sein Gangliensystem, touchierten eine Zelle nach der anderen und waren knapp davor, ihn aus der Bahn zu werfen.

Warum hatte Schneiderhahn Franz Strasser vor wenigen Tagen im Festsaal in der Gaal keine einzige politische Frage, sondern nur diese völlig unnötige private gestellt?

Und obwohl sich Maximilian Engel sicher war, dass Schneiderhahn zu dieser Frage gezwungen worden war, um den Politiker an seiner wunden Stelle zu treffen, wollte er ihn, bevor er ihm persönlich gegenübersitzen würde, vorher telefonisch kontaktieren.

Schneiderhahn hob sofort ab.

Engel kam direkt zur Sache. »Zu Ihrer Frage vorgestern in diesem Festsaal im Dorf Gaal, Sie wissen schon … War diese, sagen wir es mal so, geschmacklose Frage an Franz Strasser allein Ihre Idee?«

»Natürlich«, sagte Wolfram Schneiderhahn in rüdem Ton. »Das nennt sich journalistische Freiheit.«

Der Kommissar widersprach ihm. »Es gibt nur so lange journalistische Freiheit, solange der Chefredakteur sie billigt.«

Am anderen Ende herrschte Stille, dann wurde die Verbindung unterbrochen. Auch eine Antwort.

Kommissar Engel sah zufrieden drein. Er setzte sich in den Garten und stellte erfreut fest, dass sein Gärtner, der zweimal im Monat nach dem Rechten schaute, die Rosenstöcke beschnitten hatte und der Rasen frisch gemäht war.

Einige wild wachsende Blumen hatte der Gärtner stehen gelassen, weil sie das Glück hatten, schön auszusehen.

Als Engel unter dem Rosenbogen saß, stellte er sich vor, einen Käfig zu öffnen, sodass seine Gedanken in die Freiheit fliegen konnten. Dort durften sie ungehindert ihre Ziele wählen. Sie flogen von Wien in die östliche Richtung und dann bis nach Ungarn. Von dort machten sie eine lange Schleife in den Norden, wo der Londoner Regen sie abkühlte. Schließlich kehrten sie um und flogen bis vor die Tore Wiens, wo sie nach einer Villa in Wien-Döbling Ausschau hielten, in der Maximilian Engel sie schon voller Ungeduld erwartete, um sie wieder in seine Welt einzuschließen.

Er sah auf die Uhr. Engel hatte noch bis elf Uhr Zeit. Er wählte die Nummer von Sandra Koschir. Es war praktisch, eine Assistentin wie sie zu haben, denn sie war in ihrem früheren Leben Journalistin gewesen und kannte sich in der verflochtenen Welt der Zeitungsmacher noch immer gut aus. Ihre Verbindungen zu ihr waren niemals abgerissen.

Er bat sie, etwas über Arnold Heissen herauszufinden. »Du weißt schon«, sagte er, »Lebenslauf, Studentenzeit, allfällige Konflikte mit dem Gesetz, seine Verbindungen und so weiter.« Dann verwendete er die zwei magischen Worte: »Danke, Sandra!«

Für seine Assistentin bedeuteten sie, sich besonders anstrengen zu müssen. Sie versprach, sich »extra, extra zu bemühen«, wie sie sich ausdrückte.

Maximilian Engel stand auf, roch an einer Rose und fand, dass über ihrem Duft ein Hauch von Ingwer schwebte.

Er sah wieder auf seine Uhr. Genau elf.

Arnold Heissen klingelte mit der höflichen Verspätung einer Viertelstunde, wie es in guten Häusern Sitte war. In seiner Eleganz lag ein perlmuttartiger Schimmer degenerierter Aristokratie, schon im Ausbleichen begriffen.

Heissen war schlank und hatte lange Finger. Schräg über seine rechte Wange zog sich eine lange Narbe, das typische Zeichen eines Schmisses, den man sich noch heute beim Kampf in gewissen schlagenden Studentenverbindungen zuziehen konnte und der mit Stolz getragen wurde. Auch die Narbe verblasste allmählich, als wollte sie es der Aristokratie gleichtun.

Doch stärker noch als der Schmiss zogen die Augenbrauen des Chefredakteurs Engels Aufmerksamkeit auf sich. Sie fehlten.

Als Engel Arnold Heissen ein zweites Mal ansah, wurde ihm bewusst, warum ihm bei der Wahlveranstaltung in der Gaal ein Mann so bekannt vorgekommen war. Er konnte das Gesicht Heissens täglich als Foto über dessen Kolumne in dessen Tageszeitung bewundern.

Der Chefredakteur entpuppte sich als gewandter Rhetoriker. Er schaffte es innerhalb kürzester Zeit, in die österreichische Geschichte einzutauchen, und verstand es meisterhaft, zwischen ihr und dem Beruf von Maximilian Engel eine Beziehung herzustellen. Er sprach über die österreichische und internationale Kriminalität und scheute sich auch nicht, Österreichs Passivität in Brüssel zu kritisieren, die häufig und fälschlich mit dem Status der Neutralität begründet wurde.

Engel wusste, dass man Menschen dieser Art reden lassen musste, ob man Interesse an dem Gesagten hatte oder nicht. Er hatte zwei Fragen vorbereitet, die er später in Ruhe stellen wollte.

Heissen hatte die Beine überkreuzt, sie aber leicht nach außen weggedreht, sodass sich sein Oberkörper dem Gegenüber nur beiläufig zuwandte. Vermutlich weil er fand, dass er als Repräsentant der gesellschaftlichen Oberschicht eine angemessene Distanz einzuhalten hatte. Nach jedem seiner Meinung nach bedeutenden Satz sah er kurz auf seine schlanken Hände und betrachtete seine gepflegten Fingernägel.

Das einzige Faktum, das ihn in seiner unerschütterlichen Selbstbezogenheit zu verunsichern schien, war der feudale Lebensstil des Kommissars. Als er eine Bemerkung dazu machte, wie Engel zu dieser Villa in Döbling gekommen sei, konnte die Erwiderung ihn nur deprimieren.

»Mein Apartment in London ist auch nicht übel, das Haus in Frankreich hat eine gute Lage, aber eigentlich bevorzuge ich mein Haus in Graz.« Maximilian Engel war sich seiner Arroganz bewusst, fühlte sich aber wohl dabei. Die Zeit für die erste seiner Fragen war gekommen. »Es geht, wie ich Ihnen telefonisch schon angekündigt hatte, um Franz Strasser und um Ihren Mitarbeiter, der im Festsaal in Gaal anwesend war.«

Der Chefredakteur sah auf seine Hände und nickte.

»Vor Ihrem Besuch habe ich bereits mit Wolfram Schneiderhahn gesprochen. Sie möchten sicher von mir hören, was ich von ihm wissen wollte?«

Arnold Heissen nickte kurz und sah nicht mehr auf seine Hände.

»Ich habe ihn gefragt, ob die geschmacklose Frage an Franz Strasser seine Idee war.«

Arnold Heissen richtete sich etwas auf. »Was hat er Ihnen geantwortet?«

»Dass es journalistische Freiheit gewesen sei. Daraufhin musste ich ihm etwas erklären.«

»Was?«

»Dass die journalistische Freiheit nur so lange existiert, wie der Chefredakteur sie zulässt.« Engel stand auf und trank einen langen Schluck Wasser aus einem Glas. Dann trat er an Arnold Heissen heran und vergaß in diesem Augenblick das richtige Maß von Nähe und Distanz. »Die Dinge auf dieser Welt sind oft viel einfacher, als man sie in intellektuellen Kreisen gern darstellt. Davon möchte ich die Zeitungsmedien nicht ausschließen. Meine ganz unbedeutende Meinung ist, dass Sie Ihren Mitarbeiter gezwungen haben, die Frage zu stellen, um den Politiker Strasser während seiner Wahlkampagne zu verunsichern.«

Arnold Heissen stand auf. »Wissen Sie, was Sie da für eine Ungeheuerlichkeit behaupten?« Seine Stimme hatte an Farbe verloren.

»Ja«, antwortete Kommissar Engel. »Haben Sie Verbindungen in die Gaal?«

»Glauben Sie wirklich, dass einen angesehenen Journalisten

wie mich eine Gemeinde wie die Gaal interessiert?«, ging Heissen in den Angriff über.

Engel wurde immer ruhiger. »Seltsam. Dann frage ich mich aber, was Sie in den ›Bachwirt‹ gezogen hat, als dort die Wahlveranstaltung für Franz Strasser abgehalten wurde.«

Nach einer beträchtlichen Pause sagte Arnold Heissen: »Wirklich schade. Ich hatte gehofft, mit Ihnen ein kultiviertes Gespräch führen zu können, ganz im guten alten literarischen Stil österreichischer Gesprächskultur.«

»Wir können uns gern auch literarisch unterhalten, Herr Chefredakteur«, erwiderte Engel. »Beginnen wir doch mit Stefan Zweig. Ein großer jüdischer Schriftsteller, nicht wahr?«

»Und?«, fragte Arnold Heissen kalt.

»›Joseph Fouché‹, so heißt eines seiner Werke. Wenn Sie es gelesen haben, wissen Sie sicher auch, wovon darin die Rede ist. Es geht um Politik, Intrigen, Bespitzelungen, Opportunismus, Verleumdungen und vorsätzliche Morde. Es könnte durchaus als Vorlage für die späteren Geheimdienste gedient haben. Aber fast hätte ich das Wichtigste vergessen: In diesem Buch erfährt der Leser auch, wie man Menschen samt ihrer Karriere zerstört.« Engel machte eine kleine Pause. »Sie sehen also, dass man auch mit mir ein kultiviertes Gespräch im guten alten Stil österreichischer Gesprächskultur führen kann.«

Arnold Heissen zog es vor, ohne Gruß die Villa Maximilian Engels zu verlassen, die nach den Plänen von Alfred Loos erbaut worden war und zufällig in Wien-Döbling stand. Nachdem Heissen verschwunden war, bestellte Engel ein Taxi. Er musste sich beeilen.

Der Taxifahrer stammte aus Syrien und sprach in gebrochenem Deutsch über seine Heimat. Sein erlernter Beruf war der des Diktators seines Landes: Augenarzt. Er bedauerte den Verlust so vieler Freunde und ebenso der vielen kulturellen Denkmäler, die in Syrien zerstört worden waren. Schließlich sagte er: »Österreich ist ein gutes Land.«

»Oh.« Der Kommissar war überrascht.

Das Restaurant lag in der Nähe von Schloss Schönbrunn und besaß einen schattigen Gastgarten. Engel wusste schon, was er bestellen würde. Zuerst ein Bier vom Fass. Auf das gespickte Rahmherz und die Bandnudeln würde er noch warten, da ein weiterer Gast käme, erklärte er dem Ober.

Engel hob das weiße Tischtuch hoch und stellte fest, dass er im normalen Sitzen seine Füße nicht sehen konnte. Seine Wiener Waage hatte ihm schändliche hundertzehn Kilo angezeigt. Allerdings nach einer ganzen Brezel. Er würde auch diese Waage gegen eine andere austauschen, diese vollelektronischen Dinger waren es nicht wert, dass man ihnen Vertrauen entgegenbrachte.

Das einsame »A« in Engels Kalender war noch nicht abgehakt. Der Kommissar beobachtete den Eingang des Gastgartens. Sie hatten ein Zeichen vereinbart. Das war auch der Grund dafür, dass er seine Umhängetasche auf den Tisch gestellt hatte. Und dass er ein blaues Hemd trug.

Eine junge Dame näherte sich mit einem suchenden Lächeln.

Hielt sie nach einer Umhängetasche und einem blauen Hemd Ausschau?

Als sie beides entdeckte, kam sie auf Engel zu. »Ich bin Anna Strasser, und Sie müssen Kommissar Maximilian Engel sein.«

Ihr Mund hatte etwas von der Entschlossenheit ihres Vaters, die Augen leuchteten in sanftem Braun und erinnerten an einen orientalischen Markt, auf dem die schönsten Mandeln angeboten wurden.

Das also war die Tochter des Abgeordneten. An dem verregneten Freitag auf dem Gaaler Friedhof hatte er sie vergeblich gesucht. Sie hatte damals wegen einer akuten Blinddarmentzündung im Krankenhaus gelegen, wie er später erfuhr. Eine Woche später hatte Engel den Kontakt mit ihr aufgenommen und stand seitdem mit ihr in regem E-Mail-Austausch. Sie hielt sich schon seit einer Woche in Wien auf, weil sie beruflich einer Sache für den »Guardian« und zugleich für ihr eigenes Büro nachging.

»Ich bin überrascht«, sagte Engel.

»Worüber?«, fragte Anna Strasser und verlieh ihrer Stimme etwas betont Sachliches.

Engel bedauerte, dass er wieder einmal nicht die passenden Worte fand.

Für Anna Strasser war die Überraschung mancher Männer über ihre Schönheit, zu der sie ihre Erscheinung oft oberflächlich vereinfachten, nicht neu. Sie hatte nicht vor, Engel aus der Verlegenheit zu helfen: »Bestimmt waren Sie von der Persönlichkeit meines Vaters so überrascht, dass Sie sich von mir mehr erwartet haben.«

Engel zog es vor, nichts zu erwidern, und hütete sich davor, sich in ihrer Gegenwart ein weiteres Mal den Anschein zu geben, überrascht zu sein.

»Wieder einmal in Wien«, seufzte sie. Ihr erster Besuch gelte stets dem Naschmarkt. Dann würde sie einfach durch die Stadt flanieren. Die Leichtigkeit und zugleich die Schwermut der Wiener Luft genießen, im verrauchten »Hawelka« sitzen und den Wiener-Kaffeehaus-Kaffee trinken. »Einfach da sein.«

Erst während des Desserts begann Anna Strasser, über ihren Vater zu reden, und wählte ihre Worte sehr bedacht, als hätte sie Angst, mit ihnen jemanden zu verletzen.

Beide hätten sie ihn geliebt, ihren Vater. Aber im Gegensatz zu ihrem Bruder, der von Vaters Persönlichkeit fast erdrückt worden war, habe sie sich von dieser Abhängigkeit befreit und sei nach Cambridge gegangen, um dort Internationales Recht zu studieren. Sie führe jetzt eine erfolgreiche Beratungskanzlei in London und sei Korrespondentin für den »Guardian«. »Aber was mit meinem Bruder passiert ist …« Sie zögerte, bevor sie weitersprach: »Er hat sich nie von unserem Vater befreien können.« Sie machte wieder eine Pause.

»Er ist von Vater missbraucht worden. Aber nicht im sexuellen Sinn. Vielmehr wurde er von ihm mit seiner ganzen autoritären Art dazu getrieben, stark genug zu werden, um in dieser Gesellschaft bestehen zu können. Ich zitiere jetzt unseren Vater: ›Wachse über dich hinaus, nimm den Kampf auf, nur so kannst du bestehen und etwas werden.‹ Er nahm meinen Bruder in die Gruppe auf und wollte ihn stählen. Ich erinnere mich noch genau, wie Andreas mir erzählt hat, Vater habe ihn angetrieben, sich mehr und mehr zu überwinden. Aber er konnte dem Druck nicht standhalten. Ständig warf ihm Vater vor, ein Schwächling zu sein.«

Maximilian Engel sah sie an. »Und dann?«

»Eigentlich war das eine schlüssige Handlung. Andreas hat es mit Doping probiert, was ihm ein wunderbares Erfolgserlebnis verschaffte. Zum ersten Mal in seinem Leben war er stärker als unser Vater. Ich weiß noch, wie glücklich er war, als er mir das erzählt hat. ›Du musst dir vorstellen, wie ausgepumpt Vater auf der Bank unter dem Ahornbaum gesessen ist. Nicht mal mehr fähig, ein Wort zu sagen. Keine Vorwürfe, keine Erniedrigung, nichts. Hat mir nur andauernd auf die Schulter geklopft und in die Augen gesehen.‹«

»Und Sie? Was war mit Ihnen?«, fragte Engel, so leise er konnte. In diesem Augenblick vergaß er, wie schön Anna Strasser war, und bemerkte etwas anderes an ihr. Es schien ihm, als würden ihre Hände kleiner und ihre Augen groß wie die eines Kindes werden, das verstehen will, was es noch nicht verstehen kann.

»Ich bin weggegangen, weil ich den autoritären Stil meines Vaters ablehnte. Leider musste ich damit auch unsere Mutter zurücklassen.« Sie sah Maximilian Engel an, als wollte sie prüfen, wie weit sie ihm vertrauen konnte. »Das Leben lehrt uns, zu vergessen und die guten Seiten in Erinnerung zu behalten. Aber meinen Sie nicht auch, dass mein Vater sich bei mir entschuldigen muss? Damit ich ihm verzeihen kann?«

Sie sah aus, als hätte sie in diesem Moment alles verloren. Als fehlten ihr nicht nur die Worte.

Sie tranken Kaffee, als Anna Strasser einen Brief aus ihrer Handtasche zog.

»Das ist der letzte Brief meines Bruders. Er ist sehr kurz.«

Engels Hand zitterte, als er das Schreiben laut vorlas. So als beträfe ihn der Inhalt persönlich. »Heute bin ich so stark wie Vater. Sosehr ich die depressive Seite verabscheue, so sehr liebe ich die manische Seite meiner Krankheit, denn in diesem

Zustand brauche ich nichts zu nehmen. Nicht einmal Kokain. Ein Psychiater in Graz hat bei mir eine bipolare Störung diagnostiziert. So eine Diagnose ist zwar kein Geschenk, aber mit ihr fühle ich mich irgendwie sicherer. Gestern habe ich meine letzte Prüfung bestanden: Internationales Recht. Ich hatte sie mir bis zuletzt aufgehoben. Ich wollte besser sein als du (Scherz!). Gleich werde ich mir einen geilen Drogencocktail genehmigen. Ein letztes Mal, dann ist Schluss damit. Endgültig. Vielleicht laufe ich irgendwann doch noch einmal einen ganzen Marathon, aber dann ganz allein mit mir und nur für mich. Ohne die ›Weiter, weiter!‹-Rufe Vaters. Glaubst du, er ist dann stolz auf mich?«

Engel gab Anna Strasser den Brief zurück. »Wissen Sie, aus welchem Grund Ihr Bruder so oft zu seinem Hausarzt Dr. Scheer gegangen ist?«

Sie wusste es. »Andreas hat ihm die Geschichte mit der Angst und der Schlaflosigkeit nur erzählt, um Schlafmittel zu bekommen. Er war längst von ihnen abhängig und hat immer mehr davon gebraucht. Zwischendurch hat er Dr. Scheer eine andere Geschichte aufgetischt: Er bräuchte Codein und die Schlafmittel nur als Hilfestellung, damit er mit ihnen langsam wieder von dem Opiat-Zeug herunterkommt. In Wirklichkeit war Andreas zu dieser Zeit noch immer voll drauf. Wenn sich der arme Dr. Scheer schuldig fühlt an dem, was passiert, sagen Sie ihm bitte, was ich Ihnen erzählt habe: dass es meinem Bruder gelungen ist, auch andere Ärzte hinters Licht zu führen. Darin war er ein Meister seines Fachs. Sie können ihm ruhig meinen Brief zeigen.«

Kommissar Engel versprach es.

Plötzlich sagte sie, als wäre es ihr gerade wieder eingefallen: »Ich glaube, sie muss bald kommen.«

Tatsächlich trat in diesem Augenblick Theresa Strasser an ihren Tisch heran. Sie sah keineswegs wie eine Frau aus, die von ihrem Mann in das Land der Vergessenheit verbannt worden war. Mit selbstbewussten Schritten ging sie auf ihre Tochter zu und drückte sie an sich.

Engel begrüßte Frau Strasser und hatte das Gefühl, einer

anderen Frau als jener von vor ungefähr drei Wochen auf dem Hof die Hand zu geben.

Sie erzählte ihm, dass sie im Moment mit ihrer Tochter zusammen in Wien ein Apartment teile. Anna wolle nach getaner Arbeit noch einen Urlaub anhängen.

Maximilian Engel lag eine Frage auf der Zunge, aber Theresa Strasser kam ihm zuvor. Es habe zwischen ihr und ihrem Mann in den letzten zwei Tagen Telefonate gegeben, in denen er erklärte, über sein Verhalten nachgedacht zu haben. Er sei zu dem Schluss gekommen, dass es ihm wichtig sei, die Prioritäten in seinem Leben in Zukunft zu verschieben.

Sie nippte an ihrem Kaffee. »Es scheint ihm ernst zu sein«, meinte sie. Ihr Lächeln wirkte müde, als wäre es nach einer langen Wanderung in ihr Gesicht zurückgekehrt. »Meine Tochter und ich, wir besprechen alle Probleme, auch die unserer Familie.« Sie stellte die leere Kaffeetasse vorsichtig ab und blickte hinein. »Ich brauche noch Zeit.« Sie berührte den Arm ihrer Tochter.

»Sie braucht noch Zeit.« Anna Strasser wiederholte die Worte ihrer Mutter, schien aber mit ihren Gedanken woanders zu sein.

Zur Verabschiedung zeigte Anna Strasser ihr unwiderstehliches Lächeln, sah zuerst ihre Mutter und dann Maximilian Engel an: »Wenigstens haben wir einen Familientherapeuten gefunden.« Sie grinste den Kommissar schelmisch an. »Damit meine ich Sie, Herr Kommissar. Kein schlechtes Vorzeichen für eine so lange Geschichte, glauben Sie nicht?«

30

Am nächsten Tag erwarteten ihn Agnes und Martin Scheer. Sie saßen im hellen Wohnzimmer im ersten Stock genau über der Ordination. Martin Scheer schenkte Tee ein, seine Hand zitterte.

»Welche Krankheit könnte ein Arzt haben, wenn er zittert?«, fragte Engel unverschämt.

»Es hat eine Zeit gegeben, in der Dinge passiert sind, die mich aus der Fassung gebracht haben. Ich habe damals zu viel getrunken, und der Tod von Andreas Strasser vor wenigen Wochen hat meine Nerven auch nicht gerade geschont. Der Schlaf leidet unter Stress.«

Agnes Scheer legte eine Hand auf seinen Arm und schaltete sich ins Gespräch ein. »Habe ich richtig gehört, dass Sie gestern in Wien waren?«

Maximilian Engel nickte. »Sie haben richtig gehört. Ich habe mich mit Anna Strasser getroffen.«

»Die Schwester von Andreas ist in Wien?«

»Anschließend bin ich nach Graz gefahren und habe mich mit Psychiater Wachmann unterhalten. Nicht uninteressant, was er mir erzählt hat.« Engel trank einen Schluck Tee und sah Martin Scheer an, der in sich hineinsah.

»Ich kann es mir schon denken«, sagte er fast unhörbar. »Mein größter Fehler war, ihn nicht zum Facharzt geschickt zu haben«, sagte Scheer. »Mit seiner Krankheit, einer Mischung aus Angststörung und Depression, hätte ich das tun müssen.«

Engel hob wie zur Drohung den Zeigefinger. »Aber Ihre Diagnose war falsch, wenn Sie mir den Einwand verzeihen.«

Dr. Scheer verstand nicht.

»Er hat die Diagnose im letzten Brief erwähnt, den er seiner Schwester geschickt hat.«

Scheer sah Engel gespannt an.

»Bipolare Störung. Die Erkrankten leiden unter oft ausgeprägten quälenden Stimmungsschwankungen. Und diese

Stimmungsschwankungen hat der junge Strasser versucht, mit Drogen zu betäuben. Ich glaube also, Sie können in diesem Punkt beruhigt sein, Dr. Scheer. Sie machen sich Vorwürfe, dass Sie Andreas Strasser nicht zum Facharzt überwiesen haben, zum Glück aber hat er es selbst getan.«

»Das bedeutet, dass er mir nicht die Wahrheit erzählt hat«, sagte Scheer. »Er hat mir ganz andere Symptome geschildert, für die ich ihm Medikamente gegeben habe. Für mich heißt das trotzdem, dass ich mich mitschuldig gemacht habe. Ich habe ihn mit meinen Medikamenten süchtig gemacht.«

»Ich weiß von seiner Schwester, dass er Sie bedrängt hat, ihm für sein angebliches Absetzen der Opiate Medikamente gegen seine Entzugserscheinungen zu verschreiben«, sagte Engel. »Aber das war nicht der wirkliche Grund. Er brauchte sie, um seine Sucht zu befriedigen. Frei nach dem Motto: Darf's ein bisserl mehr sein? Er hat gespürt, dass Sie sich an seiner Sucht mitschuldig gefühlt haben, und hat mit Ihrem schlechten Gewissen gespielt.« Maximilian Engel sah sich um, als suchte er etwas. »Hätten Sie vielleicht ein Stück Brot für mich?«

»Aber nur, wenn Sie nicht mit unserem schlechten Gewissen spielen«, sagte Agnes Scheer mit einem Lächeln, das wie eine Entschuldigung aussah.

Sie kam mit einem flachen Korb zurück, in dem ein rot kariertes Tuch lag, von dem nur die Ränder zu sehen waren. In dem Korb standen fünf Glastiegel, die bis zum Rand gefüllt waren. Ihr Inhalt war unterschiedlich. Das Wasser lief Engel im Mund zusammen.

»In dem einen Glas ist selbst gemachter Zwiebel-Leber-Aufstrich«, begann Agnes Scheer ihr kulinarisches Verführungsprogramm. »In dem da ein Hühnerleberaufstrich. In diesem frisches Grammelschmalz direkt vom Bauern Sonnleitner. Und in dem da frischer Schafskäse, den ich in Kräuteröl eingelegt habe.«

»Und im fünften Glas?«

Agnes Scheer führte einen Zeigefinger vor ihre madonnenhaften Lippen und verriet nichts.

Engel bestrich das erste Brot und wählte den Grammelaufstrich. Er strahlte übers ganze Gesicht, nachdem er einen Bissen genommen hatte. »Dr. Scheer, wenn ich Ihnen jetzt sagen würde, dass Ihnen Dr. Wachmann in einem bestimmten Punkt völlig recht gegeben hat, werden Sie mich dann morgen auch noch zum Abendessen einladen?« Er lachte.

»Das hatten wir ohnedies vor«, bemerkte Agnes Scheer, wobei ihre Lippen die Form reifer Aprikosen annahmen.

Engel deutete eine Verbeugung an und vergaß das Ehepaar Scheer nicht zu warnen, dass es zu einer Gegeneinladung kommen würde.

»In welchem Punkt hat mir Dr. Wachmann recht gegeben?«, wollte Dr. Scheer endlich wissen. »Hat er kein Wort über Franz Strasser und seine Rolle als Vater verloren?«

»Interessant, dass Sie dieses Thema anschneiden. Ich glaube, er hat schon von Franz Strasser gesprochen. Aber nicht direkt.« Engel überlegte. »Der Druck. Dr. Wachmann hat über den Druck gesprochen, der von der Gesellschaft ausgeht. Der labile Menschen ohnmächtig machen kann und sie manchmal sogar zur Selbstaufgabe zwingt. Unter besonders ungünstigen Umständen können sie ihm nicht mehr standhalten. Dann geben sie sich und ihr Leben auf.«

Dr. Scheer gab sich damit nicht zufrieden: »Also keine konkrete Erwähnung von seinem Vater?«

Engel versuchte, sich zu erinnern. »Doch. Der Druck auf Andreas Strasser wurde nach Meinung Dr. Wachmanns direkt von seinem Vater ausgeübt. Genau wie Sie einmal zu mir gesagt haben. Wissen Sie auch, dass der Sohn Dopingmittel genommen hat, um seinen Vater beim Laufen hinter sich zu lassen? Eine nicht ungefährliche Sportart.«

Engel bestrich ein zweites Brot, diesmal mit dem Zwiebel-Leber-Aufstrich. Dann sagte er: »Übrigens scheint Wachmann der Gesellschaft nicht zu trauen. Wie hat er sich ausgedrückt? ›Einzelne unter uns sind vielleicht ganz normal und gesund, aber die Gesellschaft im Ganzen ist unheilbar verrückt.‹«

Dr. Scheer ließ sich in seinen Sessel zurückfallen.

»Andreas Strasser hat versucht, der Zwangsjacke dieser Gesellschaft zu entkommen. Er wollte sich von ihrem Druck befreien. Vor allem aber von dem Druck seines Vaters. Er hat mit Drogen versucht, ihn zu ertragen. Wahnsinn.«

»Ein tödlicher Wahnsinn«, sagte Engel und erhob sich. Er wollte sich noch ein bisschen die Beine vertreten und in die Natur gehen, um von ihr zu lernen, welche Strategien sie für ihren permanenten Überlebenskampf anwendete. Vielleicht verbarg sie ein Geheimnis, das sie irgendwo in einem unscheinbaren Erdloch versteckte. Sicher jedoch könnte sie ihm verraten, wie man die Welt da draußen samt ihren Menschen verbessern konnte, ohne ihr zu schaden.

Er fragte Agnes und Martin Scheer nach der genauen Uhrzeit ihrer Einladung für den nächsten Tag. So gegen halb acht Uhr, war die Antwort.

»Ist Einsamkeit eine Krankheit?«, fragte Engel noch.

Es wurde still. Die Stille fühlte sich an, als wartete das ganze Haus auf eine Antwort.

Engel wusste, dass er die Antwort letztendlich von Dr. Scheer erhalten würde, denn seine Lippen bewegten sich schon, bevor er zu sprechen begann.

»Ich fürchte, ja«, meinte Scheer. »Die Einsamkeit kann jemanden in die Verzweiflung treiben.«

»Gibt es jemanden in der Gaal, der an dieser Krankheit leidet?«

Dr. Scheer blieb stumm. Er sah zuerst auf seine Armbanduhr, dann auf die von Engel. Nachdem er beide Uhrzeiten verglichen hatte, sagte er: »Ihre Uhr geht ein bisschen nach.«

Draußen wehte ein kühler Wind. Neben Kommissar Engel rauschte der Bach, und er wünschte sich, eine Forelle zu sein. Er nahm sein Handy aus der Tasche, wählte und hörte kurz darauf eine Frauenstimme.

»Ja?«

»Hier Maximilian Engel. Bitte warten Sie morgen Abend nicht auf mich. Ich werde zum Essen eingeladen, es kann später werden. Eigentlich wollte ich ja ablehnen, aber –«

»Natürlich«, sagte Magdalena Anger. »Aber warum sagen Sie mir das schon heute?«

Engel fühlte seine Unzulänglichkeit und stolperte in seine eigene Antwort. »Weil ich es heute schon weiß.«

Er ging weiter am Bach entlang. Der Gedanke, eine Forelle zu sein, ließ ihn nicht los. Oder war er nur in die Falle einer simplen Übertragung gegangen, weil er schon an das Abendessen dachte?

31

Wieder ein Tag, an dem die Linde ihren Duft verströmte. Denselben Duft, der ein Relais in die Kindheit von Maximilian Engel öffnete.

Immer, wenn etwas Großes, etwas Besonderes Maximilian geschah, war es vorher durch süßlichen Lindenduft angekündigt worden. Die Erklärung für das Kind war einfach: Lindenbäume konnten mit ihm durch ihre duftende Botschaft sprechen.

Jemand hatte Maximilian einmal erzählt, wofür diese Bäume standen. Unter der Linde suchte man nach einem Streit bei einem Gespräch nach einer friedlichen Lösung. Was auch immer zuvor passiert war, man setzte sich anschließend unter den Baum und sprach darüber. Der Baum besaß die Kraft, in seinem Schatten erhitzte Gemüter abzukühlen.

An all das erinnerte sich Maximilian Engel an diesem Samstagmorgen, als das Parfüm der Linde zu flüstern begann.

Und an das, was mit ihm als Kind geschehen war, wenn er unter dem Baum saß und wartete. Anfangs breitete sich eine unbeschreibliche Stille aus, die ihn zu den Wurzeln der Erde zog. Erst anschließend hörte er die Bienen summen, zunächst war es nur ein einziger Ton, doch je mehr er sich in das Summen versenkte, desto eher konnte er in ihm ein Lied mit vielen Tönen hören.

Auf dieses Lied folgte etwas, das sich wie ein Nichts anfühlte, das irgendwo zwischen Erde und Himmel schwebte. Es war nicht sichtbar. Für niemanden.

Maximilian befand sich dann in einem Zustand zwischen Schlafen und Wachen, in dem seine Sinne Dinge wahrnahmen, die ihm sonst nicht zugänglich waren. Was er sah, sah er noch schärfer, was er hörte, hörte er deutlicher als sonst, und was er roch, hüllte ihn in eine betörende Duftwolke. Schließlich strich ein sanfter Lufthauch über seine Augen und ließ ihn einschlafen.

Während er schlief, machte sich die Linde mit ihrem Duft an die Arbeit. Sie lockte all seine Freunde mit der Botschaft an, sich unter ihrer Krone zu treffen, denn dort war der Ort ihrer Begegnung, der Ort, den man nicht vergessen durfte.

Engel stand in seinem Zimmer am geöffneten Fenster. Es war elf Uhr dreißig.

Er suchte nach der Linde, von der ein magischer Duft zu ihm flog, konnte sie aber nicht entdecken. Er wusste jedoch, dass er in den letzten Tagen in Bischoffeld schon einige Male unter einem Lindenbaum Platz genommen hatte, um zu rasten und seine Gedanken zu ordnen, und beschloss, nach dem Mittagessen beim »Bachwirt« am späteren Nachmittag dorthin zu gehen. Vor dem Abendessen bei den Scheers.

Er warf noch einen raschen Blick auf den Berg mit dem majestätischen Namen Herrschaftskranz, der unverrückt an derselben Stelle stand wie am vorherigen Abend, und schloss das Fenster.

Er rief Anna Strasser an. Engel konnte sich nicht erklären, was ihn auf die Idee gebracht hatte.

Sie sagte ihm, dass es ihr und ihrer Mutter gut gehe.

Genau das habe er wissen wollen, antwortete er darauf und erzählte ihr aus irgendeinem Grund, wie es ihn als Kind ständig zu einem Lindenbaum gezogen habe und dass er erst vor wenigen Minuten diesen Duft wieder gerochen habe.

Sie könne das sehr gut nachvollziehen, sagte Anna Strasser, ihr Lieblingsbaum sei allerdings die Kirsche. Sie liebe das goldrote Harz, das sie mit ihrem Bruder Andreas gesammelt hätte. Gemeinsam hätten sie es wie Edelsteine an einem sicheren Platz versteckt.

Als Engel schon aufgelegt hatte, neigte er noch immer seinen Kopf, als versuchte er, Anna Strasser weiter zuzuhören.

Das zweite Telefonat galt seinem Team bei der Kriminalpolizei.

Sandra Koschir war am Apparat. »Was hört man von dir? Du hast deinen ganzen Urlaub zu einer dienstlichen Angelegenheit gemacht, ohne dich zu erholen, und schnüffelst noch immer überall herum, um dir deine Finger zu verbrennen.«

Der Kommissar versuchte, sie zu beschwichtigen: »Das ist nicht einmal die Rede wert. Ich hebe nur ab und zu ein kleines

Steinchen vom Weg auf und drehe es um. Manchmal stöbere ich auch ein bisschen durch den Sumpf menschlicher Persönlichkeitsstörungen. Hast du übrigens was herausgefunden?«

»Zu Heissen? Keine Wiederbetätigung. Zumindest ist er bis jetzt nicht in der Neonazi-Szene aufgetaucht.«

»Und was ist mit dem Ungarn? Ferenc Szekej?«

»Rechtsextrem und gewaltbereit. Scharfschütze beim Militär. Hat sechs Jahre Gefängnis abgesessen. Die Fahndung nach ihm läuft weiter. Wahrscheinlich hält er sich noch immer in Österreich auf.«

»Warum auch nicht?«, brummte der Kommissar. »Vielleicht will er die österreichisch-ungarische Monarchie wieder einführen.« Er ließ Grüße an Allmer und Fabian ausrichten und legte auf.

Zu Mittag kehrte er bei der Bachwirtin ein.

Sie begrüßte ihn, stützte sich auf die Fensterbank und benutzte ihren Busen als Festungsmauer. Der Kommissar war sich nicht so sicher, was sie heute als Tagesmenü anpries, aber vermutlich waren nicht alle Gänge essbar.

»Bringen Sie mir einfach das, was Sie auch gern essen würden«, sagte er. »Ich habe Hunger.«

Sie strahlte und servierte wenig später einen ebenso deftigen wie köstlichen Bauernschmaus.

Er schmeckte Engel so gut, dass er nicht wagte, sich zwischendurch den Mund abzuwischen, aus Sorge, er könnte den guten Geschmack verlieren.

Die Wirtin zeigte sich von seinem Appetit so hingerissen, dass sie ihn anschließend noch zu einem Getränk einlud und mit ihm einen Schluck trank.

Und während sie scheinbar unabsichtlich mit ihrem Stuhl ein Stück näher rückte, rückte Engel unwillkürlich mit seinem ein Stück weg.

Er wusste genau, was er bei der Linde zu tun hatte. Er musste sich nur wie früher als Kind unter sie in ihren kühlen Schatten setzen und warten.

Er begab sich ganz in die Obhut des Baums und überließ sich seiner Weisheit.

Erst wartete er auf die Stille, dann auf das Lied der Bienen, dann auf das unsichtbare Nichts, das zwischen Erde und Himmel schwebte. Er wartete auf den Zustand zwischen Schlafen und Wachen und auf die Betörung seiner Sinne.

Zuletzt wartete er auf den Schlaf.

Bald fühlte er sich als Teil der Wurzeln, die den Lindenbaum mit der langen Geschichte des Dorfes ernährten, und begann zu träumen.

Er saß mit den Leuten aus dem Dorf in der Kirche. Sie war bis auf den letzten Platz gefüllt, das Portal geschlossen.

Plötzlich wurde es mit einem Ruck aufgerissen, und Soldaten in polierten Wehrmachtsstiefeln marschierten mit Gewehren im Anschlag in die Kirche und formierten sich im Mittelgang entlang des Hauptschiffs. Reglos standen sie eine Stunde lang in einer Reihe. Als das Kommando eines Offiziers mit stahlblauen Augen ertönte, stürmten sie auf die Bankreihen zu und forderten die erschrockenen Menschen auf, die Kirche zu verlassen und sich auf dem Vorplatz zu versammeln.

Nur eine Frau blieb zusammen mit einer anderen, die sich still verhielt, ungerührt sitzen. Sie hielt einen schweren, sehr mächtigen Schlüssel in ihrer Hand und wurde von einem Soldaten angeschrien.

»Was für ein Schlüssel ist das?«

Die mutige Frau schrie zurück: »Brüllen Sie mich nicht an. Der Schlüssel versperrt das Tor zu unserem Schloss, in dem Sie nichts zu suchen haben.«

»Und wer ist die Frau neben Ihnen?« Der Mann schrie jetzt nicht mehr.

»Sie ist Jüdin und steht unter meinem persönlichen Schutz.«

Der Soldat, der befürchtete, der Vorfall könnte dem Ansehen der Truppe Schaden zufügen, wandte sich von den beiden unerschrockenen Frauen ab und ließ sie ungeschoren davonkommen.

Draußen wurden die Kirchgänger wie eine Schafherde zusammengetrieben und gezwungen, den rechten Arm nach vorn zu strecken, als sollten sie den letzten Hochwasserstand anzeigen. Dann forderte man alle auf, zum Kirchturm hinaufzublicken. An dessen Außenseite war bis zur Höhe der Turmuhr ein Gerüst errichtet worden. Die Soldaten mit den Wehrmachtsstiefeln, die mittlerweile in einer Zweierreihe Aufstellung genommen hatten, traten auf das Kommando des Offiziers hin gleichzeitig einen Schritt zur Seite, sodass zwischen ihnen ein Defilierweg entstand.

Die Leute kamen aus dem Staunen nicht mehr heraus, als sie sahen, dass es sich bei dem, der jetzt wie ein Ehrengast durch die Reihen der Soldaten schritt, um niemand anderen als um den Uhrmacher Balthasar Noel handelte. Alle erkannten ihn an seinen langen Schritten.

Mit hölzerner Würde ging er durch die Reihen und blieb erst vor dem Gerüst stehen. Langsam erklomm er die ersten drei Sprossen.

Erst jetzt konnten die Kirchgänger sehen, dass auch er Wehrmachtsstiefel trug und mit den Offizierszeichen des Generalstabs dekoriert war.

Schritt für Schritt kletterte Balthasar Noel das Gerüst hinauf. Die Leute sahen ihm gespannt zu, unfähig, sich vorzustellen, was passieren würde.

Endlich hatte der Uhrmacher die Turmuhr erreicht. Im Aufstieg hatte er den Leuten den Rücken zugewandt, nun aber drehte er sich um und streckte den rechten Arm zum waagrechten Gruß aus.

Die Soldaten mit den Wehrmachtsstiefeln grüßten zackig zurück.

»Balthasar Noel«, sagte der Kommandant mit den stahlblauen Augen, »wird die Uhr jetzt neu stellen.«

Der Uhrmacher drehte den Minutenzeiger auf die Ziffer zwölf zurück, wo schon der Stundenzeiger auf ihn wartete.

Der Kommandant ergriff wieder das Wort. »Von diesem Zeitpunkt an wird nur mehr ein Mann die Zeit bestimmen, nach der wir uns zu richten haben.«

Alle Anwesenden, die eine Uhr bei sich trugen, stellten eilfertig die neue Zeit ein und sahen glücklich und dumm vor sich hin.

Der Traum war zu Ende, doch Maximilian Engel döste noch vor sich hin. Er vermisste einen bestimmten Duft. Engel dachte des Öfteren mit seiner Nase nach. Vielleicht war dies der Grund, warum er sich fragte, ob es nicht möglich wäre, am Atemgeruch der Menschen zu erahnen, ob sie die Wahrheit sagten.

Im Zustand zwischen Schlafen und Wachen bewegte Maximilian Engel kaum wahrnehmbar eine Hand, als hätte er etwas gefunden, nach dem er nur noch greifen musste.

Immer mehr entkam er der Welt des Schlafs und kehrte langsam in die Heimat des Lindendufts zurück. Er ahnte, dass er bald nicht mehr allein unter dem Baum sitzen würde, erwartete er doch Gesellschaft. Jemand würde sich still und geduldig neben ihn setzen und warten, bis er aufgewacht war.

Engel öffnete seine Augen und sah einen Mann neben sich. Er hatte ein fein geschnittenes Gesicht, seine Hände lagen gefaltet in seinem Schoß.

Der Kommissar erinnerte sich, das Gesicht schon einmal gesehen zu haben, als dieser Mann noch ein Kind war. Die alte Lehrerin Augustine Krammer hatte ihm das Foto von einem hochbegabten Jungen gezeigt, der als Erwachsener unfähig des Lebens war. Selbst seine Ideen waren ihm aus der Hand gestohlen worden. Was hatte sie noch über ihn gesagt? Sie würde sich nicht wundern, wenn er eines Tages aus Erfolglosigkeit mit diesem Leben nichts mehr anfangen könnte.

Der Mann neben Maximilian Engel sagte mit leiser Stimme: »Ich heiße Kajetan Schreiber. Ich habe mir gedacht, ich setze mich zu Ihnen.«

Engel gab Schreiber die Hand und sagte, er sei genau derjenige, den er im Dorf bisher noch nicht zu Gesicht bekommen habe. »Sie sind so auffallend unscheinbar«, sagte er mit kräftiger Stimme.

Ein linder Wind atmete sich von Blatt zu Blatt und legte sich schließlich um die Baumkrone, um gleich darauf weiterzuziehen.

Der Kommissar fühlte sich unter dem schützenden Baum nicht wie ein Richter, sondern wie ein tröstender Engel. »Ich weiß«, sagte er, »dass Sie Mitte September geboren wurden.«

Kajetan Schreiber nickte. »Im Sternzeichen der Linde, wenn es nach den Kelten ginge.«

»Unter ihr ist Gerechtigkeit und Friede.« Engel beobachtete, wie Schreiber von Ratlosigkeit erfasst wurde. Er hoffte, dass es nicht mehr lange dauern würde, bis der Mann sprach.

»Ich habe etwas mit diesem Baum gemein«, sagte Schreiber schließlich. »Ich bin weich wie das Holz der Linde. Es eignet sich besonders gut zum Schnitzen. Derjenige, der es bearbeitet, kann es formen, wie er will.«

Engel verstand den Mann. »Wer hat Sie verformt?«

»Jemand, der mich manipulieren will.« Schreiber schwieg.

»Angst macht sprachlos«, sagte Engel nach einer Weile und nickte.

»Sie kennen sicher Franz Strasser«, sagte Schreiber nach einer Weile.

Der Kommissar nickte.

»Ich weiß nicht, ob ich ihm jemals vergeben kann. Er hat alles zerstört, woran mir etwas lag. Zuerst hat er sich an meine Frau herangemacht, um mir zu zeigen, dass er jede haben kann, die er will. Irgendwie ist es fast kurios, dass das ganze Dorf jetzt weiß, dass ihm seine Frau weggelaufen ist. Niemand hat eine Ahnung, wo sie steckt.«

Engel hörte aufmerksam zu. »Und dann hat Franz Strasser Ihnen noch etwas anderes weggenommen oder besser gesagt gestohlen«, half er Schreiber dabei, zum Thema zurückzukehren.

»Mein politisches Projekt. Ein grünes Projekt. Aber selbst wenn ich mich dahintergeklemmt hätte, wäre es in der Partei in der Schublade verschwunden. Oder irgendwo in Brüssel. Wer interessiert sich schon für einen Sonnenaufgang ohne Umweltverschmutzung, wenn der kein Geld einbringt? Wer unterscheidet zwischen Diesel, Benzin oder Biogas, wenn ein potenter Autokonzern mit seiner Lobby im Hintergrund übermächtig ist? Aber reden wir nicht von Politik. Nicht schon wieder.« Er lächelte kurz. »Mein Problem ist nicht die Politik. Das Problem bin ich. Ich bin zu schwach für den Kampf Mann gegen Mann. Es ist, als glaubte man, schon verloren zu haben, bevor der Kampf eröffnet ist.«

Seine Stimme wurde leise und klang entschuldigend. »Für mich gibt es nur eine einzige Art des Angriffs. Aus dem Hintergrund. Mit Rückendeckung. Hinterrücks, sodass mich mein Gegner nicht sieht.«

Engel versuchte, Kajetan Schreiber von seiner niedergedrückten Stimmung abzubringen, und bediente sich dazu der alten Methode der Logik. »Ich verstehe. In so einem Fall ist es günstig, sich von einer starken Persönlichkeit unterstützen zu lassen. Vielleicht sogar zusammen einen Plan zu entwerfen.«

»Auch dazu wäre ich vermutlich zu schwach gewesen. Doch dann ist jemand zu mir gekommen, der mich genau kennt und mich einschätzen kann wie kein anderer. Er war sehr einfühlsam und hat mich und meine private und politische Situation genau verstanden. Mehr noch.«

»Mehr noch?«, fragte der Kommissar neugierig.

»Er hat mich überzeugt, dass das Einzige, was in meinem Fall zählt, die Rache ist. ›Die männliche Rache, die ohne Rücksicht zerstört‹, so hat er sich ausgedrückt.«

»Lassen Sie mich raten«, sagte Maximilian Engel, »ich vermute, er hat Ihnen auch Geld gegeben.«

Schreiber sah ihm zum ersten Mal in die Augen. »Viel Geld. Sehr viel Geld. Damit kann ich mein zweites politisches Projekt verwirklichen, es bedeutet mir sehr viel.«

»Und dann, was ist dann passiert?«, fragte Engel.

»Er hat mir gezeigt, wohin der Weg führt.« Kajetan Schreiber schien lange zu überlegen, bevor er weitersprach: »Er hatte mich ganz in seiner Hand. Er hat mit mir jedes Detail des Plans durchgesprochen. Hat mich gefragt, ob es in meinem Sinn sei, Franz Strassers Karriere zu zerstören, aber in Wirklichkeit wollte er ihn selbst zerstören. Ich habe gespürt, wie sehr er ihn hasst, aus Gründen, die ich nicht kenne und deshalb nicht nachvollziehen kann. Er wollte in der Heimatgruppe meines politischen Konkurrenten Unruhe stiften und die Gruppe mit seinen politischen Ideen infiltrieren. Er stellte den Kontakt zu zwei Männern her, die sich in die Gruppe einschleusen sollten. Das Honorar für die beiden und ihren Auftrag war fürstlich. Ich war damals so stolz auf mich, der Helfer eines mächtigen Mannes zu sein.«

Engel ahnte, dass der Mann neben ihm in eine persönliche Krise geraten war, die einer gefährlichen Falle glich. Deshalb schlug er vor, vorläufig mit niemandem über die Sache zu sprechen. Sie sollte so lange ein Geheimnis zwischen ihnen bleiben, bis ihr gründlich nachgegangen worden war.

Schreiber nickte.

Beide schwiegen im Schutz der Linde.

Der Kommissar wandte sich um und sah Kajetan Schreiber an, als wollte er hinter seine Augen sehen. Dabei berührte er vorsichtig seinen Arm, um ihn wissen zu lassen, dass er nicht allein war. »Ich hoffe, Sie verzeihen mir diese Frage: Warum sind Sie überhaupt Politiker geworden, wenn Sie sich nicht einmal zutrauen, Ihre Ideen umzusetzen?«

Engel stellte sich auf ein großes Schweigen ein, doch die Antwort kam so rasch, als hätte Schreiber sie sich schon seit Langem überlegt.

»Bevor ich in die Politik gegangen bin, habe ich aufmerksam den Weg bestimmter Politiker aus verschiedensten Lagern verfolgt. Ich wollte sichergehen, dass auch sie Schwächen haben. Und ich habe viele entdeckt, genauso viele wie bei anderen Menschen auch. Dann habe ich alle ihre Schwächen genauestens analysiert.« Er machte eine kurze Pause, um tief durchzuatmen, als wollte er sich vergewissern, dass er noch am Leben war. »Schließlich war ich fest davon überzeugt, dass jeder der Politiker seine eigenen Schwächen mit in die Politik genommen hat. Sie wissen gar nicht, wie glücklich mich diese Erkenntnis gemacht hat. Von diesem Moment an wusste ich, dass ich nichts zu verlieren hatte. Ich musste nur den Mut aufbringen, den ersten Schritt zu machen.« Leise ergänzte er: »Meine Analyse hat mich noch in einem anderen Punkt bestätigt. Ich fand heraus, wer am meisten unter den Folgen einer missglückten Politik zu leiden hat.«

»Wer?«, fragte Maximilian Engel.

»Nicht die Politiker. Es ist das Volk.«

Als sich die beiden Männer voneinander verabschiedeten, wirkten beide gleichermaßen erschöpft.

Im Gehen sagte Kajetan Schreiber leise wie zu sich selbst: »Aufgeben. Wie schön muss es sein, alles aufzugeben.«

32

Nach der Begegnung mit Schreiber unter der Linde folgte Engel seiner Einladung bei den Scheers.

Um halb acht Uhr abends konnten sie bei lauen Temperaturen noch auf der Terrasse sitzen. Bei Agnes und Martin Scheer hatte Maximilian Engel einen Platz gefunden, an dem er nach der Begegnung mit Kajetan Schreiber etwas entspannen konnte.

Martin Scheer schaute ihn besorgt an: »So müde habe ich Sie noch nie gesehen. Was ist los mit Ihnen?«

»Mir fehlt etwas«, gab Engel zur Antwort.

»Können Sie nicht schlafen?«

»Das ist es nicht. Ich weiß zu wenig. Was mich krank macht, ist der Gedanke, dass ich etwas übersehen haben könnte.«

»Das ist eine Berufskrankheit. Befürchten wir nicht alle immer, etwas zu übersehen? In meinem Beruf ist es nicht anders. Wir konzentrieren uns auf etwas ganz Bestimmtes, fokussieren uns darauf und glauben, die Ursache für das Leiden gefunden zu haben. Aber die Wirklichkeit liegt oftmals hinter dem Fokus und ist nicht zu sehen, weil sie mikroskopisch klein ist.«

Die Terrasse grenzte direkt an das Pflanzenparadies von Agnes Scheer.

Diese schien den Blick des Kommissars zu spüren und sagte: »Meine Heilpflanzen-Ära ist vorbei. Ich pflege die Pflanzen nur mehr, um sie anzusehen und an ihnen zu riechen. Manchmal mache ich für meinen Mann und mich einen Tee aus marokkanischer Minze. Mit viel Zucker. Wenn Sie uns wieder besuchen, können Sie gern einen probieren.« Ihr Blick wanderte über ihren Garten.

»Besteht nicht eine gewisse Ähnlichkeit zwischen dem Mönchspfeffer und der Cannabispflanze?«, fragte der Kommissar.

»Nicht alles, was Blätter hat, ist eine Droge«, bemerkte Dr. Scheer lächelnd.

Während sie so zusammensaßen, spürte Engel, wie er von

einer unerklärlichen Unruhe erfasst wurde und sich nicht mehr auf die Unterhaltung konzentrieren konnte. Die Nervosität verstärkte sich noch, als Agnes und Martin Scheer über Politik sprachen, die ihrer Meinung nach oft nur die Politiker selbst und weniger die Gesellschaft veränderte. Auch Schreiber und sein politisches Scheitern erwähnten sie.

Engel war nicht entgangen, dass Dr. Scheer ihn von Zeit zu Zeit mit einem prüfenden Blick bedachte. Er fühlte sich von ihm wie von Röntgenstrahlen durchleuchtet. Plötzlich schienen um ihn herum die Gegenstände zu schwanken, und auch das gestreifte Muster auf seiner Serviette wurde zu Wellenlinien. Nichts schien Engel mehr stabil genug zu sein. Sein Zustand beunruhigte ihn immer stärker, und mit einem Mal war er sich sicher, dass das, was bisher auf dem Hochplateau geschehen war, nur ein harmloser Anfang war. Er spürte das Unglück Schritt für Schritt näher kommen. Spürte, wie es vom Hochplateau nach unten ins Tal vordrang.

Wieder warf Dr. Scheer Engel einen Blick zu. »Jetzt sagen Sie mir schon, was Sie von mir wissen wollen, das ich Ihnen aufgrund meiner Schweigepflicht eigentlich nicht sagen darf«, forderte er ihn auf.

Der Kommissar schrak hoch. »Ist Kajetan Schreiber chronisch krank?«, fragte er, während er nur noch halb auf seinem Stuhl saß.

Dr. Scheer antwortete, ohne zu zögern: »Schreiber leidet phasenweise an einer Depression, die oft einem ausgeprägten Erschöpfungszustand nahekommt. In dieser Phase ist er suizidgefährdet. Dabei fällt mir ein, normalerweise holt er die Medikamente bei mir ab, ich habe ja eine Hausapotheke, aber sein letzter Besuch muss schon einige Monate her sein …«

Engel sprang auf, sah sich hastig um und fragte: »Haben Sie ein Fahrrad, das ich mir ausborgen kann?«

Agnes und Martin Scheer erklärten ihm, wo er das Rad finden könne.

Maximilian Engel verließ die Terrasse fluchtartig.

33

Engel entdeckte das Rad von Dr. Scheer achtlos an die Garage gelehnt. Er würde ungefähr zehn Minuten bis zur Linde brauchen.

Während er sich daraufsetzte, dachte er an das Gespräch mit Kajetan Schreiber. Besonders die abschließende Bemerkung des Grünen-Politikers erzeugte in ihm eine schmerzhafte innere Unruhe. Er fühlte sich mitverantwortlich für das, was sie unter dem Baum gesprochen hatten, und dachte an die Folgen, die ein solches Gespräch beim depressiven Schreiber auslösen könnte.

Er trat mit aller Kraft in die Pedale und hatte Angst, die Fahrradkette könnte herunterspringen oder etwas anderes könnte passieren, das ihn aufhalten würde.

Zudem fielen ihm noch die Worte von Augustine Krammer ein, mit denen sie massiv auf die Lebensuntüchtigkeit ihres ehemaligen Schülers Kajetan Schreiber angespielt hatte.

Aber noch mehr beunruhigte Engel das, was der Politiker zum Schluss gesagt hatte: »Aufgeben. Wie schön muss es sein, alles aufzugeben.«

Wie immer, wenn er seinen Beruf in Frage stellte und seine Hassliebe zu ihm verfluchte, suchte er nach von ihm begangenen Fehlern. Man konnte nur allzu leicht in die selbst ausgelegten Fallen stolpern.

In diesem Moment kehrte seine alte Angst zurück. Die Angst, mit einem falschen Wort im anderen Menschen eine fatale Reaktion ausgelöst zu haben.

Von Weitem sah er schon die Linde.

Er war fast am Ziel.

Engel ließ das Fahrrad auf die Wiese fallen und lief, so schnell er konnte.

Warum saß Kajetan Schreiber schon wieder auf der Bank unter dem Baum, obwohl sie sich dort erst vor ein paar Stunden verabschiedet hatten? Schreiber musste wieder zurückgekehrt sein. Das war zumindest die Hoffnung von Engel, die jedoch einen doppelten Boden hatte und von Zweifeln besetzt war.

Die Art, wie Schreiber seine Hände hielt, war seltsam. Beide zeigten mit der hohlen Innenfläche nach oben.

Wie um etwas aufzufangen.

Vielleicht kleine goldene Sterne, die mit bloßem Auge nicht sichtbar waren.

Engel näherte sich dem Mann, hoffte, tatsächlich Goldsplitter oder andere Glückszeichen in dessen geöffneten Händen zu finden.

Aber er entdeckte nichts bis auf vier leere Blister von Tranquilizern, die auf dem Boden lagen.

Der Kommissar legte zwei Finger auf die Halsschlagader von Kajetan Schreiber. Der Puls war zögernd und müde. Er hielt sein Ohr an seinen Mund. Die Atemzüge waren lang, jeder neue ließ auf sich warten.

Engel zog das Handy aus seiner Hosentasche, rief zuerst die Rettung an und wählte dann die Nummer von Dr. Scheer. Als er sich meldete, erklärte er ihm rasch den Sachverhalt, und Scheer versprach, in spätestens fünf Minuten vor Ort zu sein.

Engel sah auf seine Uhr. Es war zweiundzwanzig Uhr fünfzehn. Die Zeit des Wartens dehnte die Nacht wie eine dunkle Wand in die Länge.

Der Kommissar musste etwas tun, also setzte er sich neben Kajetan Schreiber und redete mit ihm. Besser gesagt, er redete mit Schreibers Gefährten, dem tiefen Schlaf, und bat ihn, seine Hände von ihm zu lassen und den Politiker von seinem vergifteten Bett wieder aufstehen zu lassen.

Obwohl nichts geschah, sprach Engel unbeirrt weiter: »Sie müssen mir zuhören. Hören Sie mir bitte zu! Niemand ist an Ihren Schuldgefühlen interessiert. Und schon gar nicht an Ihrer Selbstjustiz. Ich glaube, dass Sie nicht einmal zu so viel Hass fähig sind, um sich an Ihrem politischen Gegner zu rächen. Der Einzige, der sich wirklich an allen rächen will und das Klima in der Gaal vergiftet, ist der Mann, dessen Namen Sie mir nicht nennen wollten. Und dieser Mann ist ein Teufel.«

»Was reden Sie da vom Teufel?«

Engel hatte Dr. Scheers Kommen nicht wahrgenommen. Er stand von der Bank auf und machte dem Doktor Platz.

Nach einer kurzen Untersuchung kramte dieser hastig in seiner Arzttasche, dessen Leder schon spröde war.

Es gehört gepflegt, dachte Engel.

Schließlich fand Dr. Scheer, wonach er gesucht hatte. »Ein Antidot zur Aufhebung der toxischen Wirkung der Benzodiazepine«, sagte er. »Ein Gegengift gewissermaßen. Man muss gerade so viel davon vorsichtig in die Vene spritzen, dass der Betroffene wieder munter wird. Verwendet man zu viel, wird er am Ende zu munter.« Er lachte müde und injizierte ganz langsam das Antidot, immer auf die Reaktion Schreibers achtend.

Nach zehn Sekunden schlug Kajetan Schreiber die Augen auf. Er hatte Mühe, sich zu artikulieren, seine Zunge schien mit dem Mund verklebt zu sein.

Er wollte wissen, wie spät es sei, und gleich darauf, ob es nicht zu kalt sei und ob die Lindenblüten schon abgefallen seien. Dann schloss er wieder die Augen.

Die Rettung traf mit Blaulicht ein. Der Fahrer und der Beifahrer rissen die Türen auf und eilten zum Patienten.

»Bringen Sie ihn ins Krankenhaus«, sagte Dr. Scheer mit ruhiger Stimme. »Er muss zumindest zur Beobachtung aufgenommen werden. Ich begleite ihn für alle Fälle.«

Engel bat, ebenfalls ein Stück mitfahren zu dürfen.

Im Rettungswagen döste Schreiber vor sich hin, war aber in kurzen Phasen ansprechbar. In einer davon versuchte er, sich aufzusetzen, hatte aber nicht genügend Kraft dazu. Immerhin gelang es ihm, Maximilian Engel am Ärmel zu zupfen. Seine Lippen bewegten sich. Er schien sich in einem Kampf innerer Spannung zu befinden. »Er hat mich angerufen«, sagte Schreiber endlich leise. »Gleich nachdem wir uns bei der Linde verabschiedet haben.«

Maximilian Engel hatte Mühe, ihn zu verstehen.

»Er hat mich fertiggemacht. ›Ab jetzt‹, hat er gesagt, ›… hasse ich nur noch einen, nämlich dich, weil ich erkannt habe, dass du ein Versager bist. Franz Strasser ist wenigstens ein ganzer

Mann. Bis jetzt habe ich dich verschont, aber das wird sich bald ändern.‹« Schreiber machte eine kurze Pause. »›Franz Strasser wird sich bald wieder erholen‹, hat er zu mir gesagt, ›er wird wieder hochkommen. Aber in dich … habe ich das letzte Vertrauen verloren. Dein Leben ist nichts als ein Sumpf, in dem du versinken wirst. Weißt du, was du bist? Du bist ein Nichts.‹«

Kajetan Schreiber konnte nicht mehr weitersprechen, denn die bleierne Müdigkeit der Beruhigungsmittel hatte ihn wieder in ihrer Gewalt und zog ihn in eine schummrige Welt hinunter. Seine Augenlider fielen zu und hielten wie Jalousien das grelle Licht von der Außenwelt ab.

Dr. Scheer warf einen Blick auf ihn und entschied, kein Antidot mehr nachzuspritzen, sondern Schreiber nach Kontrolle der Atmung weiterschlafen zu lassen.

Maximilian Engel suchte in seiner Jackeninnentasche nach Notizblock und Kugelschreiber und begann, einen kurzen Brief an Kajetan Schreiber zu verfassen. Er bot ihm nach seinem Spitalaufenthalt ein Wiedersehen an und versprach ihm, ihm anschließend zur Seite zu stehen, sollte er Hilfe benötigen. Das Wichtigste in nächster Zeit werde sein, daran zu glauben, dass die Welt einen lebendigen Kajetan Schreiber brauche. Seine Ideen seien so gefragt, dass sie sogar von seinen Konkurrenten gestohlen würden. Gäbe es ein größeres Kompliment für das Tun eines Menschen? Und er, Maximilian Engel, würde sich bemühen, der dunklen Sache, die Schreiber angesprochen hatte, nachzugehen. Jedenfalls sei er in seinen Augen unschuldig.

Engel überreichte Dr. Scheer den Brief mit der Bitte, ihn Schreiber zu übergeben, wenn er wieder zu sich komme. Dann ließ er den Fahrer des Rettungswagens anhalten. Er bräuchte frische Luft.

Engel stieg an der kleinen Kreuzung aus, an der es rechts nach Seckau ging. Er wählte den Weg geradeaus und lief unter dem Mond nach Hause. In dieser Nacht gab es keinen besonderen Mond. Es war nur der gewöhnliche einer ungewöhnlichen Nacht. Ein Mond, dem das Dorf Gaal so gleichgültig war, dass er in dieser Nacht nur halb zu scheinen brauchte. Es war ihm sogar entgangen, was mit Kajetan Schreiber geschehen war. In seinen Kratern hortete er die aufgeblasene Gleichgültigkeit der Welt.

Engel glaubte nicht an Gott und war sich nicht einmal sicher, ob er an den Teufel glaubte. Aber mit Sicherheit glaubte er an das Prinzip des Bösen.

Er blickte sich um, ob jemand hinter ihm ginge, sah aber nur einen Baum, der regungslos dastand und ihn zu beobachten schien.

An der kleinen Kreuzung war vor einigen Tagen Hannes Berger ausgestiegen, der im Zugsabteil beim Erklingen der österreichischen Bundeshymne aufgestanden war und den er später als Leiche am Fuß des Stierhorns wiedergesehen hatte.

Einmal mehr dachte Engel an den Mann, dessen Namen Schreiber aus Angst nicht verraten hatte. Er glaubte zu wissen, wie er lautete. Er vertrat das Prinzip des Bösen, er himmelte die schlüpfrige Lust der Zerstörung an, und am allermeisten liebte er es, jene zu hassen, die sich von ihm nicht vereinnahmen ließen. Alle, die seine umklammernde Liebe ablehnten, waren ihm zutiefst zuwider.

Doch bis jetzt gab es noch keine schlüssigen Beweise gegen diesen Mann, weil er seine Arbeit erst begonnen hatte und sich in seinem Loch versteckte. Wahrscheinlich machte er sich nicht selbst die Hände schmutzig, sondern ließ die anderen für ihn arbeiten. Maximilian Engel musste herausfinden, was er vor der Öffentlichkeit verbarg. Seine Mitarbeiter Fabian und Koschir hatten bereits Recherchen angestellt, aber noch nichts gefunden, was ihn verdächtig machen könnte. Bis dahin musste Engel sich noch gedulden. Die Fallensteller arbeiteten schon, waren aber darauf angewiesen zu warten, bis ihr Beutetier einen Fehler machte, damit die Falle zuschnappen konnte.

Engel sorgte sich. Was nützte es, wenn ihnen ein Beutetier in die Falle ging, wenn es andere hinter ihm gab, die der Falle entgingen. Doch Engels größte Bedenken galten dem Faktum, dass noch nicht mehr passiert war. Warum hatte der Scharfschütze Strasser nicht treffen wollen? Warum hatte er eine Kugel zwischen seine Augen platziert, aber nur auf seinem Plakat?

Und hätte beinahe ihn, Engel, dabei erwischt? Es konnte nicht mehr lange dauern, dann würde es rundgehen.

Auf dem Weg in die Pension verlor er die Lust am Nachdenken. Im Schutz der Gleichmäßigkeit seiner Schritte redete er sich ein, dass ihn nichts auf dieser Welt interessierte, mit Ausnahme vielleicht ein weiches Bett oder jemand, der darin lag. Etwa eine Frau, die einen Mann, der nicht mehr nachdenken wollte, ersehnte.

Er wunderte sich, warum er zum Urlauben so unfähig und zum Nichtstun so unbegabt war. Wenn er es genau nahm, schien es keinen unbegabteren Menschen als ihn zu geben.

Dann dachte Engel wieder an das leere Bett, in das er sich hineinlegen würde. Wie wären seine Urlaube mit einer Frau an seiner Seite? Mit Sicherheit weniger ruhig, in bestimmter Weise etwas aufregender.

Bei diesem Gedanken fiel ihm wieder Franz Strasser ein. Seine Frauengeschichten. Der Weggang seiner Frau. Der Weggang seiner Tochter. Der Tod seines Sohnes. Wer sich viel in der Höhe aufhält, findet sich bald unten wieder, lautete so nicht ein Spruch?

Je länger Engel an die Höhen und Tiefen dachte, desto sicherer wurde er, auf die manchmal so verlockenden Höhen verzichten zu können. Er würde in dieser Nacht fast erleichtert in sein weiches, leeres Bett fallen. So wurde er, Schritt für Schritt, glücklich über sein Unglück.

Sein Telefon läutete. Es war Tobias Weiler, der ihn auf seinem Weg unter dem Mond anrief. Engel war so froh, die Stimme des Bekannten zu hören, dass er achtgeben musste, vor Freude nicht ins Laufen zu verfallen. »Ist etwas passiert?«, fragte er den Schäfer.

»Was willst du hören? Wir haben Halbmond, der gerade zunimmt. So wie du, wenn du weiterhin zum ›Bachwirt‹ essen gehst.«

»Ich habe deine Bemerkung überhört. Was gibt's Neues auf dem Hochplateau?«

Der Schäfer berichtigte ihn, er hielte sich jetzt häufiger in seinem Haus in St. Marein auf, produziere Schafskäse und hätte einen guten Vertrieb gefunden. Auf diese Weise bliebe ihm nun mehr Freizeit, und das gäbe ihm die Möglichkeit, Wanderungen ohne Schafe zu unternehmen. Die Tiere seien derzeit auf der Wiese hinter seinem Haus, seine Frau kümmere sich um sie. Am Tag zuvor sei er zum Hochplateau aufgestiegen und habe viel über die gezielte Kugel auf Strassers Plakat nachgedacht. Genau zwischen die Augen. Und über die verrückte Pfingstgeschichte mit den sieben Raben.

»Gott Wotan«, sagte Engel. »›Wuotan‹ auf Althochdeutsch. ›Wut‹.«

Plötzlich wechselte Weiler das Thema und erzählte Engel, was er an diesem Tag am späten Nachmittag auf dem Hochplateau erlebt hatte.

Als er in der Nähe des Stierhorns eine Rast einlegen wollte, hatte er jemanden hinter der Kuppe, hinter der Strassers Jagdhaus lag, auftauchen sehen und ihn an seinem auffallend schwarzen Haar wiedererkannt. Es war jener kleine, stämmige Mann, der vor zwei Wochen auf dem Hochplateau den Mann mit der Augenbinde an den Rand des Felsens und wohl auch darüber hinaus dirigiert hatte.

»Ferenc Szekej«, murmelte Engel.

»Was?«

»Nichts.«

»Vor der Waldlichtung nahe dem Hochsitz blieb er stehen, nahm seinen Rucksack ab und holte eine Flasche heraus. Er trank einen Schluck, verstaute sie wieder, sah sich nach allen Seiten um und zückte sein Handy.«

»Dann hat er wohl telefoniert.« Engel brummte es und fühlte schlechte Laune in sich hochsteigen.

»Ich weiß nicht, mit wem«, sagte Weiler.

»Wieder nur die halbe Wahrheit. Was kann schon herauskommen, wenn Halbmond ist.«

»Warte!«, sagte Tobias Weiler. »Ich weiß zwar nicht, mit wem er –«

»Ferenc Szekej.«

»Aber ich habe gehört, was er gesagt hat. Er hat laut genug telefoniert.«

»Und? Was hat Ferenc Szekej seinem Gesprächspartner so laut geflüstert?«

»Ungefähr so: ›Ich habe deine Briefe, Adressen, Rechnungen und Gesprächsnotizen gelesen. Einige Rechnungen hast du hinter einer Kastenwand so geschickt versteckt, dass ich sie fast nicht gefunden hätte. Ich schlage vor, dass ich noch heute bei dir vorbeikomme. Wir müssen miteinander reden. Ich bin doch verpflichtet zu schweigen, oder? Natürlich werde ich schweigen. Sehr gern sogar. Aber es wird dich etwas kosten.«

»Das nennt man Erpressung«, brummte Engel. »Und weiter?«

»Als der Mann mit dem Telefonat fertig war –«

»Szekej.«

»Szekej ist dann verschwunden, und ich bin ihm gefolgt. Ich wollte wissen, zu wem er geht.«

»Und zu wem ist er gegangen?«, fragte Engel und schaute dabei fast drohend zum Mond, der auch ihm nur die halbe Wahrheit verriet.

Tobias Weiler kannte nicht alle Häuser in der Gaal beziehungsweise deren Bewohner und wusste daher nicht genau, zu wem der junge Mann gegangen war.

Maximilian Engel bat ihn zu beschreiben, welchen Weg er genommen und wie das Haus ausgesehen hatte, das er schließlich betrat. Er war sich bald ganz sicher. Es war das Haus des Uhrmachers Balthasar Noel. Sie beendeten das Gespräch.

Heute war es schon zu spät, um noch etwas zu unternehmen. Er empfand den Uhrmacher als einen vorsichtigen, vor allem aber intelligenten Mann, der nicht so leicht in die Falle eines Erpressers tappen würde, und machte sich keine großen Sorgen um ihn. Er würde ihn am nächsten Tag aufsuchen.

Auch Scheer rief ihn an und teilte ihm mit, dass Kajetan Schreiber außer Lebensgefahr sei. Wahrscheinlich könne er in zwei Tagen nach Hause entlassen werden, vorausgesetzt, er unterziehe sich extern einer Gesprächstherapie.

Engel bedankte sich für die Neuigkeiten und erfuhr noch, dass Scheer Kajetan Schreiber seinen Brief vorgelesen hätte. Schreiber, so der Arzt, hätte mit einem breiten Lächeln zugehört.

Der Kommissar erreichte Gaal und bog in einen kleinen Seitenweg ein. Ein letztes Mal sah er zum Mond hinauf, der ihn auf seinem einsamen Weg begleitet hatte. Wenn auch nur halbherzig.

Engel sperrte die Tür zu seiner Unterkunft auf und trat ins Haus.

Um nicht gleich das leere Bett sehen zu müssen, setzte er sich in den kleinen Frühstücksraum.

Es dauerte nicht lange, bis er die zaghaften Schritte kleiner Füße hörte. Die Zimmertür öffnete sich einen Spaltbreit, und ein Kopf zwängte sich fragend durch die Tür.

»Sie müssen nach so einem langen Tag ziemlich erschöpft sein. Und es ist fast Mitternacht.«

»Woher wissen Sie, dass ich erschöpft bin?«, wunderte sich der Kommissar.

Die Zimmerwirtin versuchte errötend, eine Antwort zu finden: »Ich habe gehört, was heute unter dem Lindenbaum passiert ist. Mir ist schon klar, dass Sie überall zur Stelle sind, wo etwas passiert. Was bedeutet, dass Sie erschöpft sein müssen.« Und nach einer kleinen Pause: »Ist er noch am Leben?«

»Beide. Der Lindenbaum und Kajetan Schreiber«, antwortete Kommissar Engel.

Magdalena Anger schenkte ihm ein Glas Wein ein und ließ ihn allein. Sie sagte, sie wolle die Zeit nutzen, etwas Geschirr und ein paar Gläser abzutrocknen und in den Schrank zu räumen.

Engel genoss den Wein, ging vom Flur seines Apartments aus direkt ins Badezimmer und nahm eine Dusche. Dann endlich betrat er sein Schlafzimmer, um sich in sein leeres Bett zu legen.

Aber er war einem Irrtum aufgesessen. Im Bett lag Magdalena Anger. Zuerst sah er ihre kleinen Füße, dann, dass sie nur ein kurzes T-Shirt trug. Und selbst das war an einer Seite über ihre Schulter gerutscht.

Der Mond sah durchs Fenster. Nur halb.

34

Was sollte er mit diesem Montag anfangen?

Das Erste, was Maximilian Engel einfiel, war Balthasar Noel. Das Handy lag griffbreit auf dem Frühstückstisch. Magdalena schlief noch. Da läutete das Telefon. Es war Noel.

»Sind Sie schwindelfrei, Engel? Heute werde ich die Turmuhr in St. Marein reparieren. Sie könnten das prächtige Uhrwerk bewundern. Sie sind ja Uhrenliebhaber, wenn es stimmt, was Sie mir erzählt haben. Also?«

Engel sagte sofort zu. Die Chance, einem begnadeten Uhrmacher wie Noel auf die Finger zu schauen, ergab sich nicht jeden Tag. Aber ihn wunderte der freundliche Ton Noels, seine Stimmung hatte eine Hundertachtzig-Grad-Drehung vollzogen. Der Umstand machte den Kommissar umso neugieriger. Vielleicht war der Uhrmacher ja in der Laune, ein Geheimnis zu lüften oder etwas Nennenswertes zu offenbaren, das für Engel von Interesse sein könnte.

Der Kommissar hatte einen Wagen gemietet, mit dem er am Morgen die Gaal verließ. Das Land wurde flacher und ging schließlich in eine weite Ebene über. Engel atmete befreit tief durch. Die Seckauer Alpen sahen von der Ferne aus wie die Kulissen eines Theaters, in satten Farben auf Karton gemalt, eine Landschaft der Lieblichkeit, in deren malerischer Illusion Stürme und Gewitter nicht existierten.

Die Kirche von St. Marein lag inmitten der Ebene. Maximilian Engel entdeckte den gotischen Turm, der bestrebt schien, in den Himmel zu ragen. Auf dem kleinen Platz mit den alten Bäumen parkte das Auto des Uhrmachers. Ringsum war niemand zu sehen, und die alte Kirche stand da wie schon im zwölften Jahrhundert.

Engel wagte einen zweiten Blick den Turm hinauf. Er sah die Uhr in schwindelerregender Höhe. In dem Turm musste Balthasar Noel am Uhrwerk hantieren.

Er ging von außen um den Turm herum, entdeckte aber keinen Eingang. Der Aufgang musste also innerhalb der Kirche liegen.

Kommissar Engel betrat die Kirche und musste zugeben, dass es ihn beim Anblick des Kreuzrippengewölbes gegen seinen Willen ein Stück in Richtung Himmel zog. Von oben drang gedämpftes metallenes Hämmern. Er blieb nahe dem Eingangsportal stehen und lauschte.

Da, wo eine Tür offen stand, musste es in den Turm hinaufgehen. Engel betrat einen kleinen Raum mit einer dunklen Holzkonstruktion. In der Mitte schraubte sich ein eichener Spindelbalken in die Höhe, um den herum sich eine Wendeltreppe schlang. Die vier Zwischenböden, die Sicherheit geben sollten, waren durchgetreten, einige morsche Bretter ließen Zwischenräume frei, durch die man in die Höhe schauen konnte.

Soweit Engel sehen konnte, war das Geländer der Wendeltreppe nicht mehr durchgängig vorhanden, sodass man achtgeben musste, nicht ins Leere zu greifen. Am Ende der Wendeltreppe führte ein Durchstieg mit einer steilen Eisenleiter in den oberen Teil des Turms. Wie es dort oben weiterging, konnte Maximilian Engel nicht genau sehen, wollte es aber auch gar nicht wissen.

Seile mit Uhrgewichten ragten aus dem Loch. Sie waren nichts anderes als schwere Steine in Schmiedeeisen eingefasst. Engel stellte sich vor, wie sie im nächsten Moment in die Tiefe stürzten.

In seinen Ohren rauschte das Blut. Die Enge des Turms und der Geruch von Angst legten sich um seinen Hals. Seine Beine schienen von Gewichten beschwert. Es war ihm fast unmöglich, den ersten Schritt zu tun.

Endlich hob Engel ein Bein und zog zögernd das zweite nach. Es roch nach altem Staub.

Entlang der ersten Stufen war das Geländer noch unbeschädigt, und er fühlte sich von seinem aufsteigenden Mut schier beflügelt. Die Stufen knarrten zwar bei jedem Schritt, aber sie hielten seinem Gewicht stand.

Engel erreichte den ersten Zwischenboden und bemerkte

zwei morsche Bretter. Eines hing hinunter und gab den Blick in die Tiefe frei, doch die Höhe war noch gering, sodass Engel ohne großen Schwindel hindurchschauen konnte.

Er lauschte. Der Uhrmacher hatte offenbar eine Pause eingelegt, er hörte, wie er leise mit sich selbst sprach. Es war ein Flüstern.

Der Kommissar war bereit, zumindest bis zum nächsten Zwischenboden weiter hinaufzusteigen. Er war ängstlich darauf bedacht, seine Füße vor einem Fehltritt zu bewahren, und gewann mit der Zeit Vertrauen zu den Brettern, auch wenn sie sich unter ihm bogen. Dabei machten sie ein seltsames Geräusch, als stöhnten sie auf.

Je höher er hinaufstieg, desto unfreiwilliger musste er in die Bodenlosigkeit hinabblicken. Er beeilte sich, den zweiten Zwischenboden zu erreichen, und horchte wieder. Der Uhrmacher hatte offenbar ein Werkzeug fallen lassen. Nachdem er es aufgehoben hatte, herrschte Stille. Horchte auch er?

Kurz darauf rief eine gedämpfte Stimme von oben: »Eine göttliche Fügung! Der Engel steigt in den Himmel auf.«

Der Kommissar war fast froh, die menschliche, wenn auch wieder kalte Stimme von Balthasar Noel zu hören. Erleichtert rief er zurück: »Von meiner Seite aus besteht kein Wunsch, jetzt schon in den Himmel zu kommen.«

Als er den Aufstieg zum dritten Zwischenboden antrat, rotierte ein unangenehmer Schwindel durch seinen Kopf. Er fühlte sich an wie ein Raubvogel, der über seiner Beute kreist.

Den letzten fünf Stufen fehlte das Geländer, und Engel vermied es, nach unten zu schauen. In seinem Bauch schnellte ein Gummiband hin und her. Ihm war schlecht. Unter gewöhnlichen Umständen wäre er sofort umgekehrt, aber seine Neugier war stärker als die Angst.

Ein Hammer schlug auf Eisen. Engel fühlte die Zeit verrosten und glaubte zu sehen, wie sich Grünspan auf dem Kupfer bildete. Die Zeit war einem ständigen Zersetzungsprozess ausgesetzt. Dabei entstand sie immer wieder von Neuem und verwandelte das Vergängliche in ein Kuckucksei, aus dem Generationen schlüpften, um neue Nester zu bauen.

Maximilian Engel arbeitete sich zum vierten Zwischenboden hinauf. Vor ihm ragte die steile Eisenleiter in den dunklen Durchstieg zum obersten Turmgeschoss. Dort hindurch musste er klettern und konnte sich währenddessen an keinem Geländer festhalten.

Bald kam er an eine Stelle, an der gleich mehrere Bretter fehlten. Darüber mussten sich die Turmuhr und der Uhrmacher befinden.

Der Anblick, der sich ihm bot, war bizarr.

Aus dem dunklen Loch hingen zwei dürre Beine herab, die zweifellos dem Uhrmacher gehörten. Wahrscheinlich befand sich dessen restlicher Körper unter der Uhr, die er liegend reparierte.

Engel klammerte sich mit den Händen an den Sprossen fest und arbeitete sich Stück für Stück nach oben, ohne in die Tiefe zu schauen.

Er fühlte sich elend und dachte, warum auch immer, an Magdalena Anger und ihr sanftes Gesicht. Er stellte sich vor, wie sie ihn manchmal von der Seite ansah, wie um ihn heimlich zu bewundern. Das gab ihm genug Kraft und Energie, um den Rest der steilen Leiter bis zum Oberboden hinaufzuklettern, der aber kaum Raum für zwei Personen bot. Engel hätte sich nur neben den Uhrmacher setzen können, aber dann hätte auch er die Beine in die Tiefe hinunterhängen lassen müssen, wozu ihm der Mut fehlte. Also blieb er auf der Leiter stehen, sodass nur sein Kopf über dem Oberboden zu sehen war.

Balthasar Noels Hände, die zuvor mit einem raschen Griff die Scherenhemmung der Turmuhr überprüft hatten, strichen jetzt fast liebevoll über das Schlossscheibenrad, das die Schlagfolge regulierte.

Engel schien es, als leuchteten die mächtigen Eisenteile unter der Berührung der Uhrmacherhände kalt auf. Er konnte sich der Vorstellung nicht entziehen, dass die genialen Hände Noels die Zeit nach seinem Willen richten konnten, wann immer er wollte. Engel roch den Rost des Eisens. Er schwieg.

Es war am Uhrmacher, das Gesprächsthema vorzugeben.

Noel begann zu reden, sah dem Kommissar dabei aber nicht

einmal in die Augen. Ein Zeichen dafür, dass sein Interesse der Turmuhr galt – nicht dem lächerlichen Zuschauer. Nur Menschen, die er manipulieren konnte, verdienten seine ungeteilte Aufmerksamkeit. Und der Kommissar mit dem seltsamen Namen fiel unglücklicherweise nicht in diese Kategorie. »Bei Ihrem ersten Besuch haben Sie mich gefragt, ob ich Kinder habe. Eine unnötige, fast schon unverschämte Frage! Laufen Ihre Ermittlungen so erbärmlich schlecht, dass Sie nicht herausgefunden haben, dass ich bei der Frau, die ich heiraten wollte, abgeblitzt bin? Bei diesem Luder! Und dann haben Sie mir schlauerweise noch vorgeschlagen, ich hätte doch welche adoptieren sollen. Gratulation! Natürlich. Geld hat er ja genug, der alte Uhrmacher.«

Engel stellte sich auf einen langen Monolog ein.

»Irgendwie haben Sie es fast erraten. Ich habe de facto zwei Söhne, wenn man so sagen will. Zumindest zwei Ziehsöhne. Einen von ihnen wollte ich tatsächlich adoptieren. Einen sehr begabten Schwächling, Sie werden ahnen, wen ich meine. Es ist Kajetan Schreiber, der übrigens ebenfalls Uhrmacher gelernt hat. Er hätte alles von mir haben können. Buchstäblich alles. Er ist bei mir in die Lehre gegangen und einer der begabtesten Uhrentechniker, die ich kenne. Aber er hat es abgelehnt, meine Werkstätte zu übernehmen, der feine Herr. Politiker wollte er werden, auf der Ökologieschiene fahren. Wenn schon Politiker, dann einer –«

»Er wollte eine Politik machen, mit der Sie nichts anfangen können. Die nichts mit dem Deutschen Reich zu tun hat«, warf der Kommissar ein.

»Er hatte große Visionen, aber absolut kein Gespür, wie man sich und seine Ideen verkauft. Sein erstes politisches Projekt wurde ihm gestohlen, weil er nie die Fähigkeit gehabt hätte, es umzusetzen.« Balthasar Noel schien kurz nachzudenken, bevor er weitersprach: »Dann hat er ein zweites Projekt entwickelt, der feine Herr.«

»Und hat dafür Ihr Geld verwendet«, unterbrach ihn Engel.

Der Uhrmacher hämmerte und schraubte, um danach auf eine Achse zu klopfen. Dann trieb er den Windfang an. Seine

Bewegungen wirkten genauso eckig wie das handgeschmiedete Rahmengestell der Uhr. »Viel Geld«, sagte er nach einer Pause und klang dabei fast stolz. »Und er wird noch mehr Geld bekommen, ob er will oder nicht. Er ist wie mein Ziehsohn, egal, ob er es wert ist oder nicht.«

»Sie haben den ersten Ziehsohn manipuliert. Er sollte Ihren zweiten Ziehsohn, wenn ich ihn so nennen darf, kurz vor den Wahlen fertigmachen: Franz Strasser«, sagte Engel und spürte, dass der Uhrmacher für den Bruchteil einer Sekunde stutzte.

»Das haben Sie also in einer Ihrer seltenen intelligenten Phasen auch herausbekommen, herzliche Gratulation«, sagte er.

»Was ist dann geschehen?«, fragte Engel.

»Sprechen wir lieber von motivieren als von manipulieren. Ich habe Schreiber also dazu motiviert, endlich wie ein Mann zu agieren. Ich habe ihm erklärt, dass ein richtiger Mann sich rächen muss, wenn ihm so etwas Wichtiges wie ein Projekt gestohlen wurde.«

»Was ist der eigentliche Grund, aus dem Sie Franz Strasser so abgrundtief hassen?«, wollte Engel wissen.

Stille kroch wie ein Drache den Glockenturm hinauf.

»Ich hasse ihn, weil ich ihn nicht in der Hand habe«, erwiderte Noel. »Weil es unmöglich ist, ihn zu manipulieren«, gab er zögernd zu.

»Nicht einmal mit viel Geld, denn das hat Franz Strasser selbst genug«, ergänzte der Kommissar.

Noel sprach weiter, und man konnte fast Mitleid mit ihm haben. Seine Stimme war die eines gebrochenen Mannes, dem die letzte Illusion abhandengekommen ist. »Dieser hochtalentierte, dieser geniale Politiker. Nie hat er auf mich gehört. Ich habe ihm all meine Unterstützung angeboten, von Geld angefangen bis hin zu meinen guten Verbindungen.« Plötzlich fing er an zu schreien: »Das deutsche Vaterland braucht wieder einen Vater! Einen Vater wie mich! Einen Vater für die großdeutsche Idee! Das große Deutschland als Gewissen für die ganze Welt! Es muss den kleinen Bruder Österreich wieder an der Hand nehmen und ihn führen! Führen!«

Balthasar Noel schnaufte vor Erregung, und Engel nutzte

die Gelegenheit. Er sprach sanft, als tröstete ein guter Lehrer seinen erfolglosen Schüler, aber seine Worte standen in krassem Gegensatz dazu: »Eigentlich haben Sie auf allen Ebenen versagt. Ihre politischen Ziehsöhne haben nie wirklich auf Sie gehört, haben beide Wege eingeschlagen, die mit Ihren politischen Heldenträumen nicht Schritt halten können. Fast könnte man sagen, um Ihre Worte zu gebrauchen: Die deutsche Front ist in Gefahr.«

Der Uhrmacher tat, als hätte er nichts gehört, und beschäftigte sich mit dem Messingfutter, das einer verbogenen Achse als Lager diente.

»Kennen Sie die Stadtpfarrkirche in Graz?«, fragte Engel.

Noel bejahte.

»Also auch das berühmte Glasfenster in der Apsis, mit dem sich der Künstler, der Mussolini und Adolf Hitler dargestellt hat, gerächt hat, weil seine Kunst als entartet erklärt worden war.«

Sofort wurde Balthasar Noel wieder kämpferisch. »Unwahr. Das ist unwahr! Eine Lüge!«, schrie er. »Der Künstler wollte Adolf Hitler verewigen, weil er ihn verehrt hat.«

Engel flüsterte: »Die ewig Gestrigen.«

»Was haben Sie gesagt?«, fragte der Uhrmacher in bedrohlichem Ton und bemühte sich, in die Nähe des Kommissars zu gelangen. Er verdrehte seinen dürren Oberkörper und kam mit seinem Gesicht so nahe wie möglich an Maximilian Engel heran. Mit einem missglückten Lächeln zischte er: »Alle werden sich noch wundern. Die ›ewig Gestrigen‹ sind heute schon wieder bereit und aktueller denn je.« Dann sang er mit seiner blechernen Stimme ein deutschnationales Lied.

Engel ließ ihn singen und zog sich unbemerkt und mit aller Vorsicht zurück. Zuerst Sprosse für Sprosse die Leiter, danach Stufe für Stufe die Wendeltreppe hinunter.

Der Uhrmacher hörte während seines gesamten Abstiegs nicht auf zu singen.

Engel fuhr mit dem Auto in die Gaal zurück. In Gedanken war er noch immer im Turm. Die Angst vor der schwindelerregenden Höhe lastete nach wie vor auf seiner Brust. Das Unternehmen Turmuhr schien nicht ausgestanden zu sein, es hing noch zu viel in der Luft. War Noel Teil eines funktionierenden Netzes der Wiederbetätigung? Und woher kam das viele Geld, das diesen Mann so reich machte? In Engel verfestigte sich die Gewissheit, dass der Mann noch weitere Geheimnisse verbarg.

Doch im Augenblick interessierte ihn ein anderer Gedanke mehr. Er war Engel schon gekommen, während sich der Uhrmacher in seinen politischen Wahn hineingeredet hatte. Er hatte immer wieder an die verstorbene Lehrerin denken müssen, wahrscheinlich verursacht durch die Fotos der zwei Jungen, die sie ihm gezeigt hatte. Zwei aufgeweckte Schüler, denen Balthasar Noel später nur allzu gern seine politischen Ideale aufgezwungen hätte.

Engel überlegte, ob ihm bei seinem Besuch im Haus der Lehrerin etwas Besonderes aufgefallen war, kam aber zu keinem Ergebnis.

Er beschloss, nicht direkt zu seiner Pension zurückzufahren, sondern einen Zwischenstopp beim Haus von Augustine Krammer einzulegen. Er parkte in der Nähe, stieg aus und ging zunächst hinter das Gebäude. Aber er entdeckte nichts, was ihm seltsam vorkam.

Eine Weile blieb er vor dem Eingang stehen. Eine alte Tür mit Sonnensymbol. Er drehte sich um und musterte die Umgebung. Auf der anderen Seite des Bachufers sah er ein allein stehendes Haus.

Natürlich. Das war es. Das Haus gehörte Uhrmacher Noel.

Engel blickte sich nach anderen Häusern in der Nähe um und entdeckte etwas Interessantes. Denn von keinem anderen Gebäude als von dem der verstorbenen Lehrerin konnte man direkt zum Haus des Uhrmachers sehen. Augustine Krammer war also als Einzige imstande gewesen zu beobachten, was sich bei Balthasar Noel abgespielt hatte.

Zurück in der Pension überfiel Maximilian Engel seine Zimmerwirtin mit einer Frage: »Weißt du zufällig, ob Augustine Krammer Verwandte hatte? Einen Neffen vielleicht?«

Magdalena Anger antwortete, ohne lange nachzudenken.

»Nur eine Großnichte«, sagte sie. »Ich habe sogar ihre Telefonnummer, falls du sie brauchst. Ich bin mit ihr befreundet.« Als sie ihm die engere und weitere Familiengeschichte der Lehrerin und ihrer Großnichte erzählen wollte, bemerkte sie Engels aufkommende Unruhe. Mit gedämpftem Eifer sagte sie: »Sie kommt manchmal bei mir vorbei, wenn sie allein ist. Ihr Mann ist viel unterwegs.«

»Die Telefonnummer«, drängte Engel. »Bitte!«

Die Großnichte von Augustine Krammer hieß Evelyn Mader. Sie meldete sich mit einer so lebendigen Stimme, dass es Engel schien, als könnte sie die ganze Gaal mit ihrer Energie versorgen. Er bat sie, nachzusehen, ob ihre Großtante irgendwelche Briefe oder Notizbücher –

»Wenn das nicht ein Zufall ist«, unterbrach sie ihn sofort, »gerade wollte ich Magdalena anrufen. Meine Großtante hat einen Brief für Sie hinterlassen. Sie wollte ihn Ihnen eigentlich persönlich übergeben. ›Zum genaueren Studium für den ratlosen Kommissar‹, so hat sie sich ausgedrückt. Aber dazu ist sie leider nicht mehr gekommen.«

Sie vereinbarten, dass Engel den Brief im Laufe des kommenden Tages bei ihr abholen könnte. Sie wohnte nicht weit entfernt in einem Personalhaus gleich unterhalb des Schlosses Wasserberg.

Kurz nachdem er aufgelegt hatte und eigentlich das Frühstückszimmer, das er gern als Aufenthaltsraum benutzte, verlassen wollte, blieb Engel abrupt in der Mitte des Raums stehen.

»Was ist los, Maximilian?«

»Ich muss sie noch einmal anrufen«, sagte er und stellte erneut die Verbindung zu Evelyn Mader her.

Er entschuldigte sich für seine Lästigkeit und fragte, ob er nicht doch noch am selben Tag den Brief von ihrer Großtante abholen könne.

Eine Stunde später kehrte Engel wieder in seine Unterkunft zurück. In der Hand hielt er nicht nur einen Brief, sondern ein ganzes Paket mit Briefen und tagebuchartigen Aufzeichnungen.

Er zog sich damit in seine Ferienwohnung zurück und öffnete das Fenster. Er liebte den freien Blick auf den Berg. Der Berg war zu seinem Vertrauten geworden, er wich nicht von seiner Seite und gab ihm Sicherheit beim Nachdenken.

Er begann mit dem Brief. Ein Lächeln legte sich auf sein Gesicht. Anschließend öffnete er das kleine Paket und nahm ein Tagebuch und fünf weitere Briefe heraus.

Engel fand, dass das Licht für seine Lektüre nicht ausreichte, und schaltete sämtliche verfügbaren Lichtquellen ein.

Beim Lesen schien es ihm, als könnte er den Zigarettenrauch von Augustine Krammer wieder riechen. Er arbeitete sich durch alle Notizen und Briefe, stellte sich anschließend vor das Fenster und betrachtete lange den Berg.

Er schwieg und hütete wie immer seine Geheimnisse. Er wird nie etwas verraten, dachte Engel. Im Gegensatz zu der alten Lehrerin. Sie hatte alles, was im Dorf vorging, mit wachem Auge registriert und beobachtet. Mit ihrem Fernglas hatte sie mitverfolgt, was sich rund um das Haus von Balthasar Noel abspielte. Sie wusste sogar, wie lange die Renovierungsarbeiten des Gebäudes gedauert hatten und welche Baufirmen damit beauftragt worden waren. Sie führte in ihren Aufzeichnungen über sämtliche ihrer Besuche Buch. So präzise, wie es eine Lehrerin gewohnt war, Berichte über jeden einzelnen ihrer Schüler zu schreiben. Unter den Besuchern waren überraschenderweise auch Ferenc Szekej und Van der Hellen gewesen. Die beiden standen immer noch auf der Fahndungsliste und waren noch nicht aufgegriffen worden.

Eine Information fand Engels besonderes Interesse. Augustine Krammer erwähnte in ihrem Tagebuch das mehrmalige Eintreffen eines großen Lastwagens. Das erste Mal hatte sie einen vor zwölf Jahren bemerkt, das letzte Mal vor drei. Insgesamt hatte sie den Lastwagen vier Mal gesehen und beobachtet, dass eine nicht kleine Lieferung ausgeladen wurde.

Wie groß und ungestillt musste ihre Neugier gewesen sein, da sie nicht sehen konnte, welche Gegenstände in das Haus des Uhrmachers getragen worden waren?, fragte sich Engel. Denn zu ihrem Unglück hatten die Männer den Lastwagen so geparkt, dass die Hecktür die Sicht der Lehrerin zur Eingangstür des Hauses versperrte.

Er schmunzelte, als er an das neugierige, aber enttäuschte Gesicht von Augustine Krammer dachte. Er konnte es direkt vor sich sehen.

Maximilian Engel hoffte, in dieser Nacht schlafen zu können. Vielleicht könnte Magdalena ihm dabei helfen.

35

Am nächsten Morgen brauchte er zwei Tassen Kaffee, um wach zu werden. An anderen Morgen hatte er sich schon fitter gefühlt.

Als er über eine dritte Tasse nachdachte, ging eine Nachricht auf seinem Handy ein.

»Ich glaube, es ist Zeit, dass Sie ein zweites Mal den Turm besteigen. Ich werde Ihnen heute demonstrieren, wie man die Zeit abstellt. Balthasar N.«

Zum Glück hatte Engel das Auto für mehrere Tage gemietet. Als er den Motor anließ, fühlten sich seine Beine schwächer an als sonst. Eigentlich hatte er gehofft, nie mehr in seinem Leben einen solchen Turm besteigen zu müssen. Aber der Ankündigung Noels konnte er nicht widerstehen. Unwillkürlich dachte er an den Rattenfänger von Hameln und fühlte sich wie eine Ratte, die dessen Flötentönen willenlos folgen musste.

Auf dem Kirchplatz vor St. Marein sah er schon das parkende Auto des Uhrmachers. Es schien ihm, als stünde es auf genau demselben Platz wie am Vortag, als hätte es sich seitdem nicht mehr bewegt.

Diesmal zögerte Engel nicht lange, die Kirche zu betreten, wunderte sich aber, dass die Glocken läuteten. Ihr Klang kam ihm fremd vor. Unnatürlich gedämpft.

Als er die Stufen der Wendeltreppe hinaufstieg, wurde ihm bewusst, dass sich der Turm in seiner Bedeutung und Dimension gewandelt zu haben schien.

Bei seiner gestrigen Besteigung war er einfach nur ein schwindelerregend hoher Turm gewesen, aber heute schien es, als würde er sich mit seiner ganzen Macht über die Kirche erheben, als lehnte er sich gegen sie auf, um an ihrer statt zum eigentlichen Sakralraum zu werden.

Am Tag zuvor hatte es nach Steinen, Balken und Staub gerochen, aber nun durchströmte ein betäubender Weihrauchgeruch den Turm und weihte ihn zum heiligen Tempel.

Es war, als ginge er dem Jüngsten Gericht entgegen. Heute fühlte er nicht die bodenlose Tiefe des Turms und die Enge der Treppe.

Engel roch die Zeit. Sie dominierte ihn und sandte ihm eine Botschaft. Sie war unwiderruflich. Endgültig. Mächtig. Sie konnte sogar Engels Angst vor der schwindelnden Höhe dominieren, ließ sie ihn vergessen.

Der Uhrmacher wartete schweigend auf den Kommissar. Er schien mit nicht so wilder Leidenschaft an der Turmuhr zu arbeiten wie tags zuvor.

Engel befand sich schon auf der Eisenleiter, die ins oberste Turmgeschoss führte, sah bereits den letzten Zwischenboden vor sich, in dem mehrere Bretter fehlten. Wie beim letzten Mal hingen zwei dürre Beine aus dem dunklen Durchstieg über ihm. Sie bewegten sich kaum.

Engel erreichte die letzte Plattform. Oben an der schweren Turmuhr, die auf einem Eichensockel thronte, befand sich eine hakenartige Vorrichtung, an der ein dickes Hanfseil befestigt war. Üblicherweise diente das Seil, das über eine Rolle geführt wurde, dazu, mit einem daran befestigten schweren Steingewicht die Uhr in Gang zu setzen. Doch heute erfüllte es einen anderen Zweck. Und niemand saß mehr auf dem Boden.

Am Seil hing Uhrmacher Balthasar Noel. In seinem Gesicht standen Trotz und kalte Aggression, kalt wie das Eisen der Uhr.

Sein wie ein Pendel im Turm hängender Körper verkündete das Ende der Zeit.

Engel nahm den Anblick in sich auf und erkannte in diesem hängenden Mann einen Regisseur, der auf höchster Ebene seinen politischen wie auch weltlichen Abgang inszeniert hatte. Noel hatte sogar Poster wie Wäsche an einer gespannten Leine aufgehängt. »Der wahre Führer bestimmt den Zeitpunkt, wann er geht, selbst«, las Engel. Und: »Deutsche Treue bis in den Tod«.

Erst jetzt wurde dem Kommissar klar, dass ihn der Eindruck des parkenden Autos des Uhrmachers nicht getäuscht hatte.

Natürlich stand es noch am selben Platz. Natürlich, denn Noel hatte die Nacht im Turm verbracht, um seinen narzisstischen Selbstmord in aller Präzision zu inszenieren.

Das Glockenläuten: ein CD-Player mit einer CD, die sich immer wiederholte. Balthasar Noel hatte an den vier Wänden des Turms Lautsprecher installiert.

Um zum CD-Player zu gelangen, musste Engel nahe am Gesicht des Uhrmachers vorbeigehen und konnte nicht vermeiden, es anzuschauen. Er glaubte, darin einen erstickten Schrei der Einsamkeit zu erkennen. Wie der eines Vaters, der seine Söhne für immer verloren hat.

Kommissar Engel inspizierte den Ort des Geschehens und vermied es dabei, das perfekte Bühnenbild zu verändern.

Er rief sein Team in Graz an, unterrichtete Sandra Koschir über den genauen Sachverhalt und bat sie, Allmer und Fabian zu kommen. Er selbst würde nicht vor Ort warten, sondern in der Zwischenzeit in die Gaal zurückfahren, da er ein unbestimmtes Gefühl hatte.

Er hatte schon aufgelegt, als er einen Brief entdeckte, der zwischen zwei Brettern eingeklemmt war. Er zog ihn hervor. Er war an ihn adressiert, höchstwahrscheinlich von Balthasar Noel selbst verfasst worden. Hastig nahm Engel das Kuvert an sich, sah aber keinen Grund, es sofort zu öffnen. Er schaute sich noch einmal genau um und vermied es dabei, seinen Blick auf das Gesicht des toten Uhrmachers zu richten. Er konnte den Ausdruck von kalter Aggression nicht länger ertragen.

Immer bedacht darauf, nicht in die Tiefe zu sehen, kletterte er über die Eisenleiter und durch die Luke an den hängenden Beinen des toten Balthasar Noel vorbei.

Als sein Blick auf dessen Beine fiel, kam ihm eine Idee, für die er aber wieder auf den Oberboden zurücksteigen musste. Aus Gewohnheit trug er stets ein Paar Einweghandschuhe bei sich, von dem er sich nun den rechten überstreifte, um die Hosentaschen des Uhrmachers abzutasten.

Tatsächlich spürte er etwas in der rechten. Er fuhr mit seiner Hand hinein und zog vorsichtig einen Schlüssel heraus. Es musste sich um den Hausschlüssel handeln.

Dann machte er sich wieder an den Abstieg. Er kam ihm unendlich lang vor.

Unten angekommen, zog Engel den Turmschlüssel aus dem Schloss, ging damit zum Gasthaus nahe der Kirche und fragte nach dem Besitzer.

»Ich bringe den Schlüssel vom Kirchturm«, erklärte Engel ihm. »In ungefähr drei Stunden wird mein Team der Kriminalpolizei Graz bei Ihnen vorbeikommen, um ihn abzuholen. Bitte gehen Sie bis dahin besser nicht in den Turm. In ihm hängt die Leiche vom Uhrmacher Balthasar Noel.«

Damit verließ er den Gastwirt und konnte noch beim Hinausgehen sehen, wie dieser sich mit unsicherer Hand ein halbes Weinglas Schnaps eingoss und es in einem Zug in sich hineinschüttete.

Im Auto überflog Kommissar Engel den Brief des Uhrmachers. Das meiste von dem, was anfangs darin stand, war ihm nicht neu. Er hatte es aus dem Mund Noels selbst bereits gehört oder in den Aufzeichnungen Augustine Krammers gelesen. Er wusste vom blinden Hass des Uhrmachers auf Schreiber und Strasser und auch, dass Noel die politische Karriere des Abgeordneten zerstören hatte wollen.

Doch einige Zeilen erregten seine Aufmerksamkeit:

»Van der Hellen und Ferenc Szekej habe ich in die Heimatgruppe eingeschleust, um Strassers Ruf zu schädigen. Szekej habe ich bei mir wohnen lassen. Ich hätte wissen müssen, dass er neugierig war und mir hinterherspioniert hat. Er hat mich erpresst und mich bedroht, wusste offenbar nicht, dass man seine eigene Schlauheit niemals überschätzen darf.«

Engel überflog die nächsten Sätze, und eine Bemerkung Noels beunruhigte ihn:

»Ich habe gestern an meine Ziehsöhne geschrieben, sie müssten heute das Schreiben bekommen. Sowohl Kajetan als auch Franz haben eine ähnliche Nachricht erhalten. Kajetan Schreiber, dass Strasser eine vernichtende Aktion gegen ihn plant. Und Franz Strasser, dass Schreiber eine Aktion gegen ihn starten wird, die seiner politischen Karriere den endgültigen

Todesstoß versetzen wird. In den Schreiben habe ich sie wissen lassen, wo und wann der eine den anderen finden kann.«

Engel musste sofort Schreiber und Strasser anrufen und ihnen mitteilen, dass sie die Nachrichten von Balthasar Noel nicht ernst nehmen müssten. Dass sie nur ein Versuch gewesen seien, sie gegenseitig aufzuhetzen.

Strasser war nicht mehr der Strasser von früher, sondern der Mann, der auf der Suche nach einer Veränderung seines Lebensstils war, der seine Familie entdecken wollte, der sich um seine Frau und um seine Tochter bemühte. Als er vom Selbstmordversuch Kajetan Schreibers, seines ehemaligen Schulkameraden, hörte, hatte er das Bedürfnis gehabt, sich mit ihm auszusprechen, und ihn im Krankenhaus besucht. Er war als Mann gekommen, der nicht mehr von oben herab mit seinem politischen Konkurrenten sprach, sondern ihm mit Respekt und auf Augenhöhe begegnete.

Zuerst erreichte Engel Schreiber und berichtete ihm von Noels Selbstmord im Turm. Dann erzählte er ihm von Noels Plan, ihn gegen Strasser aufzuhetzen. Und umgekehrt. Als er gerade dabei war, ihm andere Details zu schildern, hörte er plötzlich die Stimme Strassers. Er befand sich offenbar neben Schreiber, der ihm sein Handy gereicht hatte.

»Hier Strasser. Was gibt's, Herr Kommissar? Wir haben uns gerade das zweite Bier bestellt, Kajetan und ich. Wir sitzen beim ›Bachwirt‹. Genauer gesagt im Gastgarten. Die Schreiben Noels haben uns nicht sonderlich beeindruckt, wie Sie sehen. Wir haben uns noch nicht gegenseitig umgebracht. Ich habe Kajetan im Spital besucht, und wir haben uns länger unterhalten …«

Der Kommissar begann langsam zu begreifen. Er atmete hörbar durch und sagte nur: »Der Neid soll mich treffen. Schmeckt das Bier denn überhaupt?«

Er legte auf, dachte an den Schlüssel, den er aus der Hosentasche des Uhrmachers gezogen hatte, und beeilte sich, zurück in die Gaal zu fahren. An einer unbeobachteten Stelle nahe dem Gaalbach, etwa dreihundert Meter vom Dorf entfernt, ließ er sein Auto stehen und legte den Weg ins Dorf zu Fuß zurück. Fast alle Leute, die ihm begegneten, grüßten ihn. Sein Bekanntheitsgrad hatte sich durch die letzten Vorfälle beträchtlich gesteigert, seine Anwesenheit stellte die Sensationslust der Leute einigermaßen zufrieden.

Das letzte Straßenstück führte am Bach und am Haus der verstorbenen Lehrerin vorbei über eine Holzbrücke zur anderen Seite des Gaalbachs und zum Hof von Balthasar Noel. Engel achtete darauf, dass niemand ihn sah. Als er den Schlüssel aus der Tasche zog, fiel ihm auf, dass noch ein zweiter, kleinerer an dem Anhängerring hing. Er probierte zuerst den größeren der beiden Schlüssel und sperrte mit ihm problemlos die Eingangstür auf. Die zynischen Worte Balthasar Noels, mit denen er ihn bei seinem ersten Besuch durch die Tür hinausgewiesen und konträr zu seinem feindseligen Verhalten eine gastfreundliche Redewendung gebraucht hatte, kamen ihm wieder in den Sinn: »Meine Tür steht Ihnen jederzeit offen.«

Engel betrat das feudale Arbeitszimmer des Uhrmachers. Es machte den Eindruck, als wäre es überstürzt und in aller Eile verlassen worden. Die Unordnung wollte zur üblichen Pedanterie des Mannes nicht passen.

Drei Sessel waren umgestürzt worden, die kostbare alte Barockuhr von Meister Weinhardt lag zerbrochen auf dem Boden.

Auf dem Schreibtisch waren alte Papiere und Namenslisten sowie Adressbücher verstreut. Engel warf einen Blick darauf, konnte aber nichts mit ihnen anfangen.

Vom Parterre des Hauses aus führte eine Stiege in das Untergeschoss, in dem sich ein langer Gang befand. Er musste direkt am Steilhang enden, der scheinbar mit der Hinterseite des Hauses verschmolz. Bei seinem ersten Anblick hatte Engel an einen Erdkeller denken müssen.

Er tastete nach einer Tür in der Wand. Hinter ihr vermutete er einen Raum, der in die Erde hineingebaut worden war. Zu dumm, dass er einen Schlüssel besaß, aber die dazugehörige Tür nicht fand. Die Wand war glatt, und Engel bemerkte keine Unregelmäßigkeiten. Auf der rechten Gangseite war ein kleiner Vorhang angebracht, der etwas zu verdecken schien. Der Kommissar sah sich nach einem Werkzeug um, fand aber nichts dergleichen. Er nahm seine Taschenlampe zur Hand, leuchtete die Fläche hinter dem Vorhang ab und entdeckte einen kleinen Schalter. Er drückte ihn vorsichtig. Der Schalter kippte leicht, und im selben Moment schob sich zu Engels Überraschung die gesamte Wand von der linken zur rechten Seite und verschwand lautlos in einem Schlitz. Engel sah sich einer eisernen Tür gegenüber.

Die Hände des Kommissars zitterten leicht, als er den Schlüssel ins Türschloss steckte, um die Tür aufzusperren. Er passte.

Zuerst konnte er in dem fensterlosen Raum nichts erkennen. Nochmals ging er vor die Tür zurück und fand in einer Mauernische einen Lichtschalter. Er betätigte ihn und betrat erneut den Raum, der groß war wie eine Maschinenhalle und über einen betonierten Verbindungsschacht in den Berghang hineinführte.

Was sich Engels Augen bot, war die zweite Inszenierung an diesem Tag. Auch sie trug die Handschrift eines Regisseurs, dessen Name Balthasar Noel und dessen angeblicher Hauptberuf Uhrmacher gewesen war.

In der Halle befand sich ein riesiges, unermesslich wertvolles Lager an Kampfgeräten, die sorgfältig nach Marken und Herkunft aufeinandergeschichtet waren.

Eigentlich wollte Engel schon wieder umdrehen, als er stutzte. Die Waffen lagen in Stapeln da. Engel legte seinen Kopf etwas schief, als könnte er sich so einen besseren Überblick verschaffen. Er überlegte kurz, ging dann tiefer in den Raum hinein und sah es: Zu seiner Rechten lag in wildem Durcheinander verschiedenes Kriegswerkzeug auf einem Haufen, aus dem in der Mitte zwei Kalaschnikows und eine Axt herausragten. Daneben erkannte er mehrere Faustfeuerwaffen. Engel, der sich seine Einweghandschuhe wieder übergestreift hatte, lockerte vorsichtig die zwei Kalaschnikows und die Axt und zog sie aus dem Stapel heraus. An der Axt waren Spuren von Blut. Und noch etwas anderes entdeckte Engel. Einen Kopf. Mit auffallend dunklem Haar wie das von Ferenc Szekej.

Das Schädeldach war teilweise zertrümmert, die Augen waren unversehrt. Sie blickten eingetrübt ins Leere.

Engel sah sich dem kalten Hass Balthasar Noels gegenüber. Seine Stimme klang ohne Hoffnung, als er zu sich selbst sagte: »Hass hat keine Augen. Er muss blind sein.«

Er verließ die Kellerhalle und schloss vorsichtig die Tür hinter sich. Er musste dringend an die frische Luft.

Linker Hand des Hauses zog sich ein schmaler Wiesenstreifen den Bach entlang. Seine Füße führten Engel planlos am Bach entlang. Beim Rauschen des Wassers vergaß er die Zeit.

Irgendwann griff er nach seinem Handy und rief Sandra Koschir an. »Habt ihr den Gerichtsmediziner dabei, und seid ihr schon im Kirchturm?«

Statt einer Antwort erklang ein Husten.

»Äußerst gemütlich da, nicht wahr? Ich hoffe, du bist schwindelfrei. Wenn ihr fertig seid, könnt ihr gleich in die Gaal fahren. Ich warte auf euch im Gasthaus ›Bachwirt‹ mit einem Hausschlüssel.«

»Der wofür passt?«, fragte seine Assistentin ahnungsvoll.

»Hast du schon jemals eine Leiche in einem Berg aus Kalaschnikows und anderen Waffen gesehen?«

»Noch nie«, sagte Sandra Koschir.

»Ich schon«, erwiderte Maximilian Engel, wartete das neuerliche Husten seiner Assistentin ab und legte dann auf.

36

»Hier Robert. Gibt's was Neues?«

Engel traute seinen Ohren nicht. Er war überrascht. Es kam nicht oft vor, dass Innerhofer die Initiative übernahm und ihn anrief. Meist lag es an ihm, sich bei seinem Freund aus Salzburg zu melden. Nach dem Selbstmord von Balthasar Noel und der Entdeckung des riesigen Waffenlagers in dessen Haus hatte er einen kurzen Moment lang seinen Freund wie gewohnt angerufen und ihn um Rat fragen wollen, war aber noch nicht dazu gekommen.

»Ich wundere mich, dass du anrufst.«

Innerhofer schien kurz nachzudenken. »Ich mich auch. Aber da du dich in letzter Zeit nicht mehr gemeldet hast, habe ich schon befürchtet, dass du in der Gaal in einen tagelangen Schlaf gefallen bist.«

Engel kam aus dem Staunen nicht heraus. »Heißt das, du hast nicht gehört, was hier passiert ist?« Er hätte zu gern Innerhofers Gesicht gesehen.

»Ich war selbst ziemlich intensiv mit einem Fall beschäftigt.« Wieder eine unerträglich lange Pause. »Du weißt schon, dann sieht man nicht nach rechts und links. Und die Gaal trennen von Salzburg einige Berge. Spann mich also nicht auf die Folter, Max! Erzähl schon.«

Engel lieferte ihm einen vollständigen Bericht über die jüngsten Vorfälle. »Vielleicht kannst du mir als Balkanexperte weiterhelfen«, sagte er dann. »Dazu musst du wissen, dass Noel anscheinend Verwandte im Kosovo hatte. Weißt du, ob und, wenn ja, wo in Österreich in letzter Zeit illegale Waffen aufgetaucht sind?«

Engel wartete. Er wusste, dass er Robert Innerhofer im Kern seiner Eitelkeit traf, sollte er ihm als Experte der Balkanmafia nicht weiterhelfen können. Er interpretierte das Zögern seines Freundes als Geste seiner Verlegenheit und wunderte sich umso mehr über seine Antwort.

»Ich habe von Balthasar Noel noch nie etwas gehört.«

»Aber ich habe dich doch etwas ganz anderes gefragt.«

»Dann frag mich das nächste Mal etwas, worauf ich dir eine Antwort geben kann«, sagte Innerhofer kalt und legte auf.

37

Als Engel an diesem letzten Morgen seines Urlaubs in der Gaal aufwachte, spürte er, dass ihn die Erlebnisse der vergangenen Tage Kraft gekostet hatten. Er konnte die Erinnerungen daran nicht einfach abstreifen, sie blieben an ihm haften. Selbst wenn jemand wie der Uhrmacher Balthasar Noel den Tod freiwillig gesucht hatte, so war es damit nicht getan. Seine Sehnsüchte würden versuchen, in der Gestalt anderer im Dorf weiterzuleben.

Für Engel waren die nächtlich erscheinenden Geister auch nur Menschen. Menschen, die ihre Sehnsüchte in ihrem Leben nicht hatten erfüllen können. Selbst nach ihrem Tod mussten sie auf der Suche nach Lösungen rastlos weiterirren und kamen des Nachts in die Häuser zurück, wo sie sogar unter Betten krochen.

Im Traum der letzten Nacht war Engel Balthasar Noel erschienen. Er führte zwei Söhne an seiner Hand. Sie waren schon erwachsen und sahen Kajetan Schreiber und Franz Strasser auffallend ähnlich.

Engel bezweifelte, dass es eine klare Grenze zwischen Traum und Wirklichkeit gab. Der Traum berührte etwas in seinem Inneren, etwas, das ihm Balthasar Noel nach seinem Tod näherbringen sollte. Sobald er an das Bild des Uhrmachers mit den zwei Kindern an seiner Hand zurückdachte, erlosch für Engel dessen dunkle Seite, und zurück blieb ein einsamer, vom Glück verlassener Mann. Vielleicht waren seine Sehnsüchte die falschen gewesen. So etwas konnte politisch gefährlich sein.

Engel dachte an Kajetan Schreiber, der endlich dem Räderwerk des Uhrmachers entkommen war, und erwartete von ihm eine radikale Änderung seines Lebens. Aber nicht im politischen Sinn.

Er dachte an seinen Bekannten, den Schäfer. Mit ihm konnte er sich gut unterhalten, denn mit ihm konnte er schweigen.

Bei einem kurzen Telefonat am vorherigen Tag hatte er ihn

für den kommenden Sommer in sein Haus in Saint Rémy de Provence eingeladen. Dort würde ein Fest für Tobias Weiler stattfinden, ein Fest mit viertausend Schafen. Ein friedliches Fest, denn unter den Schafen würde sich hoffentlich kein Mörder befinden.

Noch war die Rolle Noels im illegalen Waffenhandel nicht geklärt. Vielleicht hatte er nur sein Haus zum Waffenlager ausgebaut und dafür ordentlich kassiert. Dass der Uhrmacher mit einer Axt in blinder Wut auf Ferenc Szekej eingeschlagen und ihn dadurch ermordet hatte, daran bestand kein Zweifel. Im Kopf von Kommissar Engel geisterte eine Idee herum, der er nachgehen musste, ob er wollte oder nicht. Sie beunruhigte ihn.

An diesem sonnigen Samstagmorgen wollte er zum Abschied Magdalena Anger überraschen.

Es war noch früh, und er schlich in die Küche. Er öffnete alle Läden und Türen, nahm sich da und dort etwas heraus und stellte es auf den Tisch. Zwei Pfannen landeten auf dem Kochherd, das Brot und das Gebäck, das er kurz zuvor vom Bäcker geholt hatte, auf der Kochinsel. Er schaffte es mühelos, in kürzester Zeit die Küche mit Butter, verschiedenen Marmeladen, Eiern, Schinken und Wurst vollzustellen. Hinzu kamen allerhand Gabeln, kleine und große Messer und kleine und große Löffel. Sogar eine Milch- und eine Mineralwasserflasche fanden noch Platz.

Engel stand einen Moment lang unschlüssig herum. Im Grunde genommen begab er sich auf eine Reise ohne Kompass, denn gewöhnlich kochte seine Haushälterin für ihn. Und da er sich diese leisten konnte, konnte er auch zu Hause alles aus den Schränken räumen, musste es aber später nicht wegstellen. Trotzdem konnte er kochen, brauchte dazu aber viel Zeit, viel Platz und viel Unordnung.

Er suchte nach einer Küchenschürze und band sie sich um. Sie war etwas zu klein für ihn, hing an ihm wie eine zu groß geratene Serviette.

Brot und Gebäck schnitt er zuerst auf und legte beides in einen Korb. Einige Zeit später blubberte das Wasser durch den

Kaffeefilter und verbreitete den Duft des Morgenlandes. Inzwischen deckte er im Frühstückszimmer den Tisch und suchte nach einer Vase. Als er keine fand, nahm er einen alten Suppentopf mit zwei Henkeln als Ersatz. Er füllte ihn mit Wasser und arrangierte in ihm siebenundzwanzig bunte Schnittblumen verschiedener Art. Am Vortag nach geheimer Absprache mit Agnes Scheer persönlich von ihm in ihrem Garten geschnitten.

Die gleiche Anzahl wie die der Urlaubstage, die er – offiziell zumindest – in der Gaal verbracht hatte. Eigentlich waren es achtundzwanzig gewesen, aber Engel zählte den, an dem er nach Wien gefahren war und seinen Urlaub unterbrochen hatte, nicht dazu.

Er briet Schinkenspeck in einer Pfanne an, wartete, bis er sich vor Hitze wölbte, schlug dann mit morgendlichem Schwung vier Eier hinein und beobachtete, wie ihre Dotter zu glänzen begannen. Schon vorher hatte er eine Handvoll Pinienkerne angeröstet, die dem Pfannenfrühstück nun den harzigen Duft eines Pinienwaldes an der adriatischen Küste verliehen. Es roch nach fulminantem Frühstück.

Die Küche selbst war in ihrer Unordnung nicht mehr wiederzuerkennen und glich in ihrer duftgewürzten Sinnlichkeit einer mittelalterlichen Burgküche. Mit einem Koch ohne Augenmaß.

Es war angerichtet.

Die Vorfreude, sehr bald das überraschte Gesicht seiner Wirtin zu sehen, beflügelte Engel dermaßen, dass er vergaß, die Schürze abzunehmen, die nach wie vor an ihm hing wie ein zu kleiner Fremdkörper. Erschöpft von so viel Morgenarbeit ließ er sich auf einen Küchenstuhl fallen.

Als Magdalena Anger ihre zur Unkenntlichkeit entstellte Küche und den erwartungsvoll blickenden Unhold auf dem Stuhl sitzen sah, stieß sie einen Schrei des Entsetzens aus. »Um Himmels willen, was hast du mit meiner Küche gemacht? Was habe ich verbrochen, dass ich so bestraft werde?« Sie hatte Mühe, nicht in Tränen auszubrechen. Dann sah sie auf seine lächerlich kleine Schürze, ging zu ihm und nahm sie ihm ab. Sie begann zu lächeln und stimmte dann in das Lachen von Maximilian Engel ein.

»Du musst dir noch die weitaus schlimmere Bescherung im Frühstückszimmer ansehen. Es schaut aus wie in der Hölle.«

In der Hölle entdeckte sie zuerst die Blumen und zählte sie. Es kostete sie keine Mühe zu begreifen, dass sie die siebenundzwanzig Tage seines Aufenthalts symbolisierten. Sie setzten sich zu Tisch, um das köstliche Frühstück zu genießen. Zwischendurch sah Magdalena Anger immer wieder die Blumen an, und in ihre Wangen schlich sich Morgenröte.

Nach einem Schluck Kaffee sagte Engel: »Ich hoffe, du wirst mich irgendwann in Graz besuchen.« Er sprach nicht weiter, obwohl es schien, als läge ihm noch etwas auf der Zunge. Nachdenklich und fast schon ein wenig ängstlich sah er sie an.

Sie bemerkte es. »Aber deine Küche betrete ich nicht. Es muss schrecklich bei dir ausschauen.«

»Es gibt jemanden, der regelmäßig bei mir aufräumt«, sagte er.

Sie zog die Blumen in der Suppenschüssel näher zu sich heran, als hätte man sie an ihrem vorherigen Platz nicht gut genug gesehen. »Ich muss dich etwas fragen«, sagte sie in einem ernsteren Ton. »Es betrifft deinen Urlaub in der Gaal. Hast du von Beginn an geahnt, dass unser Dorf voller Schattenseiten ist?«

»Ja. Weil ein großer Berg immer einen großen Schatten wirft. Schon bei meiner Ankunft ist mir eure Ordnung aufgefallen. Bestimmt hast du beobachtet, dass Menschen nach einem massiven Streit aufräumen, dass sie Bücher schlichten oder Haare auf dem Boden entdecken und aufheben. Äußere Ordnung lenkt immer ab vom inneren Chaos. Als ich den jungen Strasser tot in der Pathologie sah, erschien mir einen Augenblick lang die natürliche Ordnung seines Todes zu einfach. Selbst der Tod kann so geordnet sein, dass man ihn des eigentlichen Chaos verdächtigen muss.«

»Und dann hast du dich gefragt, was für eine Familie hinter dem jungen Strasser steht?«

»Genauso war es. Ich habe Informationen über seinen Vater

eingeholt und später auch über seine Schwester. Weißt du, was in meinen Augen am stärksten verdächtig war? Die Ordnung von Franz Strasser. Sein Hof, das Schmuckstück. Sein Wohlstand. Seine bemerkenswerte Karriere. Und das Schweigen über den Tod seines Sohnes, der nicht in sein erfolgreiches Leben passte. Und dann wird dieser Franz Strasser plötzlich öffentlich attackiert und schlechtgemacht. Das hat wiederum ins Bild gepasst. Jemand hoffte, dass dieser Erfolgsmensch schwach werden, zu schwanken beginnen könnte.«

»Dass er aus der Ordnung fällt«, ergänzte Magdalena Anger.

Maximilian Engel gab sich geheimnisvoll: »Ein Mann bereitet mir noch immer Sorgen. Er lebt übrigens auch in der totalen Ordnung. Du siehst, die Ordnung eures Dorfes ist so ansteckend, dass sie sogar auf Menschen übergreift, die woanders leben.«

»Wo?«

»Es wäre noch zu früh, dir das zu erklären. Zu vieles ist noch offen, unsere Untersuchungen laufen noch.«

»Das heißt, dass die Gaal noch nicht die Endstation der Geschichte ist?«

»Die Gaal kann niemals eine Endstation sein, dafür ist sie zu schön.«

Engel sah durch das Fenster. Der Berg stand noch immer da. Der Berg schwieg.

Magdalena Anger brach das Schweigen. »Dann wartet also noch viel Arbeit auf dich. Wie lange wirst du brauchen, um die Geschichte in der Gaal abzuschließen?«

»Frag mich etwas Leichteres, Magdalena. Frag mich lieber, ob der Urlaub in der Gaal zu kurz war. Das ist leichter zu beantworten.«

Maximilian Engel wollte vor seiner Abreise noch einmal durch das Dorf gehen. Vor einigen Häusern machte er halt.

Das von Augustine Krammer war mit einem Vorhängeschloss verriegelt. Es stimmte Engel traurig, dass diese starke Persönlichkeit gestorben war, und er wünschte sich mehr Lehrerinnen von ihrem Schlag. In seiner Vorstellung stand sie gerade hinter dem Fenster und beobachtete den Uhrmacher Balthasar Noel durch ihr Fernglas.

Auch das abgelegene Haus jenseits des Baches war verriegelt, seine Läden waren geschlossen. Balthasar Noel war nicht mehr da und lebte jetzt ohne Uhren irgendwo in der Zeitlosigkeit. Dieser hochintelligente Mensch, dachte Engel. Vielleicht wäre er ein guter Vater gewesen. Vielleicht hätte Noel für die Frau, die ihn nicht gewollt hatte, alles getan, hätte sie nur Ja zu ihm gesagt. Aber alle seine Bemühungen, mit ihr eine Beziehung einzugehen, waren gescheitert. Anschließend hatte sich sein Leben radikal verändert, er war zynisch und immer unnahbarer geworden, so ging es aus Augustine Krammers Aufzeichnungen hervor. Nach dieser persönlichen Niederlage hatte er sich fast nur noch mit Leuten von auswärts abgegeben.

Engel ging zum Doktorhaus, um sich von Agnes und Martin Scheer zu verabschieden und sie zu einem gemeinsamen Theaterbesuch nach Graz einzuladen.

Agnes Scheer verschwand im Garten und kam mit einer kleinen Pflanze als Geschenk zurück. Es war ein Mönchspfeffer. »Wer weiß, wofür Sie ihn brauchen können«, sagte sie.

Als sie sich unterhielten, kamen die Scheers wieder einmal auf die österreichische Politik zu sprechen. Maximilian Engel rebellierte und drohte, ihnen die Bundeshymne vorzusingen, sollten sie nicht sofort von diesem leidigen Thema ablassen. Er vergaß nicht hinzuzufügen, dass er eigentlich nicht singen könne und auch kein Gedächtnis für Texte besäße. Und dass man an seiner Vergesslichkeit erkennen könne, welch typischer Österreicher er sei. Aber er hoffe dennoch, dass ihn dieses schöne Land deshalb nicht vergesse.

Dann ging er zum »Bachwirt«, um ein letztes Mal dort etwas Gutes zu essen. Er setzte sich wie schon so oft zuvor in den Gastgarten, wo ihn die Leute von der Straße aus grüßten und an der beschrifteten Tafel ablesen konnten, was er aß.

Die Wirtin stellte gedankenverloren ein Glas Mineralwasser auf seinen Tisch.

»Was ist das?«

Sie nahm das Glas, ging in die Gaststube und kam mit einem Bier zurück. »Sie wollen uns also schon wieder verlassen?«

Als er nickte, ließ es sich die Wirtin nicht nehmen, ihn zum Essen einzuladen.

Maximilian Engel suchte in seinem Portemonnaie und zog diskret einen Schein heraus, den er ihr in die Hand drückte: »Dann laden Sie damit alle auf ein Getränk ein, die Ihnen in den Sinn kommen. Sagen Sie einfach, mit lieben Grüßen von mir.«

Ein Fahrrad klingelte, und die Großnichte Augustine Krammers grüßte ihn laut und freundlich. Sie blieb auf ihrem Rad sitzen, musste es ausbalancieren. Kurz darauf huschte sie davon, als wäre sie niemals da gewesen.

Die Wirtin brachte ihm ein ganzes Backhendl und stellte einen gemischten Salat mit Kernöl ab. Sie wischte ihre Hände an der bunten Schürze ab und wünschte guten Appetit. Der Wirt erschien an der Tür, sah kurz zu ihnen herüber, verschwand dann aber wieder. Daraufhin ließ sich die Wirtin neben Maximilian Engel nieder.

Er nahm den ersten Bissen Backhendl in den Mund, kaute, schluckte. Er dachte wieder an seine Theorie mit der Ordnung, hinter der wie ein böser Hund die Schattenseite des Lebens wartete. In einer sehr dunklen Kammer. Natürlich, nach außen hin war zwischen dem Wirt und der Wirtin alles in Ordnung. Und doch saß sie noch immer neben ihm.

»Er ist gut zu mir«, sagte sie und deutete nach drinnen zu ihrem Mann.

»Aber das ist Ihnen offensichtlich nicht gut genug«, kommentierte Engel mit einem Schmunzeln.

Sie blieb sitzen, bis Engel alles aufgegessen hatte, was gar nicht so lange dauerte. Und bis Engel sich bei ihr für die gute Küche bedankte und sich von ihr verabschiedete.

Er wollte noch bei dem Lindenbaum vorbeischauen, sich in seinen Schatten setzen und warten, was geschehen würde.

Das System der Botschaftsübermittlung funktionierte anscheinend noch immer. Es dauerte nur eine kurze Weile, bis sich jemand leise neben ihm niederließ.

Und dieser Jemand verharrte in Schweigen.

Engel sah nicht zu dem Neuankömmling hinüber, er wusste ohnedies, wer es war. »Wie geht es Ihnen, Schreiber?«, fragte er.

»Besser.« Und nach einigen Atemzügen: »Viel besser. Ich habe mit meinem Therapieprogramm begonnen. Es läuft gut.«

Maximilian Engel war schon bei Schreibers ersten Worten aufgefallen, dass dessen Stimme sich verändert hatte. Sie klang geerdet, ins Leben zurückgekehrt. »Der Uhrmacher war Ihr Lehrmeister? Was bleibt von ihm zurück?«

»Er kann sich nicht mehr bei mir entschuldigen, das ist mein einziges Problem mit ihm. Ich wollte, er hätte sich bei mir noch entschuldigt.« Schreiber überlegte. »Ich habe meinen Vater nie gekannt. Ich glaube, Balthasar Noel wollte immer mein Vater sein. Er wollte mich sogar adoptieren.« Er sagte es trotzig. »Aber ich habe mich geweigert.«

»Und was ist mit der Politik und Ihren Projekten?«, fragte Engel.

»Ich werde die Politik aufgeben. Aber nicht, weil ich mich für unfähig halte, sondern weil ich mich wieder meinem erlernten Beruf zuwenden möchte. Ich werde in Graz ein Uhrenmuseum eröffnen, unter anderem mit einer Sammlung von Turmuhren aus Europa. Vielleicht ist das mein Dank an meinen manipulativen Lehrer, der in seinem Fach genial und außergewöhnlich war. Mit der Finanzierung werde ich kein Problem haben. Es ist ja kein Geheimnis, und eine Erbschaft in der Höhe spricht sich rasch herum. Ich habe aus dem Nachlass von Balthasar Noel ein Vermögen geerbt. Das Testament hat er noch zu Lebzeiten notariell beglaubigen lassen, es ist also nicht mehr rückgängig zu machen.« Schreiber machte eine Pause. »Mir geht schon längere Zeit ein Wort im Kopf herum. Immer dasselbe Wort. Es will einfach nicht verschwinden.«

»Jetzt spannen Sie mich nicht auf die Folter, lieber Freund. Um welches schreckliche Wort handelt es sich?«

Kajetan Schreiber lächelte. Selbstsicher. »Leben«, sagte er.

»Nun, so schrecklich ist dieses Wort auch wieder nicht.«

Maximilian Engel ging noch einmal zur Gaaler Kirche, betrat das Gotteshaus aber nicht. Er blieb auf dem Vorplatz stehen, auf dem sich so vieles ereignet hatte, dass ein ganzes Dorf davon leben konnte. Zum Überleben hatte es allerdings nicht für alle gereicht.

38

Eine Woche später standen auf dem Tisch im Esszimmer von Engels Grazer Villa in Mariagrün die Überreste eines üppigen Mahls.

Sandra Koschir nahm einen Schluck Kaffee und verzog das Gesicht. Er war viel zu heiß. Sie saß neben Engel, die Kollegen Allmer und Fabian hatten sich in Engels Bibliothekszimmer zurückgezogen und diskutierten das Fußballspiel zwischen Sturm Graz und Rapid Wien.

Die Haushälterin mit dem herzförmigen Gesicht erschien im Esszimmer und räumte das Geschirr ab.

Engel nahm ebenfalls einen Schluck Kaffee und verzog sein Gesicht.

»Zu heiß«, sagte Koschir. »Wie machen wir weiter, Maximilian?«

Engel ahnte, was jetzt kommen würde. Immer wenn seine Kollegin nachdenken wollte, nahm sie ihren Laptop und setzte sich mit einem Kissen auf den Boden. Daher sagte er: »Du kannst dich auf den Boden setzen, wir denken nach.«

Sie machte es sich auf dem Boden bequem, wollte wissen, über wen sie nachdenken sollten, und gab sich die Antwort gleich selbst: »Wen haben wir? Balthasar Noel ist tot, aber sein PC ist noch am Leben.« Sie sah zu Engel hinauf. »Das habe ich dir noch gar nicht gesagt. Unsere Computerspezialisten haben etwas gefunden.«

Engel wirkte verloren. »Später. Wer sind die anderen?«

»Arnold Heissen, der Redakteur. Und Van der Hellen von der Strasser-Gruppe.«

»Sind das alle?«, fragte er.

»Nein.«

Engel zeigte sich überrascht. »Wer noch?«, wollte er wissen und blickte erwartungsvoll zu Sandra Koschir hinunter. Dann überlegte er es sich anders, griff selbst nach einem Kissen und setzte sich neben sie auf den Boden.

»Tobias Weiler«, antwortete sie. »Er ist zwar dein Bekannter, aber das heißt noch lange nicht, dass er nicht im Kosovo war …«

Die Bemerkung verunsicherte Engel. Etwas von seiner Lockerheit fiel ab. »Nur weil Tobias ein wahrhaft großer Schweiger ist und im Kosovo war, macht ihn das noch lange nicht zum Verdächtigen.«

»Damit hast du recht. Obwohl es da eine Sache gibt …«

Engel verlor die Geduld. »Kannst du vielleicht etwas deutlicher werden?«

»Kollege Bernd hat etwas herausgefunden. Eigentlich mehr durch Zufall, als er sich mit einem ehemaligen Freund von Andreas Strasser unterhalten hat.«

Engel bedeutete Sandra weiterzusprechen.

»Er hat ihm erzählt, was die Strasser-Gruppe, als sie noch existierte, über Tobias Weiler wusste.« Sie blickte lauernd zu Maximilian Engel. »Hat dir dein Bekannter nicht erzählt, dass er genau dort im Kosovo war, von wo ein Großteil der Waffen stammt, die wir bei Balthasar Noel gefunden haben?«

Engel verschränkte seine Arme und schien nachzudenken. Er hatte sich wieder beruhigt. »Das ist mir nicht neu, aber halten wir es fest. Trotzdem ist diese Tatsache kein Beweis dafür, dass Tobias mit Waffenhandel zu tun hat. Wir sollten uns mehr auf Arnold Heissen konzentrieren. Vieles weist darauf hin, dass dieser feine Mann alle Fäden in seiner Hand hält und dass dieser Herr auch ein schweres Gewehr halten kann und sich eher für Waffen als für Uhren interessiert. Wir brauchen Zeitungsartikel aus der Zeit des Kosovokriegs. Kümmerst du dich darum, Sandra?«

Sie nickte. »Weil du gerade von Heissen gesprochen hast. Sollten wir nicht vielleicht aggressiver vorgehen und ihn einem anständigen Verhör unterziehen?«

»Auf keinen Fall. Wir dürfen ihn nicht aufschrecken. Ich möchte, dass er sich sicher fühlt. Wir müssen davon ausgehen, dass bei den illegalen Waffengeschäften noch andere Personen ihre Hand im Spiel haben. Wir dürfen nichts und niemanden ausschließen.«

»Auch nicht deinen Bekannten Tobias Weiler?«, fragte Sandra Koschir und zog ihren Kopf ein.

»Auch ihn nicht. Aber am Ende wirst du sehen, dass er mit dieser Sache nichts zu tun hat.« Kommissar Engel wechselte plötzlich das Thema. »Wie war das nun mit Balthasar Noels Computer?«

»Unsere Spezialisten haben sämtliche E-Mails Noels ausgewertet. Dabei haben sie herausgefunden, dass bestimmte Mails mit einer ganz bestimmten Nummernfolge begannen: 7929394959100. Sie sind also sämtliche E-Mail-Adressen durchgegangen, und was haben sie entdeckt? Diese besagte Folge haben nur zwei Absender verwendet: Arnold Heissen und Van der Hellen.« Koschir zögerte etwas, bevor sie weitersprach. »Wobei das so nicht stimmt. Laut unserer Spezialisten gab es noch eine dritte Adresse, die aber für immer verschwunden zu sein scheint.«

Kommissar Engel stieß einen Pfiff aus, bevor er nachhakte: »Und was außer der identen Zahlenfolge stand noch in diesen Mails?«

Sandra Koschir öffnete ihr MacBook, loggte sich ein und fand den gesuchten Eintrag. Sie zeigte Engel lange Listen von Nummern, die durch mehrere X unterbrochen wurden.

Der Kommissar betrachtete die Kolonnen ratlos und etwas missmutig. »Numerologe müsste man sein. Kabbalist oder was weiß ich. Was soll ich denn noch lernen, um nicht ständig in der Dunkelheit herumzustolpern?«

Sandra Koschir musste lachen und sah selbst Engel schmunzeln. »Einer der Spezialisten hatte die Idee. Es war natürlich eine Frau.«

»Das war mir klar«, warf Engel ein.

»Sie hat die Nummern mit den Waffen aus dem Waffenlager von Balthasar Noel verglichen. Sie passen zusammen wie Nut und Feder.«

Engel nickte zufrieden und nahm den Rest seines inzwischen angenehm warmen Kaffees. »Mit dem Code könnten wir Heissen und Van der Hellen zu einem kleinen Treffen überreden. Trink deinen Kaffee aus, Sandra. Gute Arbeit.«

Aber Sandra Koschir wollte keinen Kaffee mehr, sondern bat um ein kleines Glas Whisky.

Engel rief ins nebenan gelegene Bibliothekszimmer nach Allmer und Fabian: »Wir trinken alle noch einen Whisky!« Er schenkte vier Gläser ein, reichte jedem ein Glas und sagte: »Prost, ihr Lieben.« Und nachdem er einen Schluck getrunken hatte: »Unsere oberste Devise lautet, uns von Heissen fernzuhalten, verstanden? Er soll sich in Sicherheit wiegen, sich uns überlegen vorkommen. Von Van der Hellen gibt es noch keine Spur?«, wechselte er dann das Thema.

39

Tobias Weiler war auf das Hochplateau gestiegen. Es war der Ort, den er liebte. Hier fühlte er sich frei, frei von Angst. Hier musste er vor niemandem weglaufen, auch nicht vor sich selbst.

Im Kosovo war es Teil seines Lebens gewesen, immer auf der Hut zu sein. Vor diesem Leben war er schließlich geflohen und hatte seine Arbeit als politischer Journalist aufgegeben. Er war nach Italien gegangen, um den Krieg im Kosovo zu vergessen. Keine Politikwissenschaft, kein Journalismus, keine Hintergrundberichte mehr.

Aber sehr bald hatte er erkennen müssen, dass man Angst nicht vergessen, sondern bestenfalls mit Gegenstrategien besänftigen konnte.

Angst war wie ein nervöses Tier.

Ein italienischer Freund im Piemont hatte ihn von der Friedhaftigkeit der Schafe überzeugt. Es hatte lange gedauert, bis Weiler begriff, dass die Menschen von den Schafen lernen mussten. Und nicht die Schafe von den Menschen. Kein Schaf war dumm. Jedes von ihnen wollte den Frieden. Deshalb war er Schäfer geworden.

Nach einer ausgiebigen Wanderung stieg Weiler vom Hochplateau ab. Er setzte sich in sein Auto, das er am Wegrand abgestellt hatte, und fuhr nach St. Marein zurück. Dort konnte man in einem alten Gasthaus gemütlich sitzen und eine Kleinigkeit essen und etwas trinken. Er bestellte ein Bier und dachte beim ersten Schluck an Maximilian Engel, der ihn für nächsten Sommer nach Südfrankreich in sein Haus eingeladen hatte.

Am gegenüberliegenden Tisch saßen drei junge Männer auf einer Eckbank. Sie mussten im Wald arbeiten, denn sie unterhielten sich über das Schlagen von Bäumen und das Wiederaufforsten. Ihr Arbeitsplatz war Vorwitz, das in der Gemeinde Gaal lag.

Als die drei Forstarbeiter das Thema wechselten und über den Uhrmacher Balthasar Noel sprachen, der sich im Turm der Kirche in der Nähe des Gasthauses erhängt hatte, verflüchtigte sich Weilers trügerische innere Ruhe.

»Kurz vor seinem Tod hat er der Gemeinde Gaal viel Geld gespendet«, sagte der Jüngste von ihnen.

Der Schäfer wollte kein Wort verpassen. Er kaute an seinem Schinkenbrot und tat, als wäre er mit seinen Gedanken woanders.

»Der Noel war nicht immer so reich, angeblich erst seit fünfzehn Jahren. Hatte im Kosovo geerbt.«

»Kosovo.« Das Wort klang in den Ohren Weilers wie Kriegslärm, und sein Puls beschleunigte sich. Er konnte der Unterhaltung der Männer nicht mehr zuhören, fühlte sich, als wäre er auf der Flucht.

Er war wieder mit Matjaz Mladaj unterwegs, in der Nähe des Dorfes Carrabreg. Schüsse hallten trocken aus einer Kalaschnikow AK-47.

»Geh wieder nach Österreich zurück«, sagte Mladaj. »Du musst vergessen, was du hier gesehen hast. Versprichst du mir das, mein Freund? Das Lied des Vogels kannst du nur hören, wenn nicht geschossen wird. Weißt du, was das Lied des Vogels bedeutet? Hörst du es? Du weißt es nicht?«

Weiler fühlte, wie sein Gaumen trocken wurde. Ein Prepecenica würde jetzt höllisch brennen, aber guttun. »Wir müssen einen trinken, Matjaz!«

Weiler winkte den Wirt herbei und bestellte einen Schnaps. Er trank ihn in einem Zug aus und war erleichtert, dass er brannte.

Erst anschließend konnte er nachdenken. Es ist unmöglich, ganz unmöglich, dachte er, eine Erbschaft im Kosovo zu machen. Einfach unmöglich. Die Leute hier haben keine Ahnung, dass es im Kosovo nichts zu erben gibt. Die einzige Erbschaft, die Balthasar Noel gemacht hatte, konnte nur durch den illegalen Handel mit Waffen zustande gekommen sein. Die Gaaler sprachen nach dem Mord an Szekej in Noels Haus von einem Riesenkeller hinter einer getarnten Mauer. Ein Waffenlager.

Ein solches Waffenlager als Versteck bis zur Weiterverteilung musste Noel gute Erträge eingebracht haben.

Als Tobias Weiler an einen anderen Mann dachte, überkam ihn der Impuls, aufzuspringen. Er sah zu den drei Forstarbeitern hinüber und versuchte, sich seine Nervosität nicht anmerken zu lassen.

Es war noch nicht lange her, dass er seinen ehemaligen Zeitungskollegen vom Kosovo durch einen unglaublichen Zufall in der Gaal wiedergesehen hatte. Arnold Heissen hatte ihm erzählt, er habe vor, einen Uhrmacher aufzusuchen, um sich eine kostbare Uhr von ihm reparieren zu lassen. Wie konnte ich nur so dumm sein?, dachte Weiler. Warum habe ich nicht sofort daran gedacht, dass Heissen und Noel sich gekannt haben könnten?

Er erinnerte sich an ein Gespräch mit Heissen, das er damals im Kosovo geführt hatte. »Wir alle wissen, wie viele Waffen in den vielen Verstecken im Kosovo herumliegen, weil die UÇK eine große Menge nach dem Krieg nicht abgegeben hat«, hatte der andere gesagt.

Weiler musste sich eingestehen, dass auch er von den Waffenlagern gewusst hatte, die sich sogar in den albanischen Bergen befanden.

Er zahlte und fuhr mit dem Auto ins nahe gelegene Knittelfeld, um in einer Trafik eine Zeitung zu kaufen.

Mit ihr setzte er sich ins Auto und blätterte sie durch. Auf einer der ersten Seiten stand etwas, was ihm so unwahrscheinlich vorkam, dass er es fast überlesen hätte.

Die Angst kehrte schlagartig zurück und klammerte sich an ihn. Automatisch verriegelte Weiler die Autotüren. Dann las er zum zweiten Mal:

Wie erst jetzt bekannt wurde, ist vor zwei Wochen der bekannte kosovarische Journalist und Zeitungsherausgeber Matjaz Mladaj auf der Durchreise in Serbien ermordet worden.

Weiler legte die Zeitung auf den Nebensitz und starrte ins Nichts. Seine Kehle wurde eng und trocken. In seinem Kopf begann der Vogel zu singen, aber es dauerte nicht lange, dann setzten die Maschinengewehre wieder laut ein, und Matjaz rief ihm zu: »*Shpejto*, Tobias, *shko*!«

Der Vogel sang nicht mehr.

40

»Ich muss dir etwas zeigen. Wo bist du, Chef?« Sandra Koschir hörte verdächtige Geräusche. »Ich kann den Kaffee fast riechen, Maximilian. Du sitzt im Kaffeehaus und liest Zeitung.« Sie machte eine kleine Pause. »Lass mich raten. Verlängerter mit Schlag?«

»Daneben. Ziemlich daneben«, antwortete Engel. »Einspänner. Obwohl ich kein Fiaker bin. Was willst du mir zeigen? Am besten kommst du zu mir. Du weißt schließlich, wo ich montagmorgens normalerweise sitze. Du bist eingeladen.«

Engel lud Koschir immer ein. Wie auch Fabian und Allmer. Eigentlich alle. Es sei denn, sie waren dazu verurteilt, nicht seine Freunde zu sein.

Ein paar Minuten später sah Engel, wie Koschir leichtfüßig durch die Tür trat. Sie hätte Tänzerin werden sollen. Nicht klassisches Ballett, nicht »Schwanensee«. Nein, sie hätte gut zu Pina Bausch gepasst. Er hatte nicht lange Zeit, darüber nachzudenken, denn seine Kollegin setzte sich mit einer roten Mappe unter dem Arm neben ihn.

Koschir legte sie ab, stützte ihre Ellbogen auf den Tisch, nahm ihr Gesicht in beide Hände und sagte: »Die süßen Kipferl da drüben sind wahrscheinlich mit Ribiselmarmelade gefüllt. Oder mit Marillenmarmelade. Dazu könnte ich einen Verlängerten nehmen.«

»Alles ist möglich«, sagte Maximilian Engel und gab die Bestellung auf. »Und für mich bitte einen zweiten Einspänner.«

Koschir zeigte ihm einen Zeitungsartikel, den sie einem spontanen Gefühl folgend ausgegraben hatte.

»Interessant«, sagte Engel mehrmals beim Durchlesen. »Also kennen sie sich, Weiler und Heissen. Warum hat er mir nichts davon erzählt?«

»Weil dein schweigsamer Bekannter etwas vor dir versteckt. Hat er dir gegenüber jemals den Kosovo erwähnt? Ich vermute, mit keinem Wort.«

Engel machte ein nachdenkliches Gesicht.

Koschir sah, wie seine Augen kleiner wurden.

»Ich denke gerade an den Uhrmacher Balthasar Noel und seine angebliche Erbschaft. Eine ziemlich große aus dem Kosovo, so hieß es.«

»Eher unwahrscheinlich«, sagte Koschir. »Sein Waffenarsenal spricht eher für eine ganz spezielle Art der Erbschaft.«

Sie wartete etwas. »Sprechen wir von den anderen. Heissen kennt den Schäfer Tobias Weiler, beide waren im Kosovo. Beide haben dort für verschiedene Zeitungen geschrieben, das hat Fabian herausgefunden. Fast unmöglich, dass sie sich nie getroffen haben. Hast du den Zeitungsartikel genau gelesen? Hast du gelesen, was dein schweigsamer Freund geschrieben hat? Titel: ›Der Kosovo ist ein riesiges Waffenlager‹.«

»Zweifellos haben beide viel gewusst. Die Frage ist nur, wer mehr gewusst hat. Und wer von beiden in die Waffenangelegenheit verwickelt ist.«

Koschir hatte aufmerksam zugehört. Ihre Wangen waren gerötet. »Nehmen wir mal an, Noel, Weiler und Heissen haben über die Waffenlager im Kosovo Bescheid gewusst. Noel lebt nicht mehr. Außerdem gehen wir davon aus, dass dein Bekannter Weiler unschuldig ist, aber aus Angst den Mund nicht aufmacht. Bleibt also nur einer übrig: Arnold Heissen.«

Engel saß schon lange nicht mehr da wie jemand, der in Ruhe seinen Kaffee trinken und sich gemütlich unterhalten wollte. Er sagte: »Irgendetwas war im Kaffee. Er hat mir heute überhaupt nicht geschmeckt.«

Sie fuhren mit dem Taxi zum Kommissariat. Wie immer bezahlte Engel das Taxi aus eigener Tasche. Erstens wollte er den Staat nicht belasten, und außerdem konnte er es sich leisten, seinen Wohlstand auf angenehme Weise zu leben. Er nannte sein Verhalten »soziale Arroganz«.

Als die beiden die Treppe zu ihrer Etage hinaufstiegen, kam ihnen Bernd Allmer entgegen. »Habt ihr schon gehört?«

Engel dachte noch immer an den eigenartigen Geschmack des Kaffees.

»Tobias Weiler ist schwer verwundet aufgefunden worden. Angeschossen. Sie müssen ihn notoperieren.«

Koschir berührte den Arm ihres Chefs, um ihn aus seiner Starre zu wecken.

41

Zwei Tage nach der Operation fühlte sich Tobias Weiler noch schwach. Er hing an einer Infusion mit einem Schmerzmittel. Schon im Aufwachraum hatte ihm die Krankenschwester zugeflüstert, die Operation sei ohne Komplikationen verlaufen. Die Kugel sei entfernt, die Blutung gestillt und zum Glück kein großes Gefäß verletzt worden.

Er lag allein in einem Krankenzimmer. Das Gefühl für die Zeit war ihm abhandengekommen. Sein Versuch, es zurückzugewinnen, scheiterte an seinem geschwächten Körper. Frühstückstee und die erste Visite des Tages lagen schon hinter ihm. Eine Pflegehelferin hatte sein Tablett mit einem Wagen hinausgerollt. Seinem Empfinden nach lag dieses Geräusch schon Stunden zurück. Die Zeit der Ruhe und des Schlafs hatte begonnen.

Es musste Nachmittag sein. Schwach erinnerte er sich, dass eine Pflegehelferin ihm eine Suppe angeboten hatte. Er konnte nicht daran denken. Der Brechreiz kam sofort.

Auf dem Gang hörte er dumpfe Schritte. Schritte ohne Eile. Er sah auf seine weiße Decke und wollte warten, bis sie mit bunten Blumen bedeckt wäre. Sein Kopf fühlte sich heiß an. Er griff sich mit einer Hand an die Stirn. Sie glühte. Der Gedanke, er könnte hohes Fieber haben, kam ihm nicht in den Sinn.

Er setzte sich auf und sah dabei wieder auf seine Decke. Endlich war sie nicht mehr weiß, sondern mit Blumen übersät. Die Blüten erinnerten vage an einen Turban und leuchteten in Goldgelb. Tobias Weiler versuchte, ihren Duft einzuatmen, aber sie rochen nicht.

Enttäuscht ließ er seinen Oberkörper zurückfallen. Er war sich sicher, dass er die Blumen, die einem Turban glichen, schon irgendwo gesehen hatte. Das Gras dort, wo diese Blumen wachsen, ist nicht so hoch wie bei uns, dachte er. Zudem ist es dort heiß und das Klima trockener. Das Gras ist fast gelb gewesen. Und zertreten. Von Stiefeln zertreten.

Die Erinnerung kam zurück.

Die Männer trugen Tarnanzüge und ein leuchtend rotes Abzeichen mit gelben Buchstaben: »UÇK«. Die Abkürzung der albanischen Befreiungsarmee des Kosovo. Die Männer waren überall, denn 1998 war im Kosovo Krieg.

Tobias Weiler war während des Kosovokrieges zwischen 1998 und 1999 mit vielen Menschen in Kontakt gekommen. Er war als Korrespondent für eine Wiener Zeitung tätig und schickte seine Berichte regelmäßig in die österreichische Hauptstadt. Auch einen Bericht über das serbisch-orthodoxe Kloster Visoki Dečani hatte er geschrieben.

Weiler wurde von einer heftigen Schüttelfrostattacke erfasst und sah wieder die gelben Blumen auf seiner weißen Bettdecke.

Er befand sich im Kosovo, unweit von Dečani. Am Fuß des Prokletije-Gebirges. In seiner Hand hielt er eine Albanische Lilie, die er seinem Kollegen Arnold Heissen, der für eine andere Zeitung in Österreich arbeitete, zeigte.

Aber Heissen beeindruckte die Blume nicht. »Es gibt Wichtigeres als deine lächerliche Albanische Lilie. Dauernd verschwinden in diesem Land Waffen. Man müsste herausfinden, wo die UÇK ihre Lager hat. Sicherlich hier im Land und in Buca in Albanien. Ich habe gehört, dass du schon herumgeschnüffelt hast, Weiler. Nein, du musst mir nichts verraten. Wir alle wissen doch, wie viele Waffen im Kosovo herumliegen. Aber vielleicht weißt du etwas, das ich nicht weiß. Und wahrscheinlich weiß Matjaz Mladaj mehr, als wir wissen. Er ist wahrscheinlich besser informiert als wir alle zusammen. Er und seine Zeitung ›Koha Ditore‹.«

Tobias Weiler schreckte hoch. Sein Körper war heiß und trocken, hinter den Schläfen pochte es. »Natürlich«, sagte er leise. »In Dečani selbst. Nach der Waffenabgabe der UÇK.«

Die junge Krankenschwester trat ein, blieb längere Zeit an der Seite seines Krankenbetts und musterte Tobias Weiler besorgt. Mit einem Tuch wischte sie ihm den Schweiß vom Gesicht. »Was ist UÇK? Sie haben in einer fremden Sprache gesprochen.«

Weiler sah sich ängstlich um und versuchte, seine Beine aus dem Bett zu schieben.

»Vor wem sind Sie auf der Flucht?«

Langsam kam Weiler wieder ins Hier und Jetzt zurück. Er wollte sich aufrichten, fühlte sich aber zu schwach dazu. »Sie haben nichts von dem verstanden, was ich gesagt habe?«

Die Krankenschwester legte eine Hand auf seinen Arm. Sie bemühte sich, ihre Stimme sanft klingen zu lassen. »Nichts«, sagte sie. »Nichts, was Ihnen Angst machen müsste. Ich sorge mich eher wegen Ihres hohen Fiebers.« Sie strich mit einer Hand über seinen Kopf und verließ das Krankenzimmer.

Auf dem Gang nickte sie dem Polizisten zu, der auf der Bank saß. »Soll ich Ihnen einen Kaffee bringen?«

Der Polizist bedankte sich mit einem Lächeln, das nicht sofort erlosch.

Bald darauf wurde sein Kaffee gebracht. Von einer anderen Schwester.

Kommissar Engel hatte ihm diesen langweiligen Wachdienst eingebrockt. Aber da er stets positiv dachte, sagte er leise: »Dienst ist Dienst, und Kaffee ist Kaffee.«

42

Engel lief vorsichtig den Gang entlang. In seiner rechten Hand hielt er eine Tasse Kaffee, in der linken trug er eine Einkaufstasche. Er musste alle Mühe aufbieten, um den Kaffee nicht zu verschütten. Seine zusammengekniffenen Lippen waren Zeichen genug, dass er in seinem Leben noch nicht häufig Kaffee serviert hatte.

Engel blickte den Gang entlang. Als er den Polizisten vor einem der Krankenzimmer sitzen sah, hellte sich sein Gesicht auf. Er blieb vor ihm stehen und reichte ihm die Kaffeetasse.

»Damit du nicht einschläfst. Alles ruhig, Werner?«

»Alles ruhig«, antwortete der Polizist.

Engel deutete auf die Tür. »Die da?«

Der Kollege nickte, und Engel öffnete sie leise.

Er wunderte sich, wie laut sein Herz klopfte, während er eintrat. Im Zimmer stand nur ein Krankenbett. Sein Freund schlief. Der Infusionsbeutel, der über ihm hing, war leer.

Engel entdeckte nahe beim Fenster zwei Stühle. Noch hielt er die Tasche mit dem Geschenk in seiner Hand, als wäre er verpflichtet, sie überall mit sich herumzutragen. Auf die Idee, sie abzustellen, kam er nicht. Mit nur einer Hand griff er unter die Lehne und trug den Stuhl bis an den Bettrand. Dabei ließ er seinen Freund nicht aus den Augen.

Weiler schlief noch immer.

Engel setzte sich und hoffte, dabei kein Geräusch zu machen. Endlich stellte er die Tasche mit dem Geschenk behutsam neben dem Stuhl ab, hatte dann aber Angst, sie könnte umfallen und damit Weiler aufwecken. Daher lehnte er sie an die Wand.

Ein Wanderer hatte Tobias Weiler vor drei Tagen schwer verletzt auf dem Hochplateau gefunden. Der Schäfer hatte neben einer Quelle, einem seiner bevorzugten Rastplätze, gelegen. Der Wanderer rief sofort die Polizei an. Ein Hubschrauber mit einem Notarzt wurde angefordert, und man flog Tobias Weiler nach Graz. In der Chirurgie wurde er sofort operiert und eine

Revolverkugel entfernt. Zum Glück bestand nach der Operation keine Lebensgefahr mehr. Große Sorgen bereitete den Ärzten allerdings eine Infektion der Lungen, die mit hohem Fieber einherging. Um sie einzudämmen, wurde Weiler mit Antibiotika behandelt.

Engel war in Gedanken versunken, als er ein Geräusch vom Bett her vernahm.

Weiler drehte sich um und schlug die Augen auf. In seinem Gesicht verlor sich ein müdes Lächeln. »Du?«, sagte er mit schwacher Stimme. Seine Hand tastete in Richtung des Stuhls, auf dem Engel saß, und sie begrüßten sich.

»Du bist das Gegenteil«, begann Engel.

Sein Freund sah ihn verständnislos an.

»Viele Leute bringen sich in Gefahr, weil sie zu viel reden. Aber du scheinst das Gegenteil zu machen. Warum hast du mir deine Lebensgeschichte verschwiegen?«

»Weil ich zu viel weiß.«

Engel sah ihn lange an und schwieg. »Hast du etwas Verdächtiges bemerkt, bevor man auf dich geschossen hat?«

»Der Vogel hatte aufgehört zu singen«, begann Weiler kryptisch. »Er hört immer auf zu singen, bevor etwas passiert. Auch damals im Kosovo hat er aufgehört zu singen, und kurz darauf haben sie wieder geschossen. Vögel mögen den Krieg nicht.«

Engel hörte zu.

Weiler redete gegen seine Angst an und tauchte immer tiefer in seine Vergangenheit ein. »Wir haben zu viel gewusst. Arnold Heissen aus Wien und Matjaz Mladaj aus dem Kosovo. Wir drei waren Journalisten und hatten guten Kontakt zur einheimischen Bevölkerung. Gute Kontakte zu den serbisch-orthodoxen Mönchen im Kloster Visoki Dečani. Zu ihnen sind viele gekommen: muslimische Albaner, orthodoxe Serben, die Frauen der Roma, die dort in Ruhe ihre Kinder stillen konnten.«

»Wir haben einen Artikel von dir gelesen, in dem du über das Kloster schreibst. Arnold Heissen hat ihn in seiner Zeitung veröffentlicht.«

»Das war später. Heissen war zurück in Wien, hatte das Blatt gewechselt und sich als Chefredakteur etabliert.« Weiler geriet in einen Erzählfluss. Er schwamm in seinen Worten und wollte nicht aufhören zu schwimmen. »Wir haben zu viel gewusst. Die Waffen für die UÇK im Kosovo wurden auf Maultieren über die albanischen Berge transportiert. Viele Sturmgewehre. Die meisten waren Kalaschnikows AK-47, geliefert von der jugoslawischen Volksarmee, von der ehemaligen Sowjetunion, von Ungarn, Rumänien … Angeblich dreißig Tonnen an Kriegsgerät sollen von der NATO in Lkws angeliefert worden sein. Getarnt als Caritas-Hilfslieferungen. Als dann im September 1999 die Auflösung und Waffenniederlegung der UÇK beschlossen und vollzogen wurden, sind circa dreißigtausend Waffen nicht abgegeben worden. Stattdessen wurden sie von Banden versteckt. Zum Teil wussten wir, wo. In den albanischen Bergen, sogar in Dečani selbst. Und dass es noch viel mehr Waffen gab, die für den illegalen Waffenhandel vorgesehen waren. Aber etwas hat uns alle drei nervös gemacht. Jeder von uns hat den anderen verdächtigt, mehr zu wissen als er selbst.«

»Wer könnte auf dich geschossen haben?«

Weiler sah Engel an, als hätte er ihn erst jetzt bemerkt. »Was habe ich dir erzählt?«, wollte er wissen, und in seiner Stimme schwang wieder Angst mit. Er schien die Frage seines Freundes nicht gehört zu haben.

»Antworte, Tobias: Wer könnte auf dich geschossen haben?«

Die Antwort kam ruhig: »Arnold Heissen.«

»Warum er?«

»Ich werde diese Unterhaltung im Kosovo nie vergessen. Ich hatte eine Albanische Lilie gefunden und wollte sie ihm zeigen. Ich mochte Heissen noch nie. Er hatte für Blumen nichts übrig. Weißt du, wie er reagiert hat?«

Engel sah Weiler erwartungsvoll an.

»›Es gibt Wichtigeres als deine lächerliche Albanische Lilie‹, hat er gesagt. ›Dauernd verschwinden hier Waffen. Man müsste herausfinden, wo die UÇK ihre Lager hat. Sicherlich hier im Land und in Buca in Albanien. Ich habe gehört, dass du schon herumgeschnüffelt hast, Weiler. Nein, du musst mir nichts verraten. Wir alle wissen doch, wie viele Waffen im Kosovo herumliegen. Aber vielleicht weißt du etwas, das ich nicht weiß.

Und wahrscheinlich weiß Matjaz Mladaj mehr, als wir wissen. Er ist wahrscheinlich besser informiert als wir alle zusammen. Er und seine Zeitung ›Koha Ditore‹.«

Engel sah ihm an, dass er noch mehr sagen wollte.

»Warum war ich so dumm?«, fuhr Weiler fort. »Warum habe ich nicht gleich daran gedacht? Dieses unsinnige Gerede der Leute über die angebliche Erbschaft, die Noel im Kosovo gemacht haben sollte. Im Kosovo gibt es nichts außer Waffen zu erben. Und die nur illegal.«

»Hast du mir sonst noch etwas verschwiegen?«, fragte Kommissar Engel.

»Ja.« Ein eindeutiges Bekenntnis. »Ich habe dir nie erzählt, dass Heissen Noel in der Gaal besucht hat.«

Engel traute seinen Ohren nicht. »Was?«

»Es ist fast schon komisch«, musste Weiler schmunzeln. »Ihr beide habt den Uhrmacher besucht, du und Heissen. Heissen hat mir gesteckt, dass er zu Noel geht, um eine Uhr reparieren zu lassen. Der hatte bestimmt keine Uhr bei sich wie du. Zuerst habe ich mir nichts dabei gedacht. Erst als du wieder in Graz warst, als die Nachricht die Runde machte, dass Noel ein riesiges Waffenlager in seinem Keller versteckte. Dann ist mir klar geworden, dass Heissen mit der Sache zu tun hat.« Er machte eine Pause und sah Engel an. »Tut mir leid«, sagte er. Er klang erschöpft.

»Wir müssen auf dich aufpassen. Ich werde noch warten, bis ich mir Heissen vornehme. Solange er frei herumläuft, ziehst du nach deinem Spitalaufenthalt zu mir in mein Haus. Dein Arzt hat mir allerdings erklärt, dass du noch mit eineinhalb Wochen hier rechnen musst. Bis dahin wird dein Zimmer durch einen Polizisten auf dem Gang bewacht.«

»Warum tust du das alles für mich?«, fragte Weiler.

»Finde es selbst heraus. Aber sag mir noch eines: Als du im Kloster bei Dečani warst, hast du, wie du selbst gesagt hast, sehr viele Menschen getroffen. Ihre Namen würden mich interessieren. Vielleicht hast du einige von ihnen im Trubel der Ereignisse vergessen. Also denk darüber nach. Wir reden später noch einmal darüber.« Engel tastete umständlich nach seiner Tasche, zog ein eingewickeltes Paket hervor und sagte: »Schau dir das Buch in Ruhe an, wenn du ganz fieberfrei bist. Ich habe lange danach gesucht. Sein Titel ist ›Wanderschäfer‹. Mit geschichtlichem Hintergrund. Und achtzig Fotos.«

Weiler bedankte sich und fragte mit todernster Miene: »Bist du auch in den Waffenhandel verwickelt, Maximilian?«

Engel glaubte, seinen Ohren nicht zu trauen.

Weiler hatte Mühe, ein Lachen zu unterdrücken. »Du hast drei Häuser, kannst dir anscheinend alles leisten, hast sogar eine eigene Haushälterin. Und du hast geerbt. Irgendwie erinnerst du mich fast zwangsläufig an Noel.«

Erst jetzt verstand Maximilian Engel. Er hob den Zeigefinger und drohte mit ihm. »Balthasar Noel und mich unterscheiden zwei wesentliche Dinge, mein Lieber. Zum einen verwenden wir unterschiedliche Waffen. Er hat illegale genutzt, ich arbeite mit legalen. Und zum anderen: Ich lebe noch.«

Bevor Engel das Zimmer endgültig verließ, sagte er zum Abschied: »Wie ich sehe, geht es dir schon wieder besser.« Er lächelte zufrieden, was Weiler aber nicht sah.

43

Erst am darauffolgenden Montag war das Fieber von Tobias Weiler endgültig zurückgegangen. Er sah keine Blumen mehr auf der weißen Bettdecke, konnte aufstehen und im Zimmer umhergehen, musste sich allerdings immer wieder hinsetzen, um sich auszuruhen.

Der Chirurg sagte ihm, er könne damit rechnen, das Krankenhaus in einer Woche zu verlassen. Komplikationen seien keine mehr zu erwarten, es sei denn, er schone sich nicht. »Und denken Sie nicht so viel«, riet er ihm, »denken schwächt den Organismus.«

Als der Chirurg hinter der Tür verschwunden war, konnte Weiler nicht anders, als zu denken. Es war ihm unmöglich, nicht zu denken, schon gar nicht, wenn man es ihm ausdrücklich verboten hatte. Am häufigsten dachte er an Maximilian Engel.

Er konnte sich nicht mehr daran erinnern, was genau er ihm erzählt hatte. Hatte er in seinem Zustand überhaupt klar denken können, und hatte er nicht irgendetwas bei seiner Erzählung verwechselt? Am Tag darauf hatte er sich sehr anstrengen müssen, zumindest das Wesentliche wieder abzurufen.

Er legte sich wieder ins Bett. Seine Füße waren kalt, sein Kopf leer. Er kam ihm gewichtslos vor, so als gehörte er nicht zu ihm.

Maximilian Engel hatte ihn um Namen gebeten, aber er hatte im Kloster Visoki Dečani so viele Menschen getroffen, dass es ihm schwerfiel, sich an alle zu erinnern. Der Name Heissen war gefallen. Was war mit Mladaij? Den serbisch-orthodoxen Mönchen?

Weiler schloss die Augen. Die beeindruckenden Fresken des Klosters tauchten auf. Christus als Pantokrator. Auch die Raumschiffe auf den Fresken waren wieder da. Sie sahen aus wie zwei stromlinienförmige Weltraumkapseln, gelenkt von Astronauten. Weiler hatte unterhalb der Fresken gestanden und die Welt um sich herum vergessen.

Als er sich schließlich umwandte, hatte er einem Mann in die Augen gesehen, der schon längere Zeit still hinter ihm gestanden haben musste, als wollte er Weiler nicht stören. Aber an der Begegnung war etwas nicht stimmig gewesen. Etwas, was mit der Sprache zusammenhing.

Tobias Weiler versuchte, sich zu erinnern. Plötzlich fiel es ihm ein.

Natürlich. Wie hatte er das vergessen können?

Er suchte nach seinem Handy, rief Engel an und bat ihn, vorbeizukommen, weil er ein wichtiges Detail über eine bestimmte Person vergessen habe.

»Soll ich dir etwas mitbringen?«, fragte Engel. »Eine Tageszeitung oder sonst was?«

Engel betrat mit einem Becher in der Hand das Krankenzimmer und registrierte, dass Weiler viel besser und nicht mehr so blass wie bei seinem letzten Besuch aussah. Er ging zum Fenster und öffnete es weit. »Irgendwo da draußen liegen deine Wiesen und Almen mit würzigen Kräutern. Du musst wieder lernen, die Natur zu riechen. Du musst deinem Geruchssinn wieder etwas Besseres anbieten als diesen scheußlichen Desinfektionsmittelgestank«, sagte er.

Beide Männer setzten sich an den Tisch.

Weiler sprach, als wollte er keine Zeit verlieren, doch die Stimme war nicht seine Stimme. Sie klang, als käme sie aus einem fremden Land und befände sich noch nicht in der Gegenwart. »Du hast mich gebeten, nachzudenken … Ich habe jemanden im Kloster Dečani gesehen. Einen Mann. Er war groß und schlank. Elegant.«

»Heissen?«, fragte Maximilian.

»Aber Heissen hat eine Narbe im Gesicht. Der Mann, an den ich mich erinnere, hatte keine«, sagte Weiler entschieden. »Er sprach perfektes Englisch. Außerdem Serbisch und Albanisch. Er hat sich mir als englischer Journalist vorgestellt.«

»Das ist interessant, aber noch lange nicht überraschend«, erlaubte sich Engel zu sagen. »War das alles?«

»Viel später habe ich ihn wiedergetroffen. Nach einem heftigen bewaffneten Angriff von UÇK-Soldaten und Serben nahe Peć. Wir haben etwas zu viel von diesem Zwetschgenschnaps getrunken.«

Engel bemerkte, dass sein Freund weit weg war.

»Auf einmal fängt der Mann an, deutsch zu sprechen. Fließend.«

»Ein Sprachentalent«, murmelte Engel.

»Vielleicht. Aber etwas hat mich stutzig gemacht.«

Engel sah auf.

»Die Art, wie er gesprochen hat. Die Wörter, die er verwendet hat. Welcher Mensch, der Deutsch als Fremdsprache gelernt hat, sagt zum Beispiel statt ›ein wenig‹ ›ein bisserl‹?«

»Klingt ein bisserl österreichisch«, bestätigte der Kommissar.

Später, als er wieder allein war, dachte Maximilian Engel an seine Freunde, und es wurde ihm fast schmerzlich bewusst, dass es nicht viele waren.

Er überquerte das Glacis und wäre beinahe vor ein Auto gerannt.

Engel wollte nicht wahrhaben, dass er Angst hatte.

44

Drei Tage waren vergangen, als Sandra Koschir sich wieder an die Arbeit machte.

Ihr Büro befand sich direkt neben dem von Engel. Während sie auf dem Boden hockte, begnügte sich ihr Kollege Bernd Allmer mit einem gewöhnlichen Stuhl an einem gewöhnlichen Tisch.

Allmer starrte auf den Monitor seines Computers, blickte dann aber zu Koschir, die den Kopf hob.

»Hast du etwas gefunden?«

»Bis jetzt nichts.«

Koschir raffte ihre Papiere zusammen und setzte sich damit neben ihren Kollegen an den Tisch.

Allmer sah sie abwartend an.

Koschir suchte offensichtlich in ihrem Stapel nach etwas Bestimmtem, das sie in der Aufregung überblättert hatte.

Bernd Allmer wusste, was es bedeutete, wenn sie so konzentriert war. Sie musste etwas entdeckt haben.

Endlich zog sie ein Blatt Papier aus dem Haufen und legte es gut sichtbar in die Mitte des Tisches. »Kannst du dich an den Fall Brodaj erinnern?«, fragte sie.

»Ich glaube schon. Das war vor drei, vier Jahren. Brodaj war einer der großen Bosse der Balkanmafia. Es ging um illegalen Waffenhandel.«

»Wie in unserem Fall«, ergänzte Sandra.

»Und?«, wollte Allmer wissen.

Statt ihm zu antworten, hielt Koschir schon den Telefonhörer in der Hand. »Chef, kommst du auf einen Sprung zu uns? Ich habe etwas Seltsames gefunden.«

Sie mussten nicht lange warten, bis Kommissar Engel die Tür öffnete und sich zu ihnen setzte.

Koschir zeigte ihm den Auszug aus einem Salzburger Vernehmungsprotokoll. »Zuerst ist mir nichts aufgefallen. Allmer und ich haben uns für eine Reihe von Protokollen interessiert, die mit illegalem Waffenhandel zu tun haben. Dabei sind wir auf Brodaj gestoßen. Erinnerst du dich? Er war in Graz und hat sich dann nach Salzburg verdrückt.«

Engel las. Vor vier Jahren hatte man ihn dort wegen dringenden Verdachts auf illegalen Waffenhandel festgenommen. Er stand mit der Balkanmafia in Verbindung und wurde tagelang verhört. Gewissenhaft verhört. Kurze Zeit später war es ihm gelungen, aus der Untersuchungshaft auszubrechen. Wie, konnte bisher nicht geklärt werden.

»Warte«, sagte jetzt Sandra Koschir, blätterte wieder durch ihren Papierstapel und zog ein weiteres Blatt hervor. »Da, lies das Schlussprotokoll!«

Der Kommissar tat wie ihm geheißen. »Es ist etwas kurz, aber ist das so bemerkenswert?«

Sandra Koschir schnaubte verärgert, rümpfte ihre Nase und las dann einen Auszug vor: »Der Verdächtige wurde eingehend und im Laufe von drei Tagen intensiv verhört. Dennoch konnte nicht schlüssig nachgewiesen werden, dass er in Zusammenhang mit dem illegalen Waffenhandel der Balkanmafia steht. Eine Gegenüberstellung mit dem Mitverdächtigen Borovic ist geplant.« Sie sah Engel an: »So ein lapidares Schlussprotokoll ist doch seltsam, oder?« Sie unterstrich ihre Worte mit einem verzweifelten Blick.

»Etwas armselig, zugegeben, aber nicht unbedingt auffallend.«

Sie machte noch einen letzten Versuch: »Ist es vielleicht möglich, dass du den Zusammenhang nicht sehen willst?«

Engel lächelte belustigt: »Sehe ich nicht in allem Zusammenhänge?«

»Einen Tag nach der Vernehmung ist Brodaj aus der Untersuchungshaft ausgebrochen«, sagte Koschir.

»Das allerdings ist eigenartig«, gab der Kommissar zu, »aber warum sagst du das nicht gleich?«

»Es geht um deinen Freund. Kommissar Robert Innerhofer.«

»Er ist tatsächlich einer meiner Freunde«, gestand Engel. »Und?«

Koschir tippte aufgeregt mit dem Zeigefinger ihrer rechten

Hand auf die Unterschrift am Ende des Vernehmungsprotokolls. »Da: Robert Innerhofer. Hast du nicht immer behauptet, dein Freund sei wegen seiner Verhörmethoden gefürchtet? Du hast damit angegeben, er würde niemals ohne Ergebnis aus dem Verhörzimmer kommen.« Sie hockte sich auf den Boden wie ein trotziges Kind. »Ist das nicht wirklich eigenartig?«, fragte sie gereizt.

Maximilian Engel hatte Sandra Koschir und Bernd Allmer ohne Antwort im Zimmer zurückgelassen. Vor der Tür ihres Büros blieb er eine Weile stehen, dann sagte er zu sich selbst: »Das ist wirklich eigenartig.«

45

Sandra Koschir saß auf einem Kissen, das mit olivgrünem Samt überzogen war. Es war Montagvormittag. Sie schob ein Stück Schokolade im Mund hin und her und ließ es auf ihrer Zunge zergehen. Ein Leben ohne Schokolade war für sie das, was für einen Vogel die Existenz ohne Flügel wäre. Oder wie ein Himmel ohne Blau.

Engel hatte sie beauftragt, eine Kleinigkeit über Robert Innerhofer herauszufinden, und hatte wieder das Wort »bitte« in den Mund genommen. Er hatte sich sehr förmlich ausgedrückt. »Kriminalkommissar Robert Innerhofer«, hatte er gesagt.

Manchmal konnte ihr Chef so ungeschickt sein. Wozu die Umschreibung? Sie klang fast lächerlich angesichts der Durchsichtigkeit, denn sie hatte sofort erkannt, was dahintersteckte. Er hatte die Bezeichnung »Freund« vermeiden wollen.

Mit seiner zweiten Bemerkung war er noch ein Stück weiter gegangen: »Dieser kleine Auftrag ist eher für mich privat, aus rein persönlichem Interesse. Nichts Bedeutendes.«

Warum betont er das so?, hatte Koschir sich gefragt. Wenn er sie mit etwas beauftragte, tat sie es. Doch es war nicht leicht, an personelle Infos heranzukommen, selbst wenn es sich nur um Urlaubstermine handelte.

Solche halb offiziellen beziehungsweise halb privaten Dinge erfuhr man am ehestens unter der Hand. Koschir erinnerte sich an eine Sekretärin im Personalbüro der Salzburger Polizei. Sie hatte sie bei einer Tagung in Linz kennengelernt, und sie waren in Kontakt geblieben. Sie rief Inge Petutschnig an: »Hallo, Inge! Du weißt sicherlich, dass unsere Chefs manchmal ein bisschen verrückt sein können.«

Petutschnig sprang sofort auf den Zug auf: »Manchmal?«

Koschir fuhr fort: »Meiner hat mit mir gewettet, dass innerhalb der Polizei von Frau zu Frau nur Neid und Eifersucht existiert.«

»Was?«

»Dass wir Frauen nicht zusammenarbeiten können und nur Eifersucht zwischen uns herrscht.«

»So ein Unsinn! Was brauchst du?«, fragte Inge. Und fügte hinzu: »Wenn schon nicht offiziell, dann immerhin inoffiziell.«

Sandra Koschir erklärte ihr, was sie wissen musste, um die Wette zu gewinnen: Wo und wie lange war Kommissar Innerhofer nach dem Juni 1999 im Urlaub gewesen?

Petutschnig aus Salzburg versprach, noch am Nachmittag Koschir eine E-Mail zu senden. Sie habe einen guten Freund. Einen sehr guten Freund, der das herausfinden würde.

Am Nachmittag gegen sechzehn Uhr fuhr Koschir ihren Laptop hoch. Inge hatte ihr wie versprochen eine Nachricht geschickt. Sie lautete:

Kommissar Innerhofer hat niemals lange Urlaube genommen. Meist waren es einwöchige Kurzurlaube. Lebt allein ohne Familie. 1999 hat er einmalig um eine Auszeit angesucht, um sich mit kosovarischen Kollegen einen Überblick über die kriminelle Situation im Kosovo zu verschaffen. Sie wurde ihm als Balkanexperten genehmigt. Zeitdauer der Reise waren zwei Monate, September und Oktober 1999.
Liebe Grüße
Inge
PS: Ich hoffe, du gewinnst die Wette.

Koschir kramte in ihrer Handtasche und zog ihre Schokoladentafel heraus. Die Verpackung war leer. Missmutig knüllte sie das goldfarbene Stanniolpapier zusammen, warf es in den Abfallkorb und suchte in den Läden ihres Schreibtisches. Mit Wischbewegungen einer Hand tastete sie das oberste Fach ab. Es wäre doch gelacht, wenn dahinten nicht noch ein Vorrat läge.

Schließlich zog sie wie eine Zauberin eine unangebrochene Tafel heraus, öffnete sie und brach sich seufzend eine ganze Rippe ab. Sie steckte sich die Hälfte in den Mund. Die Schokolade war dunkel. Siebzigprozentig. Sie verdrückte noch den zweiten Teil der Rippe und ging dann ins Nebenbüro von ihrem Chef.

Engel stand auf, als seine Kollegin eintrat. Sie gab ihm die gewünschte Information ohne Vorrede und verließ, ohne seine Reaktion abzuwarten, wieder sein Büro.

Maximilian Engel musste sich setzen.

46

Er sah sich in seinem Haus um. Die hohen Räume seiner Villa empfand er als Bedrohung. Zu viel Raum über ihm und um ihn herum. Die Dimensionen waren zu groß und machten ihn klein und unbedeutend.

Maximilian Engel öffnete von innen die Terrassentür. Er ging die paar Schritte hinaus und nahm in seinem Korbsessel Platz, dem gegenüber der zweite Sessel stand.

Was würde er ohne sie tun? Er brauchte doch jemanden, mit dem er sich austauschen konnte.

Er ließ seinen Blick auf dem Sessel ruhen, bevor er zu reden begann: »Erinnerst du dich noch an Robert Innerhofer, meinen Freund? Natürlich erinnerst du dich, Anne-Marie. Ich brauche noch etwas Zeit, bevor ich mich überwinde, ihn anzurufen. Er ist in etwas verstrickt, das ihn schwer belasten wird. Wir sind uns bezüglich der Anklage gegen ihn absolut sicher. Die Vorbereitungen für seine Verhaftung laufen bereits. Ich werde nicht mitkommen, wenn es so weit ist. Ich will nicht dabei sein, wenn er verhaftet wird.

Er hat mich belogen. Weißt du noch, wie er bei seinem Besuch vor fünf Jahren begeistert von seiner Frau und seinen zwei Töchtern erzählt hat? Gestern hat Sandra herausgefunden, dass er niemals eine Familie besaß. Er lebt völlig allein. Ist das nicht komplett verrückt?

Sicher willst du wissen, warum ich ihn gleich anrufen werde. Ich möchte ihm eine letzte Chance geben, mir die Wahrheit zu sagen. Spätestens dann, wenn er bemerkt, dass ich ihm eine Falle gestellt habe, muss er begreifen. Richtig, ich will meinem Freund eine Falle stellen, um ihm die Möglichkeit zu geben, seine Karten offen auf den Tisch zu legen. Ein Mal wenigstens.

Nachdem ich Anfang Mai Andreas Strasser aus der Gaal tot in der Pathologie gesehen hatte, habe ich noch am selben Abend Robert angerufen. Und weißt du, was er mir damals erzählt hat? Abgesehen davon, dass er mir von einem Urlaub in der

Gaal abraten wollte? Und was er mir über die Kirche in der Gaal verraten hat? Er wisse vom Hörensagen, dass sie abgebrannt und wiederaufgebaut worden sei. Und dann hat er gesagt, er würde sie nur von außen kennen. Nun, Anne-Marie, jetzt ist es wohl so weit, sein phänomenales Erinnerungsvermögen zu überprüfen. Ich werde telefonieren.«

Engel stand auf und ging durch seinen Garten. Die Rosen leuchteten nicht mehr. Ihm schien, als schauten sie weg und wichen seinem Blick aus. Wie Verräter.

Er nahm sein Handy in die Hand und fand, dass es schwerer wog als sonst.

Er musste sich anstrengen, es an sein Ohr zu führen. Er sah die Nummer von Robert Innerhofer. Er hatte sie unter seinen privaten Kontakten gespeichert, was ihm nicht richtig erschien. Engel suchte in der Liste der beruflichen Kontakte und stieß auf dieselbe Nummer unter »Kommissar Innerhofer«.

Er wählte. Wartete und hoffte gleichzeitig, dass Innerhofer nicht abheben würde.

Er meldete sich sofort und erkundigte sich nach dem aktuellen Stand der Untersuchungen zu dem Waffenfund.

Was soll diese Frage?, dachte Engel. Er müsste doch über alles Bescheid wissen: über das Kloster Dečani, über die Architektur der meisten Kirchen in Bosnien, Albanien und Österreich. Über die Vorkommnisse in der Gaal. Nicht informiert zu sein, passte schlicht und einfach nicht zu ihm.

Engel ging auf die Frage nicht ein und wollte stattdessen wissen, ob er als Balkanexperte auch zum Beispiel das Kloster Visoki Dečani kenne.

»Leider nicht«, erwiderte Innerhofer.

Engel wusste, dass er log. Weiler hatte ihn dort getroffen und mit ihm gesprochen, das hatte er inzwischen abklären können. Er war der Mann, der hinter dem Schäfer in der Kirche des Klosters gestanden hatte, als dieser die Fresken bewunderte. Und er war es gewesen, der nach dem Genuss des Zwetschgenschnapses plötzlich in den österreichischen Dialekt gewechselt hatte.

»Wenigstens kennst du unsere österreichischen Kirchen«,

versuchte Engel, das Gespräch fortzusetzen, und sprach mit Innerhofer darüber, wie sehr ihn die Kirche in St. Marein beeindruckt hatte. Er ging absichtlich auf einige Details im Innenraum der Kirche ein, die jedoch in einer anderen Kirche zu finden waren. In der von der Gaal. Engel erinnerte sich ganz genau an den Satz Innerhofers: »Die Gaaler Kirche kenne ich nur von außen. Nicht von innen.«

Innerhofer unterbrach ihn sofort: »Du wirst alt, Max. Du fängst langsam an, alles zu verwechseln. Du sprichst von der Gaaler Kirche.«

Sie redeten noch weiter, aber Engel fühlte, wie der Boden unter seinen Füßen kalt wurde.

Später ging er vom Garten in das Haus zurück. Er hatte das Bedürfnis, eine andere Stimme zu hören, und rief Tobias Weiler an, den er nach dem Aufenthalt in der Chirurgie in sein Haus eingeladen hatte. Er wusste nicht, was er sagen sollte.

Weilers Stimme schien sich in der Weite zu verlieren, und dennoch glaubte Engel, bei ihrem fernen Klang die Sonne über dem Hochplateau zu sehen.

47

Auf seinem Tisch türmte sich ein Stapel aus verschiedensten Zeitungen und Zeitungsausschnitten. Fotos aus dem Irak, Israel und Palästina lagen verstreut herum.

Arnold Heissen legte den Layoutentwurf für die Titelseite einer Beilage zur Seite, streckte seine Arme nach oben und gähnte. Obwohl er allein in seinem Büro saß, hielt er beim Gähnen eine Hand vor den Mund. Er betrachtete seine Fingernägel, seine Armbanduhr und seine zwei Ringe. Einer davon trug einen Brillanten. Er hauchte ihn kurz an und polierte ihn mit einem Taschentuch, bevor er sich zurücklehnte.

Für einen kurzen Moment schien er ins Leere zu schauen. Es dauerte nicht lange, bis er sich von seinem Stuhl erhob und in seiner blauen Anzugsjacke nach etwas suchte. Er zog eine Eintrittskarte für die Oper heraus: »1. August, ›Die Macht des Schicksals‹«. Heissen hatte eine Schwäche für die Oper. Österreich auf der großen Weltbühne.

Er hatte eine codierte Nachricht erhalten, sich um zweiundzwanzig Uhr dreißig mit Van der Hellen im Kaffeehaus »Oper Wien« zu treffen. Er wusste, dass nach Noels Tod nur der Belgier und er selbst den Code kannten, und wiegte sich in Sicherheit. Der Zeitpunkt für dieses Treffen passte Heissen geradezu ideal in sein Terminkonzept, denn er brauchte seinen geplanten Opernbesuch nicht zu streichen.

Er warf einen Blick auf seine Uhr und schätzte ab, wie viel Zeit noch blieb, um nach Hause zu fahren, sich in Ruhe umzuziehen und rechtzeitig in der Oper zu sein. Es waren noch zwei Stunden und zehn Minuten.

Er zog seine Jacke an und verließ sein Büro, während er seine Krawatte zurechtrückte.

Im Flur strich er sie glatt.

Heissen trug einen stahlgrauen Anzug sowie eine silberfarbene Krawatte, die ihn optisch in zwei symmetrische Hälften teilte.

Als er in der Garderobe der Staatsoper seinen leichten Mantel abgab, musterte die Garderobendame den feinen Herrn mit Bewunderung und sagte: »Danke, der Herr.«

Heissen fand den Zugang zur Mittelloge und steuerte auf Platz vier zu. Bevor er sich setzte, nahm er die Hosenfalten zwischen Daumen und Zeigefinger und zog die Hosenbeine hoch. Bei langem Sitzen verhinderte diese Technik das Ausbeulen im Kniebereich. Als er sich zurechtrückte, bemerkte er, dass seine Krawatte verrutscht war. Schnell löste er diese Peinlichkeit mit einer geschickten Korrektur. Neben ihm auf Platz fünf saß eine in die Jahre gekommene Dame, die sich in das Programmheft versenkte und ihm keine Beachtung schenkte. Auf Platz drei hatte ein junger Mann Platz genommen. Heissen glaubte mit einem Blick zu erkennen, dass der Mann zum ersten Mal dem Abenteuer Oper ins Auge blickte.

Das Orchester begann, sich einzustimmen, und Heissen nützte diese Gelegenheit, sich gedanklich der österreichischen Geschichte zuzuwenden. Kein Platz schien ihm dafür geeigneter als die Wiener Staatsoper.

Vor Jahrzehnten hat es hier gebrannt, dachte er. Sein Gedächtnis war exzellent. Sofort erinnerte er sich an das Feuer in der Staatsoper nach dem Fliegerangriff der Amerikaner am zwölften März 1945.

Die Musiker waren bereit, und die Lichter im Saal erloschen, als flössen sie in eine andere Welt hinüber, in die Welt, die der Bühne gehörte. Alle Parfüms von Wien vermischten sich mit dem Staub, der unter den Scheinwerfern verbrannte. Und mit ihm verrauchten auch ein Stück Tradition und die schicksalhafte Geschichte Österreichs.

Die Musik.

Heissen war schon immer der Meinung gewesen, dass die Musik in der Oper nicht gespielt wurde. Die Musik geschah. Und zwar für ihn allein. Für Heissen. Sie bahnte sich ihren Weg in die Mittelloge, zu Sitz vier, und nahm von ihm Besitz, ohne ihn um Erlaubnis zu fragen. Sie manipulierte ihn und konnte ihn vergessen lassen, was hinter ihm lag. Alles machte sie vergessen. Die gefährliche Logik seines Denkens, die dunklen Prinzipien, denen er sich in seinem Starrsinn verschrieben hatte. Er vergaß sogar, sich die Krawatte zurechtzurücken und auf die Uhr zu schauen. Und er vergaß das Allerwichtigste: sich selbst.

Der Vorhang war schon gefallen, der Applaus war längst verebbt. Heissen nahm nicht wahr, dass nur noch er in der Mittelloge saß. Erst als er das Gemisch aus Schweiß, Parfüm, Staub und Erinnerungen roch, erwachte er aus seiner isolierten Welt, die sich von der der anderen für eine Weile entfernt hatte.

Benommen erhob er sich und verließ den Saal. Die Garderobiere reichte ihm sofort den Mantel, da die meisten Opernbesucher das Haus schon verlassen hatten.

Noch immer hörte er Don Alvaro singen und sein unglückliches Leben mit der Hölle vergleichen. Heissen schlüpfte in seinen Mantel und fand den zweiten Ärmel erst beim dritten Versuch. Die junge Garderobenfrau sah ihm dabei zu, und ihr neugieriger Blick gefiel ihm nicht.

Heissen fühlte sich erneut von der Mächtigkeit der Ouvertüre in Besitz genommen. Er dachte an den Titel der Oper »Macht des Schicksals«, hoffte, dass es das Schicksal weiterhin gut mit ihm meinte, fürchtete aber im selben Augenblick, es könnte plötzlich einen Schwenk machen, seine Gesinnung ändern und ihm nicht mehr gnädig sein.

Irgendwann würde auch er in eine Falle gehen. Aber bis dahin würde er sich auf das intellektuelle Spiel mit seinen Fallenstellern einlassen und es als Herausforderung betrachten.

Er sah auf die Uhr. Es war Zeit.

Vom Opernhaus ging er dem Kaffeehaus entgegen. Bevor er eintrat, atmete er tief durch. Gedämpfte Stimmen flogen ihm entgegen, und er genoss das Flair delikater Noblesse. Er sah sich nach Van der Hellen um und war überrascht, dass er noch nicht da war.

An seiner statt entdeckte Heissen an einem der Ecktische Kommissar Engel, der ihn zu sich winkte.

Heissen verstand.

Er reichte seinen Mantel dem Ober, trat zu Engel und deutete eine Verbeugung an.

Der Kommissar schwieg, wies ihm aber mit der Hand einen Platz neben sich zu.

Heissen wurde von einem Paar gegrüßt, das am Nebentisch saß. Er galt etwas in Wien. Er musterte den Kommissar von der Seite. Spätestens jetzt musste er begriffen haben, wer mit ihm an einem Tisch saß. Mit wem er die Ehre hatte.

Auf dem Tisch standen zwei Schnapsgläser.

Engel hob beide hoch und gab Heissen eines davon. »Stoßen wir mit einem Rubin Prepecenica an«, sagte er. »Ich habe ihn extra für Sie organisiert. Er stammt zwar nicht direkt aus dem Kosovo …«

Sie tranken beide.

»Das nennt man eine stilvolle Verhaftung. Immerhin. Zumindest scheinen Sie eine gewisse Subkultur zu haben, Engel.« Heissens Augen leuchteten kalt.

Nach einer Pause sagte Engel: »Wollen Sie nicht wissen, wo Ihr Freund Van der Hellen ist?«

Dem Ober fiel eine Dessertgabel vom Tablett. Er entschuldigte sich laut und lächelte nach allen Seiten.

»Oder wollen Sie lieber über die österreichische Geschichte reden. Als Balkanexperte wissen Sie sicher über das Attentat in Sarajevo Bescheid. Kein schlechter Zeitpunkt damals, um gute Argumente zu finden, in den Krieg zu ziehen. Das Kaiserreich bröckelte schon. Vierundachtzig Jahre später ging ein gewisser Arnold Heissen auf den Balkan. Aber er war nicht an Sarajevo interessiert, sondern am Kosovo. Genauer gesagt an den Mauleseln, die sich über die albanischen Berge schleppten, um Waffen zu transportieren. Heissen wusste viel. Sehr viel. Aber andere auch. Zum Beispiel Balthasar Noel, den Sie vor rund vier Wochen in der Gaal besucht haben. Und Tobias Weiler. Sie werden wegen Mordversuchs an ihm angeklagt. Sie haben auf ihn geschossen.«

Arnold Heissen schwieg. Er vergaß sogar, auf seine gepflegten Fingernägel zu schauen, und dachte auch nicht an den Sitz seiner Krawatte.

Dann ging eine plötzliche Veränderung in ihm vor. Sie begann bei den Augen. Sie verschmälerten sich und strahlten die

Gefährlichkeit eines Raubtiers aus. Schließlich sagte Heissen: »Komisch, Kommissar Engel. Ich vermisse schon die längste Zeit eine ganz spezielle Frage aus Ihrem Mund. Hat Ihr Gedächtnis Sie etwa im Stich gelassen?«

»Ach ja? Und welche?«

Heissen schien die Situation zu genießen: »Wer ist der Drahtzieher dieses internationalen Waffenschmuggels?« Er lächelte kalt.

Engel blieb stumm. Er sah zur Eingangstür, zu den großen Fenstern des vornehmen Kaffeehauses und hatte den Eindruck, dass alle Fensterflügel offen standen. Er meinte, einen Luftzug zu spüren. Von irgendwoher musste sie gekommen sein, diese plötzliche Kälte, die ihn jetzt vom Angreifer zum Opfer mutieren ließ.

»Er ist einer der besten Kenner des Waffenschmuggels auf dem Balkan«, sagte Heissen. »Spezialist für die Balkanmafia. Kommissar der Kriminalpolizei mit Sitz in Salzburg. Robert Innerhofer ist sein Name. Aber das Beste kommt noch, Engel: Wie ich erfahren habe, ist Innerhofer ein Freund von Ihnen. Er steht Ihnen nahe, und dennoch werden Sie ihn in nächster Zeit verlieren. Wenn mich nicht alles täuscht, sagt er ›Max‹ zu Ihnen.«

Engel war froh über die Wirkung, die diese Worte auf ihn ausübten. Die Wut auf den Journalisten ließ ihn für einen Moment die Enttäuschung über seinen kriminellen Freund vergessen. Während Heissen trachtete, ihn zu demütigen, entging Engel nicht, dass er heimlich in seine Jackentasche griff.

»Geben Sie mir Ihr Handy«, sagte Engel, als Heissen einen neuerlichen Versuch machte. »Sie können Innerhofer nicht mehr warnen. Seine Überwachung ist schon eingeleitet.«

Engel hob eine Hand, und ein Polizist in Zivil trat an den Tisch.

»Wir beide gehen jetzt ganz unauffällig hinaus, Herr Heissen«, sagte der Beamte höflich. Er hatte Heissens Mantel mitgebracht und half ihm sogar hinein.

Heissen verließ das Kaffeehaus, ohne Engel eines weiteren Blickes zu würdigen.

Der Kommissar blieb allein zurück und spürte, wie die Kälte sich um ihn legte und ihn langsam einfror. Er dachte daran, was der Mensch zum Leben brauchte. Zuerst fielen ihm die lebensnotwendigen Dinge ein. Dann zogen seine Gedanken immer weitere Kreise, bis sie schließlich bei den Dingen landeten, an die er für gewöhnlich zuletzt dachte.

Unter diesen befand sich noch eine Flasche Whisky. Sie stand seit langer Zeit ungeöffnet in seiner Hausbar.

Es war Zeit zu gehen.

48

Die Salzburger Kollegen hatten sich mit der Grazer Kriminalgruppe Engel abgesprochen und sich seit einigen Tagen vorbereitet. Allen war klar, dass Kommissar Innerhofer nicht den leisesten Verdacht schöpfen durfte.

Sandra Koschir und Bernd Allmer waren nach Heissens Festnahme aus Graz nach Salzburg angereist, um im Fall einer Verhaftung die ersten Vernehmungen zu führen.

Es war geplant, dass nur sie beide vor dem Haus Innerhofers sichtbar sein sollten. Die Salzburger Kollegen, die der Kommissar gut kannte, hielten sich in einiger Entfernung bereit.

Durch Innerhofers Beschattung waren die Beamten sich sicher, dass er zu Hause war.

Koschir läutete.

Nichts.

Sie läutete ein zweites Mal.

Im Haus rührte sich immer noch nichts. Alles war ruhig. Kein Radio, kein Fernseher lief.

Nach drei weiteren Klingelversuchen riefen sie die Salzburger Kollegen herbei.

Sie brachen die Tür auf und stellten fest, dass Innerhofer offensichtlich in großer Eile gepackt hatte und verschwunden war. Seine Dienstpistole war nirgends zu finden. Sofort wurde er zur Fahndung ausgeschrieben.

Die Salzburger Kollegen berieten sich mit Sandra Koschir über den möglichen Aufenthaltsort des Kommissars.

»Bestimmt ist er wohin geflüchtet, wo er sich auskennt«, sagte sie. »Wahrscheinlich nach Serbien, vielleicht in den Kosovo. Nach Priština. Oder nach Dečani. Dorthin, wo Waffen für seine Geschäfte lagern. Wir haben herausgefunden, dass seine wiederholten Kurzurlaube lange genug waren, um sich Flugtickets nach Tirana zu besorgen, von wo er dann nach Priština weitergeflogen ist. Wir sollten vor allem dort nach ihm suchen, wo sich Dragan Budaj aufhält. Inzwischen vermuten wir, dass

Innerhofer ihn vor vier Jahren nur scheinbar verhört und ihm dann selbst zu seiner Flucht verholfen hat.«

Koschir und Allmer sahen ihren Salzburger Kollegen den Schock an. Sie fahndeten nach einem Mann, der einer ihrer erfolgreichsten und vorbildlichsten Kollegen war. Einigen von ihnen war er ein guter Freund und Berater geworden. Sie konnten es nicht fassen.

»War er nicht auch mit eurem Chef befreundet?«, wollten die Salzburger wissen.

»Sehr gut sogar«, sagte Sandra. »Für Engel ist es die Hölle.«

»Wie können ein Engel und ein Teufel Freunde sein? So ein Widerspruch.« Ein Salzburger Kollege grinste.

Koschir gab eine maliziöse Antwort: »Auch der Teufel war in seinem früheren Leben ein Engel.«

Koschir und Allmer verabschiedeten sich und fuhren mit dem Wagen nach Graz zurück.

Als sie auf der Autobahn waren, versuchte Koschir, Maximilian Engel telefonisch zu erreichen. Es klappte erst beim dritten Versuch. »Hallo, Maximilian«, sagte sie.

»Ich will es gar nicht wissen«, kam er ihr zuvor und legte auf.

Drei Tage später erreichte sie die Nachricht, dass Robert Innerhofer in Priština verhaftet worden war. Er war in Begleitung von Dragan Brodaj gewesen. Brodaj hatte eine Pistole gezogen und war in Notwehr erschossen worden. Innerhofer hatte sich nicht gewehrt und war nach Wien überstellt und dort verhört worden. Er war geständig.

Engel schloss sich in seinem Büro ein und war lange Zeit für niemanden zu sprechen.

49

Eine Woche später war die Welt aus der Ordnung gefallen.

Zumindest für Maximilian Engel. Nur die Berge, die Flüsse und die Täler in der Gaal konnten sie noch zusammenhalten, vorm Auseinanderbrechen bewahren. Derweil spannte sich der Himmel wie ein Dach über die Erde und beobachtete sie mit Adleraugen.

Engel erwachte in Graz in der Dunkelheit und stieg im Morgengrauen in die Gaaler Berge auf. Er vertraute das Denken und die Trauer um den Verlust seines Freundes Robert Innerhofer seinen Füßen an. Sie gingen und gingen mit ihm, ohne zu rasten. Sie fragten ihn nicht nach seiner Erschöpfung und trieben ihn immerfort weiter.

Weitergehen. Stundenlang.

Auf dem Hochreichart herrschte Stille, und Engel glaubte, die Luft fließen sehen zu können. Er ließ sich auf die Erde fallen, nahm einen Schluck Wasser aus seiner Trinkflasche in den Mund und ließ es dort verweilen und wirken wie einen kühlen Bergsee. Als er fühlte, wie die Trockenheit nachließ, schluckte er das Wasser hinunter.

Er nahm ein Ei aus seinem Rucksack, schlug es sanft gegen einen Stein und entfernte die Schale. Dann streute er etwas Salz drüber. Den kleinen Streuer hatte er als Geschenk bei einem Besuch im Salzbergwerk Hallstatt bekommen.

Das Ei stand am Anfang des Lebens, man durfte es nicht gedankenlos verspeisen. Man musste ihm gebührend Zeit und Aufmerksamkeit einräumen, bevor man es hinunterschluckte.

Engel sah zum Geierhaupt hinüber und begriff nicht, wie ein Berg entstehen konnte, und noch weniger, was ihn bewog, an Ort und Stelle zu bleiben.

Trotz allem, was er sah.

Trotz allem, was den Bach hinunterfloss.

Er hatte einen Freund verloren.

Innerhofer hatte alles gestanden. Er hatte seine Balkankenntnisse, seinen polizeilichen Status und seine Erfahrungen mit der Balkanmafia verwendet, um einen groß angelegten illegalen Waffenhandel zu organisieren.

Alle hatten sie gestanden. Van der Hellen und Arnold Heissen. Nur der Uhrmacher Balthasar Noel hatte sich selbst vorzeitig aus der Affäre gezogen, nachdem er von Ferenc Szekej erpresst worden war. Der Ungar hatte in Noels Unterlagen gestöbert und seine Verwicklung in die Waffengeschäfte aufgedeckt. Durch Überprüfung von Szekejs Handy hatte man herausgefunden, dass er Noel erpresst hatte. Folgender Vorgang konnte rekonstruiert werden, teilweise mit Hilfe Van der Hellens, der regelmäßig mit Noel und dem Ungarn in Kontakt gewesen war: Der Ungar hatte Noel mit einer Pistole bedroht. Er wollte ihn zwingen, auf ihn ausgestellte Schecks zu unterschreiben. Aber er wusste nicht, dass Noel, wie Allmer später herausgefunden hatte, im Nahkampf ausgebildet war. Dieser konnte ihn ohne viel Mühe entwaffnen. Das narzisstische Hirn des Uhrmachers hatte die primitive Erpressung Szekejs vermutlich als persönliche Kränkung aufgefasst. In Noels Kopf musste ein Kampf getobt haben, der sich in einer unkontrollierbaren Wut äußerte. Als wäre es nicht schon genug gewesen, seine politischen Ideale nicht verwirklichen zu können, war er nun auch noch von diesem armseligen Erpresser für dumm verkauft und in seinem Stolz verletzt worden.

Aber Noel war nicht nur krank gewesen, was seine machtbesessene Ich-Bezogenheit betraf. Bei der Obduktion hatte der Gerichtsmediziner festgestellt, dass er an einem Gehirntumor litt. Er hatte darauf Verbindung mit der Grazer Neurochirurgie aufgenommen und sich mit dem zuständigen Neurochirurgen getroffen. Der hatte eine überraschende Diagnose gestellt: Glioblastom. Der Uhrmacher hatte jede Behandlung abgelehnt. Das war zwei Monate vor seinem Suizid gewesen. Noel hatte der Welt die kalte Schulter gezeigt.

Engel sah in das Ingeringtal hinunter und stellte sich die Schafe seines Bekannten Tobias Weiler vor. Gab es im Leben eine Waage mit zwei ausgleichenden Hälften? Kam es vor, dass man einen Freund verlor und im selben Zug einen neuen gewann?

Er dachte an die Gaal. Die Gegend und das Dorf waren ihm nicht mehr fremd. Vielleicht weil Engel mit etwas in Berührung gekommen war, das ihm sehr naheging. Nicht der Lindenbaum, die Bank, der Bach, das Schloss Wasserberg oder der Ingeringsee hatten daran Anteil. Oder das Hochplateau. Es war etwas anderes.

Er nahm seine Wanderkarte zur Hand und wählte seine Route zurück ins Tal. Er wollte es noch bei Tageslicht erreichen.

Als er die Karte verstaute, sah er einen Raubvogel in der Luft kreisen. Der Vogel ließ sich vom Aufwind tragen, und mit seinem Flug erlosch die Zeit.

Kommissar Maximilian Engel spürte, wie die Leichtigkeit des Vogels sich auf ihn übertrug. Mühelos stand er auf, schulterte seinen Rucksack und begann den Abstieg.

Auf halbem Weg prüfte er, ob sein Handy Empfang hatte. Es hatte.

Er wählte, ohne zu überlegen, und wartete.

Magdalena Anger meldete sich.

Engel sagte: »Maximilian.«

In der kurzen Pause, die entstand, ahnte er, dass sie lächelte. Die Ahnung grenzte schon an Gewissheit.

»Ich steige gerade in Richtung Gaal ab. Der Himmel ist so blau. Viel blauer als sonst …« Er hörte sich reden und spürte die Leichtigkeit, in die er sich hineinredete, spürte, dass er lange so weiterreden könnte. Er hörte erst auf, als sie ihn unterbrach.

»Kommst du zu mir? Ich kann warten. Ich habe so viel Zeit.«

Danksagung

Es überrascht mich, wie gut die Gesellschaft zu mir ist, dass sie mir so unerschöpflich viele Signale sendet, die mich hellhörig machen, was ihre gefährliche Unausgewogenheit betrifft. Ich verstehe dies als versteckten Hinweis, die Augen offen zu halten und mich nicht täuschen zu lassen. Ich danke ihr.

Große Dankbarkeit erfüllt mich auch für die zahlreichen menschlichen Charaktere, die mich mit ihren dunklen Seiten bereichern. Sie leben überall wie du und ich und meinen es gut. Allerdings nur für sich selbst.

Der Politik zu danken fällt mir schwer, weil sie nicht definierbar ist. Aber sie hat mir eine Art Fernrohr geliehen, das mich ihre Perspektive erahnen lässt. Eine Perspektive, die sich selbst genügt und den Weitblick in der Engstirnigkeit verliert.

Ich danke auch meinem geliebten Land Österreich, das ich in der Donau schwimmend vor Selbstmitleid zerfließen sehe.

Den Schafen sei Dank dafür, dass ihre friedliche Besonnenheit Hinweise auf neue politische Visionen gibt. Die Hoffnung lebt, dass die Schafe irgendwann in Freiheit ihre Schäfer wählen dürfen. Und sie politisch bilden, bevor diese handeln.

Mein Kriminalroman ist kein Zufall. Er ist mit dem Kopfschütteln darüber geschrieben worden, ob das alles wahr sein kann, was wahr ist. Und ob die Wahrheit nicht krimineller ist als die Lüge. Zum Glück kann mein Kopfschütteln niemanden umbringen, und ich mache aus meinem Herzen keine Mördergrube.

Auch Christine Wiesenhofer in Graz habe ich viel zu verdanken. Sie hat mein Manuskript zuerst gelesen. Zuvor gab es viele Gespräche, die für mich so wichtig waren wie das Schreiben danach. Obwohl es kein Geheimnis ist, worüber wir geredet haben, möchte ich den Inhalt nicht preisgeben, aber die Atmosphäre unserer Gespräche kann durchaus verraten werden. Sie war geprägt von etwas zwischen Aufmunterung, Wiederauflösung, Nichtverstehen. Mitunter waren Blitzlichter dabei. Kleine Hammerschläge trafen. Genügend davon wurden fein ausgeführt, damit dem Opfer die Chance blieb, den Kampf ohne nennenswerte Verletzung zu überstehen.

Susanne Bartel, meine Lektorin von Emons, hat mich mit ihren punktgenauen Kommentaren zu einer Zeit aufgeweckt und wachgerüttelt, als ich mit meiner Unlogik und Kryptik am Träumen war. Sie hat mir begehbare Wege markiert, sodass meine Worte sich nicht im Dickicht verirrten und klarer wurden. Dafür danke ich ihr ganz besonders.

Nicht zuletzt danke ich dem Emons Verlag und seinem gesamten Team.